悪役令嬢になりたいのに
ヒロイン扱いって
どういうことですの!?

永江寧々
Nene Nagae

Regina

RB
レジーナ文庫

エステル
救済枠で入学した、
貧民街出身の転入生。
非常にしたたかで打たれ強く、
巧みな立ち回りを見せる。
クロヴィス
リリーの元婚約者で王子。
ある日リリーに婚約破棄を
突き付けたが、とある理由から
婚約破棄の撤回を
掲げてついて回るように。
自分にも他人にも厳しい性格。
リリー
悪役令嬢に憧れる公爵令嬢。
幼い頃からクロヴィスと
婚約していたが、
少し前から婚約解消を
予感しており、いざ破棄された
時も笑顔で受け入れた。
悪役令嬢小説を
バイブルとしている。

登場人物紹介
リアーヌ
侯爵令嬢。
自信家で気が強く、
リリーが目指す
『悪役令嬢』を
地でいくタイプ。
セドリック
リリーやクロヴィスの
幼馴染で、騎士見習い、
またクロヴィスの護衛。
フレデリックの双子の兄。
いつもにこにこと笑みを
浮かべているが最も腹黒い。
フレデリック
リリーやクロヴィスの
幼馴染で、騎士見習い、
またクロヴィスの護衛。
人の話をまぜっかえすような
発言も多いが、リリーにとって
気の置けない友人。

目次

悪役令嬢になりたいのにヒロイン扱いってどういうことですの!?

プロローグ

「リリー・アルマリア・ブリエンヌ」

「はい」

幼い頃より決められた婚約者からソレを言い渡される、待ちに待ったこの瞬間。

「お前との婚約を破棄する」

「はい！」

リリーは喜びの笑みを隠せなかった。

「お前は一体何を考えているんだ！」

父フィルマンの怒鳴り声がキーンと響き、耳鳴りを起こす。騒音とも呼べるその怒声に、リリーは目を閉じたまま思わず眉を寄せた。

学園のどこかに、父親直通の情報パイプがあるに違いない。そう疑いたくなるほど、父親の耳に入るのは早かった。

「お父様、室内にいるのですから、そのように声を張られずとも聞こえておりますわ」

「聞こえていても理解せねば意味がないだろう！　この馬鹿娘！」

愛しい愛しいと頬ずりをしてくれたのは遠い昔の話。今では頬ずりもなければ頬へのキスもなし。あるのは屋敷中に響き渡る怒鳴り声と、血圧の上昇を知らせる赤い顔、そして蛇よりも鋭い睨み。

あまりの勢いに、テーブルの上に置かれた紅茶が揺れ、こぼれそうになる。それを、カップを持ち上げて防いだ。

「モンフォール家との破談が、ブリエンヌ家にどれほどの被害をもたらすことになるのか、わかっているのか！」

「破談されたのはわたくしの方ですし」

「言い訳はいい！　お前はその時、泣くでも縋《すが》りつくでもなく、笑顔だったというではないか！」

間違いなく父親のスパイが学園の中にいる。

「驚きと悲しみで涙も出ませんでした。ほら、言うではありませんか。人は悲しみのあまり笑ってしまうと。わたくしもそれと同じ状態で――」

「嘘をつくな」

娘の言葉を毛の先ほども信じていないその親心、娘ながら大変素敵ねと嫌味の一つも言いたくなる。顔を背け、いかにも悲痛な面持ちで口を押さえたのは芝居くさすぎたかと、リリーは表情を戻した。

「周りには大勢の生徒がいたのです。その場で泣き崩れて縋《すが》りつくなど、それこそブリエンヌ家の恥だと思いませんこと？」

「むしろブリエンヌ家のためを思うなら、憐《あわ》れっぽく泣いて縋《すが》りつくぐらいはできただろう！　相手は王子だぞ！　公爵家の娘が必死に泣きつくのは何もおかしなことではない！」

「彼は心変わりしたのです！　なぜ婚約破棄を言い渡されたわたくしが責められなければいけませんの？」

「お前が彼の心を繋ぎとめておかないからだろう！　お前の努力不足だ！」

これはあまりに理不尽というもの。

確かに誠心誠意尽くしたりはしなかったけれど、彼の自尊心を傷つけたりもしなかった。婚約者として誇ってもらえるよう、成績も言動も気を付けてきたつもりなのに、父はそれを当たり前のことのように言い放つだけ。

リリーの生きている社会の一般論では、男性が心変わりするのは女性のせいで、女性の心変わりは女性自身のせい。いつまで経っても消えない女性差別を、ブリエンヌ公爵家の当主が堂々と口にするとは嘆かわしい。

「お父様がなんとおっしゃられようと、彼にはもう新しい恋人がいるのです！　わたくしが泣き縋《すが》っても彼の心は戻ってきません！」

「努力する前から放棄するな！　だからお前は馬鹿だと言うんだ！」

「お父様の娘ですから、それも仕方ありませんわ！」

リリーはカップを丁寧に置いた後、しかしその丁寧さが意味をなくすほど強くテーブルを叩いて立ち上がる。すると、こぼれた紅茶を拭きにメイドがサッと現れた。続いて父親もテーブルを叩いて立ち上がり、拭いたそばから紅茶がこぼれる。それでもメイドは表情を変えることなく黙々と掃除を続けた。

父のお気に入りのメイドは、よく躾《しつ》けられている。

「お話がこれだけでしたら部屋に帰らせていただきます！」

「まだ話は終わっていない！　座れ！」

「泣き縋《すが》れとおっしゃるのでしたら、答えはノーですわ！」

「待て！　リリー！」

声を荒らげる父を振り切り廊下に出るだけで、どっと疲れが出た。

婚約者がリリーに愛想を尽かして破棄を言い渡したのであれば、泣き縋《すが》ることもしたかもしれない。けれど、今回のこれは完全に彼の一方的な心変わり。その上大勢が見守る中で、隣に婚約者以外の女性を連れ、婚約者に婚約破棄を告げた。

結局は親同士が勝手に決めた婚約。相手に対して愛情など欠片《かけら》もなかったリリーはなんのショックも受けなかった。公爵令嬢でなくあくまでリリー個人としては、だが。

「そんなことより、本の続きを読まなくっちゃ！」

リリーは最近、日課と言ってもいいほど読書に時間を費やしている。窮屈なヒールを脱ぎ捨ててベッドに寝転びながら読む恋愛小説は格別だ。中でも最近流行の悪役令嬢が主役の恋愛小説は特にお気に入り。

「ああ、なんて素敵なのかしら。嫌われようと自分の信念を曲げないとこが好きなのよね。イジメは良くないけど、ヒロインもたいてい図太い神経してるから悪役令嬢と張り合えちゃうのがまた面白いし、誰かに頼らないと生きていけないようなか弱いヒロインより、自分を持って生きてる悪役令嬢の方が断然いいわ。好き勝手できない身としては、こういう女性に憧れるのよ」

大勢の前で婚約破棄されようと、泣き喚《わめ》いて命を絶つわけでもなければ無様に縋《すが》りつくこともなく、むしろ凛《りん》として、王子を奪ったヒロインと対峙《たいじ》する。既に二十冊以上は読み漁《あさ》っている。

いつの世も女性は強いのに、自分達の方が有能だと思い込んでいる愚かな男性達が『女は男がいなければ何もできない』などと、勝手なことを口々に広めていった結果が、今の男女差別社会を作り上げている……と、リリーは思っている。

女性は決して弱くない。男性に守られずとも生きていける。裁縫、料理、お菓子作り。物を見る目なんかは男性よりも遥かに肥《こ》えているだろう。

それに比べて、男性は剣を持つか馬に乗るか、はたまた威張るかしかできないちっぽけな虚栄心の塊《かたまり》だ。おごり高ぶった男性貴族は一度没落でもしなければわからないだろう。

「また靴を脱ぎ散らかして。淑女としての気品を奥様のお腹の中に置いてきたようですね」

「淑女としての気品をお母様のお腹から取り戻す本なら椅子に座ってお上品に読むけど、悪役令嬢ものはベッドに寝転びながら読むのが一番なの」

いつの間にかリリーの背後に立っていたのは、メイド長のアネット。褐色肌が美しい彼女は、メイドとしては屋敷で一番優秀で、武術にも長《た》けた強き女性だ。

地方で踊り子をしていた彼女を父が連れ帰り、メイドとして雇うという名目で寵愛《ちょうあい》していたものの、暫《しばら》くしてまた地方へ視察に行った際に今度はアネットとは正反対のゆるふわ美少女に目を付けたことで、お気に入りから外された憐《あわ》れな女。

リリーにとっては唯一飾らずなんでも話せる親友のような相手である。

「そんな本ばかり読んでいるのが旦那様に知られたら、全て燃やされてしまいますよ」

リリーは見せびらかすように、教典のような装いの小説を掲げる。

「カモフラージュは完璧。これは私のバイブル！　これから私が悪役令嬢として生きるためのハウツー本！　いくらお父様であろうと燃やすなんて絶対に許さないわ！」

リリーは明日から、〝婚約者に捨てられた可哀相なリリー・アルマリア・ブリエンヌ〟ではなく〝悪役令嬢リリー・アルマリア・ブリエンヌ〟として生きることを決めていた。

突如現れた女子生徒に婚約者を奪われ破談に追い込まれるのはどの悪役令嬢も同じ。まず自分がどん底まで落ちてから、ヒロインへの復讐を目論《もくろ》むのが王道。まずはそこから。

「そのハウツー本を参考にどうなさるおつもりなのですか？」

「初めは、突然破談を言い渡された可哀相なヒロインを演じるの。ただ、こういう本と少し違って、私は元々意地の悪い女じゃないのよ。品行方正に生きてきたつもりだし、成績優秀で容姿端麗。どう考えても王道のヒロインポジションの女」

「自分で言いますか」

「で、問題なのはそこなの。最初から意地が悪ければそのままでいいけど、急に性格が変わったように意地悪をしたって、不自然なだけだし、私の評判も下がっちゃう」

「悪役令嬢とはそういうものなのでは？」

アネットの言う通り、悪役令嬢はわかりやすく悪役に徹するから魅力的なのであって、陰でコソコソするのは卑怯だし、格好良くない。だが、駆け引きあってこその面白さというのもある。

一冊の本につき主役は一人であるように、リリーの人生も主役はリリー一人だけ。巻き戻ってやり直しなんてできないし、失敗も許されない。

悪役令嬢として楽しい学園生活を送るためには、練りに練った作戦を遂行する必要がある。

「ゴホン。わたくしなりの悪役令嬢で参りますわ。おーっほっほっほ！」

口元に添えるのは手よりも扇子《せんす》の方が悪役令嬢っぽいのだが、用意ができていないため今は手で我慢。

「ですが、本当によろしかったのですか？」

「何が？」

「王子との婚約解消です。王子がお嬢様の傲慢《ごうまん》さに愛想を尽かしたのであれば何も言いませんが、女に奪われたとあれば悔しさもあるのでは？」

アネットの指摘にポカンと口を開けること五秒。リリーは呆れすぎてものも言えないとばかりに大きく首を振る。

「アネットはあの新しいメイドにお父様を奪われて悔しいの？」

「旦那様の女好きは天性のものですし、私もあの若さだけが自慢の小娘同様、拾われてきた身ですので悔しさなどありません。誰もが通る道だと理解しています」

顔には出すまいとしているようだが、アネットが心の底から悔しがっているのが声色から伝わってくる。

「しかし、王子は旦那様のようなお方ではございません」

「婚約者がいながら他の女にうつつを抜かすような男は等しくお父様と同じタイプだと思うけど。まあ、どうだっていいかな。それにほら、彼のことあんまり好きじゃなかったし。常に自分が正しい俺様人間、世界は自分を中心に回ってると思っているような傲《ごう》慢《まん》男には興味ないの。だから婚約破棄されて凄《すご》く嬉しい！　悪役令嬢と同じポジションにも立てたしね！」

リリー達の婚約は二人が惹《ひ》かれ合ってこぎつけたものではなく、親が決めたもの。そこに恋愛感情は一つも生まれなかった。

それどころか、リリーは相手の性格に嫌悪さえ感じていた。

「そんなことより、明日のために予習しないと！」

（きっと明日から、彼は〝彼女〟を傍につけて片時も離さないはず。そして、私の前に立ちはだかって嫌味の一つや二つ言い放つか、もしくはもう関係ないって態度で無視をする。その時〝彼女〟は彼の後ろに少し隠れてか弱い女性を演じて見せるんだわ。私の目が怖いとか、何かされそうで怖いとか言って少し震えてみたりして。そして、彼はスッと手を伸ばして彼女を守る！）

映像になって鮮やかに浮かぶ光景にリリーは本を抱きしめてギュッと目を閉じ、興奮に足をバタつかせる。

（私はそれを大きく鼻で笑って「男性に取り入るのが得意ですのね。よろしければわたくしにもやり方を伝授していただけませんこと？　ああ、できませんわね。天性の才能ですもの」と高笑いする。このプラン完璧ッ！）

カッと目を見開き鼻息荒く起き上がり大きくガッツポーズ。

「完璧なプランですわ！　自分の才能が恐ろしい！　わたくしはきっと悪役令嬢になるために生まれてきたのかもしれない！　いえ、悪役令嬢として生まれてきたんだわ……」

きたのですわ！」

悪役令嬢っぽい「ですの」「ですわ」口調にはまだ慣れないが、上手くやるしかない。

「ごっこ遊びもよろしいですが、あまり夜更かしはしないように」

「わかってる……ますわ！」

婚約破棄されてからがスタートなのだ。

そう、明日から悪役令嬢としての生活が始まるのだと喜びに震え、期待に胸を膨《ふく》らませていた――はずだったのに……

第一章

「リリー」

登校したばかりの自分を馴《な》れ馴《な》れしく呼び捨てにする声に振り向くと、〝元〟婚約者のクロヴィス・ギー・モンフォールが立っていた。

頭脳明晰《めいせき》、容姿端麗、成績優秀、王の座が約束されている王子と、長所を挙げはじめるとキリがない、神に愛された男。

女子だけでなく男子にとっても憧れの存在である彼だが、昨日の今日で何用だと、リリーは笑顔ではなく素の表情を向けた。

「……おはようございます」

「話がある。ついてこい」

リリーが思っていた展開とは少し違う朝だった。

クロヴィスの傍には確かに人がいた。だがそこにいるのは見慣れた騎士見習いの護衛だけで、〝彼女〟はいない。

悪役令嬢としての登場シーンは最も重要だ。紙に書き出した嫌味な台詞《せりふ》をまるで舞台役者のように何度も練習したというのに、肝心のヒロインがいないのでは話が変わってくる。

「ここでどうぞ」

「ついてこいと言ったはずだが？」

「ここでじゅうぶんですから」

「何か問題でもあるのか？」

なぜ問題がないと思っているのだろう？

自分から破談にした女を部屋に招いて話す内容とは？

昨日の今日で部屋に来いなどとどの口が言うのか。

こうなったら仕方がない。リリーは作戦を変更することにした。完璧なプランAから、何かあった時のためのプランBへ。

「今更わたくしに何用ですの？　昨日、わたくしは大勢の前で婚約破棄を言い渡されるという、それはそれは酷《ひど》い羞恥《しゅうち》と屈辱を与えられました。あなたにとっては心変わりによる当然の行為でしょうけど、それを手紙でわたくしだけに伝える方法もあったのに、わざわざあのような場所であのようなやり方をした非常識な方と話すことは何もありませんわ」

腕組みをして顔を逸らし、フンッと鼻を鳴らしてみせる。そんなリリーを見る護衛の視線に少し居心地の悪さを感じるも、引く気はなかった。

「リリーちゃん、気持ちはわかるけど、クロヴィスは昨夜からリリーちゃんと話がしたいって言ってたんだよ」

「……はあ？」

「その反応わかるよ、わかる。婚約破棄だって言っておいてその翌朝から話がしたいなんて、馬鹿も休み休み言えって思うよね」

「おい」

クロヴィス同様、リリーに馴《な》れ馴《な》れしく話しかけるこの男はセドリック・オリオール。オリオール家は代々モンフォール家の護衛をしてきた騎士の家系。クロヴィスとは幼馴染《おさななじみ》だが、家柄のせいもあって従者をしている。

誰にでも、特に女性に優しいセドリックの周りにはいつも、砂糖に群《むら》がる蟻《あり》のように女子生徒が集まってくる。皆、セドリックの顔と優しさが好きなのだ。

「さほど時間は取らせないだろう。話ぐらい聞いてやれ」

クロヴィスを挟んでセドリックとは反対側に立つ不愛想なこの男は、フレデリック・オリオール。セドリックの双子の弟で、こちらの方が背が高く、がっちりと筋肉質な体つきをしている。兄と同じく端整な顔立ちながら、感情表現も口数も少ない故に女子生徒はあまり近付かない。しかし、剣の腕が立つこともあり、意外にも人気は高い。

「時間がかからないのであれば、尚更こちらでよろしいのでは？　大勢の前で婚約破棄を突き付けたのですから、たいていのことはどこでも話せるでしょう？」

「とりあえず部屋に来い。ここで言い合う時間がもったいない。それこそ無駄な時間だ」

どうしても学園内の自分の部屋へ呼びたいらしい。人を殴りたい衝動に駆られた時、人はどうやって抑えているのか学んでおくべきだったと、リリーは自分の勉強不足を後悔した。

無意識に握り込んだ拳《こぶし》を感情のままに振り下ろしてもフレデリックに止められるのは目に見えているし、まだヒロインが出てきていないのに〝リリー・アルマリア・ブリエンヌは暴力的〟とイメージが変わってしまうのは困る。

だが、リリーは今日からは悪役令嬢になる予定。少しぐらいヒステリーな姿を見せてもいいような気もしていた。

「あなたはもう婚約者ではありませんので、わたくしが言うことを聞く義理はないのですわ。まあ、あなたがどうしてもとお願いするのであれば、聞いてあげないこともありませんけど。どうしてもと、お願い、するのであれば」

我ながら少し悪役令嬢っぽいことが言えたと震えそうになるのを堪《こら》え、リリーは一人感動を噛みしめる。予定とはだいぶ違ったが、これで間違いなく悪役令嬢としての第一歩を踏み出せたのではないだろうか。

あのクロヴィス・ギー・モンフォールにこんな口が利《き》けるのは、人を敬うことを知らない悪役令嬢か命知らずの愚か者ぐらいだが、自分は婚約破棄された悪役令嬢なのだから問題ない、とリリーは満足げに頷く。

「リリーちゃん、なんか性格変わった?」

「猫をかぶっていただけだろ」

この無礼な男フレデリック・オリオールの言葉選びを、リリーはあまり快く思っていない。

レディへの物言いを知らない男は死罪という法律があれば今すぐギロチンにかけられたのにと、リリーは顔を背けて溜息を吐く。

「王家に嫁《とつ》ぐに相応《ふさわ》しいレディとして振る舞っていただけですわ。でもそれももう必要なくなったことですし、これからはありのままの自分で生きることにしましたの。これが本来のわたくしですのよ」

「……」

昨日の今日で話し方が変われば誰だって怪しむに決まっている。

フレデリックの言う『猫をかぶっていた』という発言は間違ってはいない。急変を怪《け》訝《げん》に思う気持ちもわかるが、これからはこうして生きると決めたのだから、軽蔑されようとどうだっていい。そんな小さなことを気にしていては悪役令嬢にはなれない。

「話し方おかしいよね。リリーちゃんっぽくない」

「おかしくありませんわ！　わ、わたくしは元々、こういう喋《しゃべ》り方ですのよ！」

「子供の頃から知ってるけど、絶対違う」

「馬鹿っぽいぞ」

〝馬鹿っぽい〟。それはリリーが言われたくない言葉ベスト3に入っている。リリーがどういった言葉を嫌うかわかっているくせにサラッと言ってしまうのがフレデリック・オリオールという男だ。リリーの中で彼は〝無神経男〟と呼ばれている。

早く法整備をしてもらわなければ他の女性までこの男に傷つけられかねない。リリーはやることとリストにフレデリックの断罪を追加した。

「とにかく来い」

「ですから、来てほしければ頭の一つでもお下げになってはいかが？　あなたがそこまでなさるなら、従ってあげてもよろしくてよ」

男のプライドは常に雲の上にあり、地面に立つ女に頭を下げるなどありえない行為だ。ましてや相手は王子。それをわかっていて、どうしても来てほしいならその頭を下げろと、リリーはクロヴィスを挑発した。

腕組みをして顎《あご》を少し上げたリリーを、オリオール兄弟が困った顔で見る。

「俺の部屋に来てく――」

「行きます！　行きますわ！　さあ行きましょう！」

迷いなく頭を下げようとするクロヴィスの額をとっさに両手で支え、それ以上は下げられないようにした。

クロヴィス・ギー・モンフォールが女に頭を下げる様など見ていられない。王族モンフォール家の長男が公爵家の娘に頭を下げるなど、あってはならないことなのだから。

（ああっ、私の馬鹿！　弱虫！　根性なし！）

そもそもあの堅物がなぜこんなにも馬鹿正直に頭を下げようとしたのかわからないリリーは、何か企《たくら》んでいるのではないかと不安になっていた。

「ハーブティー、好きだったよね？」

「本当は甘ったるいチョコレートドリンクが好きなんですの。ハーブティーなんて味のない飲み物を好む女性がいると、本当に思っているなら驚きですわ。チョコレートドリンクにしてくださる？」

「クロヴィスは女がキャッキャ言いながら貪《むさぼ》るチョコは好まない。知ってるだろ」

「わたくしはキャッキャ言いながら貪《むさぼ》り食べますの」

「でも、チョコレートはないからねぇ」

「じゃあハーブティーも結構ですわ。昨日の今日で話したい大事なお話とやらを聞いたらすぐに帰りますので、さあどうぞお話しなさって」

本当はハーブティーはリリーの大好物。モンフォール家御用達のハーブティーは特に香り高く、ほんのり甘くてリラックス効果抜群の高級品。この部屋に呼ばれる時はいつも、クロヴィスとの退屈な会話よりハーブティーを楽しみにしていたぐらいだ。

(言ったはいいけど悪役令嬢だって令嬢なんだからハーブティーぐらい飲むわよね?　もらえば良かったかな)

セドリックの申し出を突っぱねたものの、まだ掴みきれていない悪役令嬢キャラのせいで大好物を逃したことをリリーは若干後悔した。

「俺は昨日、お前に婚約破棄を言い渡した」

「ええ、驚きましたわ。婚約破棄よりも、まさか他人への敬意の払い方も知らない方が王子だったなんて、と。あれではまるで見世物でしたものね。モンフォール家の跡取りであるクロヴィス・ギー・モンフォールに切り捨てられたわたくしは、父からそれはそれは酷《ひど》いお叱りを受けましたのよ。あなたの心変わりはあなたの浮気心のせいではなく、わたくしが至らなかったせいだと」

「そうか」

(そうか?　そうかって言った?)

肯定こそしていないが、否定なきは肯定も同然。これは男女の脳の違いによる認識の不一致ではなく、幼い頃より王となる存在であれと叩き込まれ、彼を見下す者も存在せず、常に彼の意見が正しいとされる世界で育ったせいだと、リリーはわかっていた。

そして、自分が抱えているこの感情が、爆発寸前の怒りであることも。

「だが悲しんではいないだろう」

「そのようなこと……。あと一年で結婚だと思っていたのに、突然婚約を破棄されて、驚きと悲しみで昨夜は眠れませんでしたわ」

実際はノートに悪役令嬢らしい台詞《せりふ》と行動を書き出していたせいで眠れなかっただけだが、リリーは涙の滲《にじ》まない目元を押さえ、バレバレの嘘泣きをして見せた。

「そのわりには肌艶《はだつや》が良く、充血も見られないが？」

「ご期待に沿えずごめんなさいね」

クロヴィスが相手なら悪役令嬢を気取らずとも嫌味が言える。

「俺が聞きたいのはただ一つ。お前はなぜあの時笑った？」

「あの時？」

「俺が婚約破棄を告げた時だ」

言われてようやく、自分が満面の笑みで婚約破棄を受け入れたことを思い出した。

リリーは、今回の婚約破棄を前々から予想していた。悪役令嬢ものの小説を読んでいたことも理由の一つではあるが、女の勘でもそれはじゅうぶんに感じ取れていた。

転入生として現れた貧民街出身の娘が、いつの間にかクロヴィスの横に立つようになり、リリーが気付いた頃には二人の関係を疑いたくなるほど親しくなっていた。

愛らしい笑顔と小柄な背丈はたいていの男が守ってあげたいと思うもので、〝彼女〟が現れてから、リリーはクロヴィスからお茶に誘われる機会が減り、〝彼女〟とお茶をしている彼の姿を見かけることの方が多くなった。

そして何より、この春に行われたパーティーでは、明らかにリリーより〝彼女〟と過ごしている時間の方が多かった。

これらを経験していながら、自分は婚約者だからと胡坐《あぐら》をかき続けるほど、リリーは馬鹿な女ではない。そのため、近いうちに婚約は解消になるかもしれないと覚悟していた。

故にリリーは、婚約を破棄してもらえれば悪役令嬢として理想的なスタートが切れるという目論見《もくろみ》通りになった状況に、つい笑顔になってしまったのだ。

「俺達の婚約は親が決めたもので、俺達が愛し合って決めたことではない」

「そうですわね」

「それなら、なぜさっさと言い出さなかったんだ?」

「何をでしょう?」

「婚約解消をだ」

クロヴィスが何を言っているのかすぐには理解できなかったリリーは、ポカンと口を開けたまま数秒固まってしまった。

親が決めた王族との婚約にどうして自分が、公爵の娘が、解消など言い出せるのか。クロヴィスはリリーの父親がどんな性格かをよく知っているはずなのに、それこそ〝なぜ〟リリーから婚約解消を言い出せると思ったのかが謎だった。

「笑うほど嬉しかったか？」

あの時と同じように笑顔で『はい！』とは言えない。

まさか愛読していた悪役令嬢本の展開と同じように、大勢の前で婚約破棄を突き付けられたのが嬉しかったなんて、言えるはずがなかった。

「そんなの……泣きたくなかったからですわ。父は泣いて縋《すが》りつけとわたくしに怒鳴りましたが、心変わりしたあなたをどうして引き止められますの？　真面目なあなたが皆の前で婚約破棄を言い渡すということは、それは嘘や冗談ではないということ。わたくしにできることは、みっともない姿を晒《さら》すことではなく、しっかり現実を受け止めて笑顔でいることだけだったのですわ」

嘘と本音が半分ずつ。

これが愛しい婚約者が相手であれば、数日間泣き続けていたかもしれない。しかし、リリーとクロヴィスの間に愛情が芽生えることはなく、愛情のない関係に心変わりがあるのは当然のことだと涙一つ出はしなかった。

「お前は――」

「そんなことより、今日はエステル様はいらっしゃいませんの？」

「……ああ、呼んでいないからな」

「そうですか」

どうして大事なこの場にヒロインがいないのか。

クロヴィスに呼び出されたことも不満だが、それよりもヒロインが同席していないことの方がずっと不満だった。

（ヒロインはいつも主人公の傍にいなきゃ話が進まないのに）

本当に最後まで現れないつもりかと、室内を見回すとドアが開いた。

「クロヴィス様！」

「……エステル、なぜ来た。ここには来るなと言ってあっただろう」

「リリー様がご一緒だと伺って……その……」

（来た、来た来た来た！）

〝彼女〟登場。来るなと言われていたのにやってくる。それでこそヒロイン。

彼女――エステル・クレージュは、貧民街出身でありながら貧しさや卑《いや》しさを感じさせない品がある。

控えめな声で遠慮がちに話しかけ、体の大部分は部屋の外にあるのに顔はしっかりと中に入っていて、眉の下がった上目がちな視線。これぞまさにヒロインの行動だと、リリーは思わずガッツポーズしそうになった。

こういう展開がなければ綿密に立てた悪役令嬢計画がダメになってしまう。リリー的にはどんどん前に出てきてくれることを期待している。

「あら、エステル様ではありませんか。ごきげんよう。ちょうどエステル様のお話をしていたところですわ」

「え、そうなんですか？　リリー様とクロヴィス様が揃って私の話だなんて、恐れ多いです」

話の内容までは言っていないのに良い話と解釈したようでパアッと表情を明るくする。そのままちゃっかり部屋の中に入ってくる辺り、なかなか図太い人物らしい。

「あなたが卑《いや》しい貧民だという話をしていましたの」

「え？」

「リリー」

（ここが、ここが私の悪役令嬢としての意地の悪さの見せどころよ。準備は万全。舞台は整い、役者も揃った。プランBからプランAへ移行する！）

相手もいないのに予習し続けた成果を見せる時だと、リリーは頭の中にある【悪役令嬢ノート】を開いてプランAに〝実行〟の判を押した。

「一緒に来てほしいと彼に頭を下げられて、渋々この部屋にやってきましたの。誰かから聞いたのか、それとも陰から盗み見ていたのかは知りませんけれど、わざわざ部屋まで来て顔を覗かせるなんてあざとい真似、よくできますわね」

「あざ、とい？」

「彼がわたくしを部屋に招いたことが心配だったのでしょう？　可能性は低いけれど、婚約破棄を撤回するかもしれない。もしくはわたくしが泣いて縋《すが》りつき、彼が考え直すかもしれない。そうなったら必死に奔走《ほんそう》して取り入った自分の立場がなくなってしまいますものね。ふふふっ」

どんなことがあろうと王子に失望されるような人間にはなるなと教育されてきたが、悪役令嬢を演じる楽しさを知ると、そんな教育はもうどうだっていいと思える。ただ、扇子《せんす》を用意していないことだけが悔やまれた。発注はしたがまだ届いていないのだ。

「わ、私、そんな心配は……」

両手を握りしめて小さく震える姿は、悪役令嬢にイジメられるヒロインそのもの。こんな場面を父親に見られでもしたら勘当ものだが、今更やめようなどと思うはずもない。ずっと憧れていた存在に自分が今なろうとしているこの高揚感を手放すことはできない。性格が悪い、猫かぶり、性根が腐っているなどと言われようと、進み始めた足を止めるつもりはなかった。

「クロヴィス様……」

いつの間にかしれっとクロヴィスの隣に腰かけたエステルが、クロヴィスの袖を摘《つ》まみ、今にも泣き出しそうな顔で助けを求める。リリーが何度も小説で読んだようなシーンがそこに再現されている。

「リリー、侮辱はやめろ」

エステルの前に腕を出し、庇《かば》うようなポーズでリリーを止めるクロヴィス。

これがヒロインであればクロヴィスの反応に傷つき涙を滲《にじ》ませて部屋を飛び出すのだろうが、それはあくまでもヒロインの行動であって、悪役令嬢はそんな行動には出ない。

リリーにいたっては泣くどころかむしろ、悪役令嬢ポジションに立てたことに喜びしか感じていない。

「男性に取り入るのがお上手ですのね。よろしければわたくしにもやり方を伝授していただけませんこと？　ああ、できませんわね。天性の才能ですもの」

「酷《ひど》い……ッ」

クロヴィスの胸に顔を寄せ、肩を震わせて泣き出したエステルの小さな背中に彼の腕が回る。

ヒロインたるもの、いつ何時も涙を忘れてはならない。その点、リリーは婚約破棄の時に涙どころか笑顔を見せてしまったため、自分は最初からヒロインには向いていなかったのだとエステルの様子を見て大いに納得した。

「王子、話は以上ですか？」

「……ああ」

「では、わたくしはこれで失礼いたしますわ」

悪役令嬢は去り際にも余裕を持つこと。感情を乱さず、泣くヒロインの傍を華麗に去る。

それが、理想の悪役令嬢。

「フレデリック、送ってやれ」

「結構ですわ。ブリエンヌ家とモンフォール家はもうなんの関係もありませんもの。あなたとわたくしも今日から、いえ、昨日から既に赤の他人。ですので今後、もしわたくしの姿を見かけても、話しかけてくださらなくて結構ですわ。浮気男と話すことなど何もありませんし、顔も見たくありませんから」

「リリー」

「さようなら」

リリーは自分でも驚くほどクロヴィスに未練がなかったことに少し申し訳なさを感じていた。

親が決めた婚約なのだから愛情などなくても仕方ないが、ここまで相手を想う気持ちがないとは思っていなかった。ほんの少しは胸が痛くなったりするかと思っていたのに、エステルがクロヴィスに抱きついた時でさえ、何も感じなかった。

思ったのはただ一つ。〝エステルは素晴らしいヒロイン気質の持ち主だ〟ということだけ。

リリーは今日、悪役令嬢の素晴らしさを身をもって知った。

こんなにスッキリとした別れが訪れるなんて思ってもいなかった。

婚約解消されただけのブリエンヌ公爵家長女リリー・アルマリア・ブリエンヌだったら、あんなことは絶対に言えない。ちゃんとクロヴィスの話を聞いて、彼を理解しようとしたはず。

それがあんな無礼な言葉を臆《おく》することなく言えたのだから、役になりきることの凄《すご》さを痛感していた。だが、ふと頭に浮かぶ光景。

（抱きしめてた）

スッと当たり前のように、守るように回された腕。自分が彼に抱きしめられたのはいつだったか、そもそも抱きしめられたことが一度でもあっただろうか。思い出そうとしても出てこない。

（ま、クロヴィスも私と同じだったってことよね）

好き合っていなかったのだから心変わりもわかる。公爵令嬢から乗り換える相手としてはエステルの身分は最悪だが、それももう自分には関係ないことだ。

「疲れたぁ……」

「また靴を脱ぎっぱなしにして。制服は脱いでからベッドに上がってください」

「少し休んでるだけ。今日はまだすることがあるの」

悪役令嬢がただ高笑いをするだけのキャラクターではない理由がなんとなくわかった。今日、ああした態度を取ったことへの後悔は微塵《みじん》もないが、それでも、心配で顔を覗かせたエステルを一方的に傷つける必要はなかったような気もしていた。あの唐突すぎる侮辱は、凛《りん》とした悪役令嬢の行いではなく、ただのいじめっ子だったかもしれない。

悪役令嬢にも色々な性格の持ち主がいるように、リリーも自分がなりたい姿をハッキリ描かなければならない。今後の課題が見つかった以上、今日もまた机に向かって夜更かしすることが決まった。

「アネット、私とクロヴィスって何か婚約者らしいことはしてた？」

「いいえ、何も。いつも退屈そうにお茶をしてましたね。お嬢様は本を読み、王子は政治の話をし、次の逢瀬《おうせ》の時間を決めて各自帰宅。愛の冷めた夫婦のようでしたよ」

「そうよね……」

愛情など欠片《かけら》もないのだから、それに不満を感じたことはなかった。もしひと欠片《かけら》でも愛情があったなら、自分を見てくれないクロヴィスに怒っていたかもしれない。怒りさえ込み上げなかったのは、冷める愛もなかったからで……

思えば、エステルのようにクロヴィスに抱きしめられたり甘えたりということは一度もなかった。だから、自分と比べてクロヴィスの体温が高いのか低いのか、手は大きいのか小さいのか、抱きしめる腕の力は強いのか弱いのか、リリーはそんなことさえ知らなかったし、知ろうともしなかった。

父親が言う〝足りない努力〟とはそれだったのかもしれないと、今になって気付く。しかし、気付いたところで次の機会は存在しない。もう婚約者という関係は終わったのだから。

「ところで、旦那様が次の婚約者探しに奔走《ほんそう》しておられるのはご存知ですか？」

「嘘でしょ？　早すぎるわ！」

「悪役令嬢ごっこを満喫している時間はないかもしれませんね」

「嫌よ！　始まったばかりなのにまた相手に合わせて生きなきゃいけないなんて、そんなの嫌！」


しかし、リリーの父親の性格上、娘の待ったなど聞いてくれるはずもなく、翌朝には目の前に座る父の姿が見えないほど高く、数えるのも嫌になる量の見合い写真が積み上げられた。

「どれがいい？　お前が好きなのを選ばせてやろう」

「ショッピングではありませんのよ」

「今度は面倒がないよう、次男を選んだぞ。顔良し家良し、まあ性格に難がある男もいるが、そこはお前が上手くやればいいだけの話だ。今度こそ、な」

「そんなところに娘を嫁《とつ》がせるなんて、不安じゃありませんの？」

「お前が王子に婚約破棄を言わせたせいだ。反論ではなく反省をしろ」

「わたくしのせいではありませんわ！」

「その馬鹿みたいな喋《しゃべ》り方をやめろ！」

フレデリックに続き、二度目の〝馬鹿〟。これは悪役令嬢の基本の喋《しゃべ》り方であって、馬鹿な子のように喋《しゃべ》っているわけではないが、言えるはずがない。

言葉は人が持てる中で最大の武器だと言われているのを知らないのかと噛みつきたいのを、リリーは笑顔を貼り付けることで堪《こら》えた。

「わたくしはこれからこの喋《しゃべ》り方で生きていくと決めましたの！」

「馬鹿を言うな！　お前は父親に恥をかかせたいのか！」

「娘を恥だと思うのですか？」

「そんな馬鹿みたいな話し方をする娘を恥だと思わん親はおらん！」

こうするに至った経緯を話しても理解してもらえなければ意味がない。その理解力が自分の父親にあるとは思えず、リリーは説明を諦めて顔をしかめた。

「おはようございます、リリー様」

「おはようございます」

登校前に父親とやり合ったおかげで、既に疲労困憊《こんぱい》のリリー。

こんな日は学園になど行かず、部屋に閉じこもって悪役令嬢が活躍する小説を読み耽《ふけ》りたい。しかしそんなことをしているのがもし父親にバレでもしたらと思うと、考えただけで恐ろしい。そのため笑顔を貼り付けて登校したわけだが……

「リリー」

「……冗談でしょ……」

昨日のことが夢でなければ、昨日リリーは間違いなくクロヴィスにハッキリと伝えたはず。もし姿を見かけても声をかけるな、顔も見たくないと。

それに、ずっと言ってみたかった台詞《せりふ》を言えた感動に身体が震えたあの感覚が夢であるはずがないと、リリーは首を大きく横に振る。

「リリー、話を――」

「王子、わたくしのことはこれからブリエンヌ嬢とお呼びくださいませ」

「なぜだ？」

「わたくしとあなたが他人だからですわ」

「婚約者ではなくなったが、幼馴染《おさななじみ》だろう」

「幼馴染《おさななじみ》は他人ですのよ」

「リリー、昨日の話の続きを――」

「結構ですわ！」

昨日話をしたという出来事は覚えていても、その内容は忘れているらしい。多忙な毎日にクロヴィスも疲れているのだと理解を示し、リリーは足早にその場を後にした。

正直に言うと、悪役令嬢としては王子という存在はどうだっていい。リリーが読んだ小説の中には叶わぬ恋に身を焦がしてヒロインをイジメる悪役令嬢もいたが、リリーは叶わぬ恋をしたのではなく婚約破棄をされただけ。

対王子用のプランを練っていないため、相手にしたくないというのがリリーの本音だった。何より、今まで微塵《みじん》も感じなかった〝疲れる〟という感覚に支配されている今、できればクロヴィスとは話をしたくなかった。

「皆さん、おはようございます」

教室に入ると、リリーはいつもと雰囲気が違うことに気が付いた。いつもなら返しきれないほどの挨拶の声がかけられたのに、今はパラパラとしか聞こえてこない。それらの声はどれも小さく、誰一人リリーに寄ってこない上、向けられる視線が変だった。

怪訝《けげん》に思ったリリーが室内を見渡すと、何事かと聞くまでもなく、原因はそこにいた。

「リリー様！　昨日は大変失礼いたしました！　クロヴィス様と大切なお話をなさっていたのに私がお部屋を訪ねてしまったことでご気分を悪くされましたよね」

それほど広くはない教室の中を小走りで寄ってきたエステルがリリーの目の前で深く

頭を下げた。

ああ、始まっている。そんな言葉が頭に浮かんだ。

リリーは学長が救済枠を作った際、素晴らしい考えだと賛同した。世の中というのはいつの世も不平等であり、生まれで諦めなければならないことがある。それは内容こそ違えど貴族も貧民も同じ。でも手に入れられないものは圧倒的に貧民の方が多い。だから見るだけで、憧れるだけで終わっていた世界に足を踏み込んだことで手が届くと多くを望み、欲する気持ちもわかる。

可愛い。小さい。謙虚。優秀。そこに貧民という苦労ワードが入るだけで与えたい、守りたいと思うのだろう。操るのはそう困難な話ではないが、人を動かす方法はエステルの方が知っていると確信した。これは昨日侮辱した仕返しなのだということも。

「いえ、いいんですのよ」

「皆さんが親切にしてくださることに甘えすぎていたんだって気付きました。私、親切を受け取っていただけで、取り入ったつもりなんて全然なくて。あざといつもりもなかったんですが、リリー様にはそう見えていたのですね。これからは気を付けます」

小説の中でよく見る〝息を呑む〟という行動を、リリーは初めて経験した。

リリーが来るまで、エステルはきっと昨日のことを歪曲《わいきょく》してクラス中に言いふらしていたのだろう。

大きな瞳を必要以上に潤《うる》ませて口元を手で覆《おお》い、震える。

昨日も今日もそんなに震えて筋肉痛にならないのかとどうでもいい疑問がリリーの頭をよぎるが、さすがにここでそんな無神経なことを聞くわけにはいかない。

「私は確かに貧民街の出で卑《いや》しい身分かもしれません。でも、貧民街出身の人間が全て卑《いや》しいような言い方はなさらないでください」

今は関係のない話をあえてここで暴露するとは、なんとも賢いやり方。

自分を犠牲にしたような言い方で好感度を上げ、全員の前でリリーの言動を晒《さら》すことでその評判を落とすという、なんとも隙のない作戦。

（皆の前で堂々とやる度胸。あざといつもりがないって言ったそばからあざといんだから凄《すご》いわ）

しかし、これでエステルがしてやったりと思っているのであればそれは大間違いだと、リリーは笑顔を見せる。リリーにとって今の状況はご褒美であって、窮地にはなりえない。

こうして立っているだけで勝手にリリーの評判を落とし、悪役令嬢への道を歩ませてくれるのだから感謝したいくらいだ。

「傷つけてしまったのなら謝ります。ですが、部屋に来るなという王子の命令を無視して部屋を訪ねるのは感心しませんわね。わたくしと王子が二人きりになるのを心配してのことでしょうけど、婚約者でも恋人でもないあなたが間に入っていいことではありませんのよ」

「え、ええ、ですから謝罪を……」

「それから、王子が入っていいと許可していないのに中へ入って居座るのも、どうかと思いますわ」

「も、申し訳ございません……！」

「あのような常識外れな振る舞いをなさる方は初めて見たものですから、貧民などと度が過ぎた発言をしてしまいました。そのことについては謝りますわ」

周りの生徒が放つ異様な雰囲気に、リリーは顔を動かさず視線だけを周囲の生徒に向けた。

男子生徒達が怒りを滲《にじ》ませてリリーを睨んでいるのは勘違いではない。それだけ、リリーよりもエステルの人気が高いということ。

（きっとこうして私は皆から軽蔑の目を向けられ、これからは一人ぼっちで過ごすことになるのね。すれ違い様に何か言われたり、陰口を叩かれたり、実は最低な女だったとあることないこと噂を流されて、それでも己《おの》が道を行く。そんなストーリーが浮かんでくるわ！　ああ、楽しみで仕方ない！）

期待で緩みそうになる口元を、リリーは届いたばかりの扇子《せんす》を広げて隠す。

「そろそろ授業が始まりますので席に――」

「リリー様はそのようなお方ではありません！」

「え……？」

まずは上々の出来、とエステルを解放しようとしたところで、ふいに女子生徒に遮《さえぎ》られ、思わずリリーの口から間の抜けた声が漏れた。

「リリー様がそのようなことをおっしゃったのは彼女の非常識な行動のせいです。この学園に通う生徒は皆、紳士淑女でなければなりません。紳士淑女とは何かを学ぶ授業もある以上、彼女の出自は理由にならず、無礼な行動も後々謝罪すればいいという軽率な考えを持つ彼女に問題があるのです」

誰かが庇《かば》ってくれる展開なんて想像もしていなかった。皆に見放されて一人ぼっちになりながらも悪役令嬢として強く生きていく……つもりが、これはリリーの台本にはなかったことだ。

何か策はないか？　もっと侮辱の言葉を、と思っても、焦りで回らない頭では「貧民」というワードしか出てこない。それではあまりにも語彙力《ごいりょく》に欠ける。

とりあえず今は彼女達がこれ以上味方をしないよう止めるのが先だ。

「庇《かば》ってくださってありがとうございます。でもいいのです。わたくしがそう言ったことは確かですし、庇《かば》っていただくようなことは何も――」

「腹が立てば誰だって普段言わないことも言ってしまうものです。リリー様がお優しい方であることは皆が知っています。私達はリリー様の味方ですから！」

「あ、ありがとう、ござい、ます……？」

（なぜこうなってしまうの？　ここは全員が私をひそひそと貶《けな》しながら散っていく場面なのでは？）

あんな嫌味な言い方をした人間になぜ味方が出てきてしまうのか、リリーには全く理解できなかった。

「リリー様、ランチご一緒しませんか？」

「あ、今日はバラ園で人とお茶をする予定なのでごめんなさい」

「そうですか。ではまた午後に」

「ええ」

午前の授業は全く頭に入ってこなかった。

リリーの予定では『差別する人だとは思わなかった』、『あんなに良い子のエステルちゃんに優しくできないなんて心の狭い女だ』、『公爵令嬢だからって言いたい放題ね』とかなんとか、ひそひそと言われるはずだった。それが少しも上手く進んでいない現実に一瞬心が挫《くじ》けそうになったものの、男子生徒の目は予想通り冷たくなったので、これはこれで成功したと言えるのかもしれないと前向きに考えることにした。

予想外だったのは女子生徒の中に元々エステルを快く思っていない者が多かったということ。リリーから離れていかなかった生徒は思った以上に多かった。

「悪役令嬢と名乗れる日は遠そうね……」

「——キャアッ！」

「キャッ！」

ランチを食べながら今後の行動を考えようと、構内にあるバラ園の入り口に着いた時、リリーはドンッと何かにぶつかり、続けて悲鳴のような声と何かが地面に落ちる音を聞いた。

リリーも思わず一緒に悲鳴を上げ、ぶつかった相手に顔を向ける。

「……あら、エステル様」

「リリー様……」

「だいじょう――」

それほど混雑しているわけでもない廊下でなぜぶつかったのかは疑問だが、考え事をして前方に注意していなかった自分も悪いけど、そこまで強くぶつかってはいないはずなのに一人尻餅《しりもち》をついているエステルを助け起こそうと手を伸ばしたリリーの手を見て、エステルが大きく口を開いた。

「きゃあぁぁあああ！　ごめんなさいリリー様！　申し訳ございません！」

「え？」

エステルが急に大声を上げる。

バラ園は多くの生徒がランチタイムに利用する人気の場所。今の時間帯は、従者を引き連れた令嬢令息達が優雅に歩いている。

エステルの喚《わめ》く声は、自分の自慢話と他人の噂話にしか興味がない彼らの足を止めるにはじゅうぶんで、リリーとエステルの周囲にはすぐになんだなんだと人が集まり始めた。

「ぶ、ぶたないでください！　お許しください！」

「え？　ぶつ？」

突然始まった演劇にすぐに対応できず戸惑ってしまう。

「申し訳ございません！　クッキーを焼いたのでクロヴィス様にお届けしようとしていただけなんです！」

エステルがどこへ何をしに行こうとしていたかはどうでもいいし聞いてもいない。

リリーがエステルへ手を伸ばしたのはぶつつもりではなく助け起こそうとしたからなのだが、エステルの大袈裟な演技により、人によってはリリーが彼女を叩こうとしているように見えただろう。

「私がクロヴィス様にクッキーをお届けするのが気に入らないのですね……」

「え、いえ……あ」

もしかして、エステルは自分の企《たくら》みを知っていて協力してくれているのではないか、と勘違いしてしまうほど上手く状況を運んでくれる。ならばこれを利用しない手はない。

これは自分に与えられた、またとない機会。

拾わないわけにはいかないと、咳払いをしてから顎《あご》を少し上げ、見下す表情を作った。

リリーの足元には、中身が一目でわかる透明の袋にピンクのリボンでラッピングされた、見るからに手作りのハート型クッキー。

手作りという時間と手間のかかる作業をしたことは女として見習うべきところであり、その努力は称《たた》えられるところでもある。

しかし、悪役令嬢としては今はその手間と努力を踏み潰す時なのだ。

まるでゴミでも拾うように親指と人差し指で袋を摘《つ》まみ上げ、それを嫌そうな表情で見やる。

「ええ、気に入りませんわね。彼とは自我が芽生える前からの付き合いで、わたくしは彼の全てを知っていると言っても過言ではありませんの。彼はチョコやクッキーは好みませんのに、それを差し入れるだなんて……ふふっ、何もご存知ないのね。この際だから教えてさしあげますわ。貧民街ではこんなあざとさ丸出しのハートの手作りクッキーを渡すだけで男をゲットできたのかもしれませんけど、残念ながら貴族は手作りなんて不気味な物は受け取らないんですのよ」

〃持てる者は与え、一切の差別をしてはならない〃という学園のモットーを破る発言も忘れない。

「どうしてそんな酷《ひど》いことが言えるのですか！　私はただ、お疲れのクロヴィス様に少しでも癒《いや》しをと思って……」

「よくもまあそんな押し付けがましいことが言えますわね。彼の立場を考えれば、邪魔をしないことが一番に決まっていますわ。あなた一人が子供のように浮かれている間にも、彼は休む間もなく仕事をしているのです。そんな中『あなたのためを思ってハートのクッキーを作ったんです。どうぞ食べてください！』なんて馬鹿な犬のように尻尾を振る女の相手をしなければならないことがどれほど負担になるか。そんなこともわからない女がくっついて回るなんて、彼には同情しますわ」

実際、リリーはクロヴィスが休んでいる姿をほとんど見たことがない。いつも何かの書類に目を通していた。そんな彼でも、リリーとのお茶の時間だけは書類に触らず話をしてくれた。それでも話題は自分が関わる政治の話だったわけだが。

しかしリリーは婚約者として、政治に参加はできずとも把握しておくぐらいは当然のことと思って話を遮《さえぎ》ることはしなかったし、邪魔になるような行動もとらないようにしてきた。

一人っ子であるクロヴィスが王位を継ぐのは決定事項。その重圧は楽勝だと笑い飛ばせるようなものではなく、歩んでいく人生は自分だけのものではなくなる。彼の伴侶になる女はそれを理解し、重圧に潰されないよう支えるのが役目であって多忙極める彼の邪魔をするなど言語道断。

手作りのクッキーを渡せば彼が癒《いや》されると勝手に想像しているエステルがとってくれる行動はリリーにとって嬉しい展開ではあるが、今は高笑いする気にもなれない。

こんな女を選ぶために自分は捨てられたのかと思うと、腹が立つと同時に趣味の悪さに呆れてしまう。

「リリー様がそんな酷《ひど》い方とは知りませんでした！　そんなだからクロヴィス様に愛想を尽かされるんです！　クロヴィス様、言ってましたよ！　あいつは笑わないから可愛げがない、女は可愛げがなければ終わりだと！」

（ああ、だから……）

エステルの言葉でクロヴィスの謎の発言の意図がわかった。

「確かにリリー様はクロヴィス様のことをよくご存知かと思いますが、もう婚約者じゃないんですよね？　なのにこうして私を責めるのは、今も未練があるからですか？　だから私にこんな酷《ひど》いことを言っ——キャッ！」

パンッと乾いた音が響くと共に、立ち上がりかけていたエステルの顔がそっぽを向く。

突如現れた柔らかなそうなピンク髪がリリーの目の前で揺れた。

「口を慎《つつし》みなさい、貧民」

「リアーヌ様⁉」

叩きつけるような口調でリリーとエステルの間に入ったのは、リアーヌ・ブロワ侯爵令嬢だ。

気位が高いことで有名なご令嬢。物怖《ものお》じせず、周りの目も気にしないリアーヌは、リ

リーよりもずっと悪役令嬢に相応《ふさわ》しい性格で、吊り上がった目は睨まれただけで背筋まで凍り付きそうなほど冷たく、彼女に逆らう者はほとんどいないと聞く。

そんなリアーヌがまさかエステルにビンタをぶちかますなど、誰も予想できなかっただろう。

「私達貴族がなぜ手作りの物を食べないかわかる？　どこで何を触ったかわからない手で作るからよ。何が入っているかもわからない物を口にするわけないでしょう。だから私達には信頼できるシェフが専属でついているの」

「怪しい物など入れてません！　いつも手はキレイに洗っています」

「使っているのは自分の顔が映るまで磨いた道具？　学園の備品だとしても、あなたと私達の衛生管理の基準が同じとは思えないわね」

しまった。ここは貴族の集《つど》う場所。物の考え方に関してはほとんどの生徒がリアーヌに賛同し、エステルの訴えなど受け入れられない最悪の状況になりつつある。

周囲の女子生徒達は声を潜めて隣の生徒と話し、エステルに冷たい視線を向けている。

エステルの味方である男子生徒すら、リアーヌの言葉に頷いていた。

この状況、リリーが上手く立ち回らなければ、たぶん事態は――

「何事だ」

悪化する――

「クロヴィス様！」

「キャアッ！」

ヒロインが誰かを突き飛ばして王子に駆け寄るなどという場面は、今まで読んできた悪役令嬢本どころか恋愛小説でも見たことがない。

ヒロインであるはずのエステルはリリーが思うよりもずっと図太い神経の持ち主らしく、突き飛ばされたリアーヌをリリーが王子のように受け止めるという異例の状況が出来上がっていた。

「リリー様が私を突き飛ばしてクッキーを踏みつけたんです！」

その言葉に、いつの間にか手からクッキーの袋がなくなっていることに気付いた。

クロヴィスの胸に顔を寄せたエステルに素晴らしいまでに歪曲《わいきょく》された話は、その状況を見ていなかった人を信じさせるにはじゅうぶんだろう。

「クッキー？」

「クロヴィス様にクッキーの差し入れをしようと思って、一生懸命作ったんです。それなのにリリー様は私がクロヴィス様にクッキーを差し入れすることが気に入らないみたいで、突き飛ばされて……」

「あなたさっき自分で踏み——」

訂正しようとするリアーヌをとっさにリリーが止める。

エステルを悪者にすることだけは避けなければならない。放っておけば簡単に立場を逆転されてしまいそうで、そうなればリリーの人生設計が水の泡となってしまう。それだけはなんとしても避けたかった。

「リリー様！」

「いいんです。リアーヌ様が庇《かば》ってくださっただけでじゅうぶんですから」

「でもあれは——」

「ありがとうございます。さ、ランチの時間が終わってしまいますわ。行きましょう」

庇《かば》われるのはヒロインの役目であって、悪役令嬢の役目ではない。

リリーの誤算は、周りの目が全てエステルに注がれているにもかかわらず、誰も彼女を庇《かば》おうとはせず呆れた目を向けていたこと。

教室にはあれだけエステルの味方がいたのに、この場には一人もいない。

バラ園は学園内に作られたスペースで、誰もが平等に使えることになっている。が、暗黙のルールで高位の貴族しか訪れない。だからエステルと親しい下位貴族の姿はなく、貧民街出身のエステルを庇《かば》おうとする者がいなかったのだ。

「リリー、本当か？」

　立ち去ろうとしたリリーをクロヴィスが引き止める。

「ええ、本当ですわ。手作りクッキーなどという蛮族《ばんぞく》が好みそうな物を差し入れようとしていたので、注意していたところです」

「だから突き飛ばしたと？」

「突き飛ばしただなんて人聞きの悪い。ヒールも買えない貧民が小さくて見えなかっただけですわ。そこら辺の太い木の枝でヒールでも作られてはいかが？　きっとお似合いだと思いますわよ」

　制服は当然指定されているが、生徒はそれぞれ品位を失わない程度にカスタマイズしている。シャツにフリルをつけてみたり、ネクタイをリボンに替える者もいる。靴は特にヒールの高さや太さにこだわる生徒が多く、エステルのように底の低い支給品を履いている者は少ない。それを馬鹿にしてバラ園の奥に植えてある木を指差しながらヒールを鳴らしてみせる。

「そもそもなぜあなたのような貧民がバラ園を通り道に？　あなたにはバラ園より排水溝の方がお似合いですのに」

「酷《ひど》い……」

「さすがにその言い方はないよ」

「言いすぎだぞ」

「護衛はお黙り」

オリオール兄弟に口を挟まれると、せっかく作った表情が崩れそうになる。

どちらも幼い頃から一緒に育ち、全てを知られていると言っても過言ではない相手だ。庭を走り回る時も屋敷の中を走り回る時も、そうして怒られる時も一緒だった。

そんな二人にどこまで演技が通じるかはわからない。昔から二人はリリーが嘘をついてもすぐ見抜いていた。それは嘘をつくことに罪悪感を抱くリリーがあまりにもわかりやすいからなのだが、本人は気付いていない。だから不安になる。

「リリー、この学園の方針を忘れたのか？」

「あら、王子ともあろう方が貧民を庇《かば》われるなんて、相当お気に入りなのですね」

「差別はするな」

「婚約者でもないのにわたくしに命令しないでくださる？　不愉快ですわ」

「リリー」

わざとらしく大きな溜息を吐いて顔を背けると、地面の上で粉々になったクッキーが目に入る。リアーヌを受け止めた時に落ちたのだろう。

リリーがゴミのように拾い上げた時にはまだ綺麗なハートの形を保っていたのに、本当にいつの間にこうなったのか……。もしリアーヌの言う通り、エステルが踏みつけて一瞬で自分の舞台を作り上げたのだとしたら、その判断力は侮《あなど》れない。

「わたくしにお説教などしてないで、エステル様を慰《なぐさ》めてあげてはいかが？」

「リリー待て。話があると言っ――」

「クロヴィス様！　行かないでください！」

リリーを追いかけようと踏み出したクロヴィスに、エステルがしがみつく。その間にリリーはその場を逃れることができた。

「上手くいかないものね」

予想では、今日のリリーは婚約破棄された可哀相な女扱いをされた後、婚約者を奪ったエステルに嫌味と高笑いをぶつけて悪役令嬢ポジションを勝ち取るはずだった。それなのに、なぜか教室でもバラ園でもリリーを庇《かば》う者が現れた。

抜粋したお気に入りの台詞《せりふ》をエステルに使うこともできたというのに、いまいち悪役令嬢らしくないのはなぜか……。

「――やっぱり何かあったんだ？」

「キャアアァアアッ！」

耳にかかった生暖かい吐息にリリーが悲鳴を上げると、即座に口を塞《ふさ》がれる。

「声がデカい。手は離すが大声は出すな」

「ンンンンンッ？」

フレデリックの声と気付きリリーが頷くと、ゆっくり解放された。振り返ると、無表情のフレデリックと最初に声をかけてきたセドリックが並んで立っている。

「な、なんのつもりですの⁉」

「そりゃこっちの台詞《せりふ》だ」

「は？」

「態度があからさまに変わりすぎて怪しい」

当然二人がリリーの変化を「王子に婚約破棄されたから仕方ない」などという安易な納得をしているわけがなかった。

だが、護衛である二人が護衛対象の傍を離れたということは、この行動は個人的なものではなくクロヴィスの命令だろう。

（なんで今更？）

リリーは不愉快そうな表情で二人を見る。

「そりゃあのクロヴィス・ギー・モンフォールに婚約破棄されちゃ頭がおかしくなるの

も無理はないが、お前はそうじゃねぇだろ」

　変わりすぎたリリーを二人は心配していた。

「これまで差別は世界中からなくさなきゃって言ってたのに、急に彼女を貧民呼ばわりするなんてどうしたんだい？」

　できれば答えたくない。二人の問いはきっとクロヴィスが聞き出そうとしていることだから。

　今ここで答えれば全て彼に筒抜けになってしまうだろう。彼がどういう行動に出るか予想もつかない今の状況では、下手をすると全てが台無しになってしまう可能性もある。それだけはなんとしても避けなければならない。

「わざわざ人の口を塞《ふさ》ぐという無礼な行いをした後に出てくる問いかけがそんなくだらないことですの？　本当に呆れますわ」

「その作った話し方やめろ」

「わたくしの何を知っていると言いますの？」

「大体全部」

　返す言葉が見つからない。幼い頃から共に過ごしてきただけに、今更この二人を欺《あざむ》くには苦しいものがあった。

「知ったような口を利《き》くのはやめてくださる?」

「お前もその喋《しゃべ》り方をやめたらどうだ?」

「お黙り!」

思わず声を上げてしまった自分のみっともなさにゴホンと咳払いをする。

「確かに、わたくしは婚約破棄でおかしくなったわけではありませんし、正直に言えば、ショックすら受けてはいませんの」

「だよな」

たった一言なのに腹が立つ。

「婚約破棄されることはなんとなく感じ取っていました。エステル様が現れてから、彼の興味は明らかに彼女に向いていましたもの。わたくしが彼に興味を持っていなかったように、彼もわたくしに興味を持っていませんでしたし、この婚約は親同士が勝手に決めたもの。最初から覚悟さえできていれば、ショックを受けることはありませんわ。そうでしょう?」

「その話し方やめろ。ムカつく」

「その言葉、そのままお返ししますわ」

「フレデリックじゃないけど本当に似合ってないよ」

その言葉遣いが悪いのではなく、リリーがその言葉遣いをしていることが嫌だと感じる二人の指摘に、リリーは二人を見つめたまま心の中で罵詈雑言《ばりぞうごん》を浴びせていた。吐き捨てるように言い終えた後、スッと笑顔になる。

「で、公爵令嬢の口を押さえるという無礼極まりない死刑も同然の罪を犯してまで、何用ですの？」

「クロヴィスがお前の様子を見てこいと」

やはりそうだった。

「婚約破棄した相手になぜ付きまといますの？　ストーカーに成り果てたいのかしら？」

「気になるんだろうねぇ、君が」

「お二人ともお忘れのようですから教えてさしあげますけど、婚約を破棄したのは彼ですのよ。なのに何が気になると？」

ショックを受けてはいないものの、屈辱は屈辱。無責任に恥をかかせておいて、今更なぜ付きまとうのか、リリーは理解できなかった。

「あの時の君、嬉しそうだったよね？」

「恥かかされたのに笑うってマゾか？」

「フレデリックは口を縫い付けないとわからないようですわね？」

この男は脳みそまで筋肉でできているせいで、デリカシーというものを身につけることはできないらしい。

「泣かないように必死だっただけですわ」

「辱《はずかし》められて喜んでた、の間違いじゃないのか？　お前、そういうとこあるだろ」

人差し指で人の顎《あご》を持ち上げることがどれほど無礼なことか、フレデリックは学ばなかったらしい。

「馴《な》れ馴《な》れしい」

「俺とお前の仲だろ」

「どういう仲ですの？」

「一ヵ月、ベッドを共にした仲」

「ああ、あなたの脆弱《ぜいじゃく》な家が地震に耐えられず崩落した時、わたくしの父が無用な情けをかけたせいでわたくしの屋敷に居候《いそうろう》した五歳の頃の話ですわね？　それで今も親しいつもりなのでしたらとんだマヌケ野郎ですわよ」

「事実だろ。お前のことはクロヴィスよりもよく知ってる」

胃の痛みから、リリーは自分が急激なストレスを感じていることを自覚した。

フレデリック・オリオールがこんなにも口達者だと知れば、この男に憧れを持っている女子生徒も遠のくはず。一体どこの誰が〝寡黙《かもく》で不愛想だけどそこがクールで素敵〟などと言ったのか。それを信じている者達にこの男の正体をバラしてやりたくなる。

「わざわざ探してくださったことには渋々ながら感謝してあげますが、どうぞお帰りください。そして早急に彼にお伝えください。しつこい男は嫌いだと」

「このストーカー野郎ッ！　って言わなくていいのか？」

「それでもいいですわ。事実ですし」

「おーこわっ。一昨日《おととい》までは婚約者だった相手だろ」

「女心と秋の空。そういうことです」

そう言うとリリーはニッコリ笑って二人の来た道を指し、帰るように促す。が、二人は動かない。

「……ちょっと」

「ねえ、ここでのことはクロヴィスには言わないから、正直に話してくれないかな？　僕達も気になって仕方ないんだ。君の変化が婚約破棄のせいじゃないなら他の理由ってことでしょ？　それがなんなのかわからないから気になって夜も眠れないんだ」

「その割にはお肌の艶《つや》が良いようですけど」

「そりゃあんだけ女喰いまくってりゃあな。寝る暇もなく女の相手してるんだろ」

「下品な言い方はやめようか、フレデリック」

不潔、と言いたいところだが、憎たらしいことに、セドリックは立っているだけでも女性が群《むら》がってくる。食い散らかされても、泣くどころか、それこそ本望と言う女性ばかりだろう。

それでもセドリック・オリオールは風紀の乱れの元凶だと、リリーは考えている。

「猿のようにお盛んな方が王子の護衛とは、感心しますわ」

「君の心配だってちゃんとしてるよ」

「わたくしの心配より性病にかかる心配でもした方がよろしくてよ」

リリーの言葉に背中を向けて噴き出すのを堪《こら》えたフレデリックが、すぐに堪《こら》えきれなくなり肩を揺らして笑い出す。その隣で苦笑いを浮かべて言葉を返さないセドリックに、リリーは子供の頃から何も変わっていないと小さく微笑むが、この空気を拒否するように首を振った。

「あなた方にお話しするようなことは何もありませんわ。これ以上無駄な時間を取られるのは不愉快です」

「お前のその喋《しゃべ》り方の方が不愉快だっての」

「だったら話さなければよろしいんじゃなくて？」

「心配してるんだよ、クロヴィスが。僕達もだけど」

　クロヴィスを強調するセドリックに、リリーは眉を寄せる。

「婚約を破棄した翌日に相手の様子がおかしくなったら、誰だって自分のせいかって責任ぐらい感じるだろ」

「別の女性を侍《はべ》らせて婚約破棄を告げるような方に責任など感じていただかなくて結構ですわ」

「だったらなんでそうなったのか、理由を話せ」

「だから言ってるでしょう！　わたくしは昔からこうですの！　でもクロヴィス・ギー・モンフォールの婚約者だから、モンフォール家の人間になる女として振る舞っていただけ！　もうモンフォール家とはなんの関わりもないのだから、どんなわたくしであろうと勝手ですわ！」

　一方的に婚約破棄を突き付けた男に責任を感じる心があったのかと、わざとらしく驚いてやりたくなる。だが、そんな心配も責任感も、リリーの心には一ミリだって響かない。

「でも君のお父さん、娘がイカレたって嘆いてたよ」

「……いつお会いに？」

「呼び出されたんだ」

（あの父親を始末しなければ……）

呼び出してまで嘆くことかと頬をひくつかせるリリーの口からチッと小さな音が鳴った。

「何か悩み事でもあるの？　僕らで良ければ相談に乗るよ？」

「クロヴィスを殺せってのはナシな」

「では聞いてくださいますか？」

「うん、話して」

大きく息を吸い込み、リリーは笑顔を浮かべる。

「婚約を破棄されたことでお父様に叱咤され、次の婚約者を探せと言われました。今、わたくしの部屋にはお父様が選んだ婚約者候補の写真と資料が山のように積み上げられていますの。よその女にうつつを抜かした男とはもう口を利《き》くどころか顔も見たくないのに毎日声をかけられるし、その護衛達は心配だの、様子がおかしいだの、イカレただのと言って鬱陶《うっとう》しいほどに付きまとってきますわ。帰れと言っても聞かずにね。わたくしはもうクロヴィス・ギー・モンフォールの婚約者ではなく、ただのリリー・アルマリア・ブリエンヌとして生きたいの！　おわかり？」

「父親とクロヴィスが鬱陶《うっとう》しいってのはわかった」

必死に何枚も書いた嘆願書をクシャッと潰すかのようにまとめられ、息をきらして捲《まく》し立てた労力を無駄にされたような気がして、リリーはまたも舌打ちしたくなった。

「僕達の想いはクロヴィスと同じだよ」

「エステル・クレージュはリリーと違って笑顔が可愛い。エステル・クレージュはリリーと違って小柄で可愛い。エステル・クレージュはリリーと違って可愛げがある、と？」

「なんだよ、ヤキモチか？」

「ぶっ飛ばしますわよ」

「おーこわっ」

なぜクロヴィスがリリーとの婚約を破棄してエステルを選んだのかを知れば、嫌味の一つや二つ言いたくもなる。嫉妬ではないが、小柄で笑顔が可愛い女の子らしい相手が良かったのなら、自我が芽生えた頃にでも親にそう言えば良かったのだと不満を顔に出す。

両手を顔の横まで挙げて大袈裟に怖がるフレデリックが憎らしい。

「好意もないのにヤキモチなんてありえませんわ。エステル様の方が女性らしいのは同性であるわたくしから見てもわかることですし」

「エステル嬢にヤキモチ妬《や》いて意地悪してんだな？」

「あなたのこの耳は飾りのようですわね！」

「いてててて！」

悪役令嬢としての生活を楽しんでいるというのにヤキモチと思われてはあまりにも不愉快で、リリーはフレデリックの耳を思いきり引っ張った。

「ヤキモチは妬《や》きませんが、彼にはガッカリですわ。あのような礼儀も知らない貧民を選ぶなど、見る目がないにもほどがありますもの」

今ここで嫌な女を演じておけば二人から軽蔑されて今後がやりやすくなるのではないかと、リリーはフレデリックから手を離して言った。

「モンフォール家の人間があんな貧乏娘を選ぶなんて、後世に残る恥となるでしょうね。この学園に入れただけでも奇跡だというのに、分を弁《わきま》えない灰まみれのドブネズミに歩かれては、バラ園が穢《けが》れると思いませんこと？」

この学園は元々貴族のために創られたものだったが、少し前に学長が代わったことで制度も変わった。

生まれる場所は決められない、それなら庶民にもチャンスが与えられるべきとの方針で、受験資格を与え、成績優秀者は【救済枠】としてこの学園に通えることになった。

その【救済枠】にエステルがいたのだ。そして入学すると、あっという間にクロヴィスの懐《ふところ》に入り込んだ。

貴族でない者、庶民を「貧民」と呼ぶ貴族は多いが、リリーは今まで絶対にそう呼ぶことはしなかった。誰にもチャンスは与えられるべきだという学長の言葉に賛成していたから。

だが、それを守っていては悪役令嬢にはなれない。礼儀正しくあり続けるのは悪役令嬢ではない。

「んー……言いすぎかなぁ」

（さあ、軽蔑しなさい）

「俺はリリーの言う通りだと思うぜ」

（出た。この男……どうしてこうも邪魔をしようとするの！）

セドリックのように意見を否定してくれればいいのに、フレデリックはいつもリリーの側につく。

「リリーを捨ててエステル嬢に鞍替《くら》えってのは趣味悪いだろ」

「そうかな？　女の子は皆可愛いけど、クロヴィスが言うように彼女、いつも笑顔だから」

「笑顔がそんなに大事か？　貴族なら笑顔よりも優秀さで評価されるべきだろ。クロヴィスの嫁になったら、クッキー作る技術なんかなんの役にも立たねぇぞ。俺はあのあからさまなアピールが鼻につく」

「お前の好みじゃないってだけだろう？」

「当たり前だ。あんなネチャネチャした喋《しゃべ》り方の女、俺には無理だ。サッパリした女のがいい」

二人の好みもクロヴィスの好みも、リリーにはどうだっていい。これっぽっちの興味もない。

だが、セドリックやクロヴィスが言うようにエステルはいつも笑顔で過ごしている。ここ数日は小動物のように震えている姿を見る方が多いが、あれもヒロインとして重要な行動だ。

小説の中であればヒロインは無条件で愛されるが、現実はそんなに甘くない。人望も優秀な成績も、努力しなければ得られないものばかり。

貧民街という、手に入らない物ばかりの世界で生きてきたエステルは誰よりもそれを知っていて、だから他人を蹴落としてでも自分の地位を手に入れたいのかもしれない。

「安心しろよ、お前はイイ女だ」

「なんの心配もしていませんわ。わたくしがイイ女であることは世界が知る事実ですもの」

「可愛げはねぇけど」

「お褒めいただき光栄ですわ」

リリーは自分の容姿に自信があった。百五十センチしかないエステルと比べるとリリーは十八センチも背が高く、手も足も大きい。ヒールを履けばそこらの男子生徒と変わらないか少し高くなってしまうため、誰も守りたいとは思わないだろうことも自覚している。

人は外見より中身だと人々は綺麗事を言うが、エステルのように女の子らしい外見と笑顔を崩さない方が可愛げがあるのは当然だ。

「でもね、クロヴィスが気にしてる以上は避けられないよ。知ってるでしょ、彼の性格」

「わたくしは迷惑だと言ってますの。彼と話しているのを周りがどんな目で見るかなんて、考えずともわかるでしょう？　これ以上の辱《はずかし》めをわたくしに受けさせたいと考えているのなら大成功ですけど。だから彼に伝えてくださる？　近付かないでって」

「俺達が止められるなら止めてる。でもあいつは自分で納得しねぇと止まらねんだよ」

「僕達も何度も言ったんだよ。でもダメだった。聞く耳を持ってない」

ほとほと呆れてしまう。忙しい身でありながら、なぜ元婚約者にしつこく付きまとうのか。

笑った理由を知れば満足するのだろうかとも考えるが、それを白状するわけにはいかない。白状したら、クロヴィスは別の追及を始めるに決まっている。そんな面倒は避けたい。

クロヴィス・ギー・モンフォールは自分の世界で生きていて、自分に理解できないことは受け入れようとしない。悪役令嬢など彼の世界には存在しないだろうから、理解は望めないだろう。

「わたくしが迷惑だと言っているの」

「お前の言うことなら聞くとでも？」

返す言葉もない。

絶対君主であろうとするクロヴィス・ギー・モンフォールが誰かの言うことなど聞くはずがない。自分が見たもの、聞いたものしか信じない男は、誰が何を言おうと簡単には信じず動かない。

だからリリーは彼を好きになれなかったのだ。

リリーにとって、クロヴィス・ギー・モンフォールという男はあまりにも魅力がなさすぎた。

「だからね、リリーちゃんがクロヴィスの質問に答えるのが一番早いんだよ」

「その度にエステル様が現れて邪魔をするでしょうね」

「それは僕達が引き止めておくよ」

「……はあ……」

味方であれば心強く、敵になると厄介という人物が、こんなに近くにいるとは考えもしなかった。

クロヴィスに近付けばエステルが大袈裟な演技でリリーを貶《おとし》める。それはいいのだが、どうもトントン拍子にいく気配がない。

現実は小説のように甘くないと噛みしめると溜息がこぼれた。

「とりあえず放課後も呼ばれるだろうから帰らないでいてくれる？」

「ええ……」

精神的に疲れたリリーは肩を落としながら頷いた。

「嫌なら俺が奪ったって言ってやろうか？」

「彼の手を離れた今、わたくしは誰の所有物でもありませんの。奪うという言葉は適切ではありませんわ」

「俺の女にするって言ってやってもいいけど？」

「ふふっ、冗談でしょう？　わたくしとあなたでは釣り合いませんわ。来世で結ばれましょう」

「クソッ。爵位なんか大した問題じゃねぇだろ」

「騎士は称号であって爵位ではありません」

爵位なんてどうだっていい。偉いのは父親、もっと言えばそれより前の先祖であって、親の地位が勝手についてくるだけの子供ではない。

だからリリー個人としては相手がどんな家柄でも構わないが、両親はそうはいかない。

親が決める結婚は全て狙いがあってのもの。利益を生まない結婚に意味はないのだ。

子は親が築いた地位から様々な恩恵を受ける代わりに、その身を捧げて家に利益をもたらす。

爵位を持たないフレデリックを恋人に選べば、リリーの父親は今度こそおかしくなってしまうかもしれない。

「フレデリック、身の程を弁《わきま》えなよ」

「俺は男として一人前だ」

「公爵家の娘とどうにかなるには、伯爵以上の爵位が必要だろうね」

「関係ねぇよ」

「ある。自分と同等の子で我慢することだね」

「俺はお前とは違う」

「はいはい」

仲が良いのか悪いのか、言い合いをしながら去っていく二人の後ろ姿を見ていると子供の頃を思い出す。しかし今のリリーにそれに浸《ひた》って微笑むような余裕はなく、放課後の面倒な呼び出しを思ってうんざりしていた。


「何用ですの？」

「座れ」

「チョコレートドリンクでいい？」

「チョコレートドリンクなんて飲みませんわ」

「前は飲むって言ったよね？」

「あの時はそういう気分だったというだけで、今はハーブティーを飲みたい気分ですの」

自分が思い描く悪役令嬢とは程遠い惨めな姿を晒《さら》している気がして仕方なかった。ヒロインもいないのに意見をころころと変えるのはただのワガママな女であって利口な悪役令嬢ではない。

悪役令嬢が対峙《たいじ》するべきはヒロインであってその他の人間ではない。リリーはヒロインでない、それも異性相手にどう対応するのが悪役令嬢っぽいのかいまいちわかっておらず、異性しかいないこの空間は居心地が悪かった。

「わたくしが笑顔を浮かべたことがそれほど不満でしたの？」

「ああ」

「それは大変失礼いたしました。無礼をお許しください」

不満ならその場で言えば良かったものをなぜ後になってグチグチ言うのか、その女々《めめ》しさに腹が立つ。

黒い鳥もクロヴィスが白だと言えば周りの人間は全員が白だと答える。いや、答えなければならない。そんな環境でクロヴィスが我慢する必要はなく、不愉快だと思ったらどんな場であろうとハッキリ言うこの暴君が、なぜあの時そう言わなかったのか。

今この瞬間、不満を抱いているのはリリーの方だった。

「お前はなぜ今まで俺と会っていた時にあの時のような笑みを見せなかったんだ？」

（は？）

難しい政治の話ならどんな相手でも論破するくせに、そんな簡単な答えもわからないのかと鼻で笑ってやりたいところだが、悪役令嬢というのは王子の前では良い顔をするもの。しかしそれはあくまでも王子を手に入れたがっている悪役令嬢のやり方であって、リリーの目指すものは違う。

一体どうするのがベストなのか、顔を歪《ゆが》めて模索していた。

「笑うような話題がありませんでしたから」

「俺といるのは楽しくなかったか？」

「楽しいとかそういう感情はありませんでした。生まれた時からリリー・アルマリア・ブリエンヌはクロヴィス・ギー・モンフォールと結婚することが決まっており、お茶の時間は仲を深めるために必要な逢瀬《おうせ》という名目で設けられた時間だっただけ。わたくしは政治に関心のある賢い女ではありませんの。モンフォール家に入る者として上手く振る舞っていただけですわ。ですので、楽しかったなどという嘘は口が裂けても言えません」

これは全て事実。笑顔を交わすことはなく、ただ義務のように会う日が決められ、無駄に回数だけが重ねられていく逢瀬《おうせ》を楽しんだことは一度だってない。

「なるほどな」

「ですので、婚約破棄を怒ってはいませんし、むしろ良かったと思っていますの」

理想の悪役令嬢を演じるには婚約者がいてはならない。ましてや王子と結婚などしてしまえば悪役令嬢になる夢は潰《つい》えてしまう。大勢の前で婚約破棄されたあの瞬間、リリーがどれほど神に感謝したことか、クロヴィスは知らないだろう。

「俺は楽しかった」

「え？」

「月に一度、お前と二人で会い、言葉を交わしながら茶をする時間が好きだった」

「お、お待ちください、お待ちください！」

せっかく貼り付けた笑顔で終えられると思っていたこの時間を、またぶち壊すように放たれた言葉の真意がわからず焦りが前に出た。

(楽しかった？　好きだった？　何を言っているの？)

笑顔を見せなかったのはクロヴィスも同じだった。それなのに楽しんでいたなどと言われても、納得できるはずがない。

「もう終わったことですので、これ以上のお言葉は望んでおりません」

「一方的に話して終わりか？」

「あなたはいつも一方的に話して終わりだった」

「お前が何も話さなかっただけだ」

クロヴィスはそう言うが、リリーは過去に一度だけ、自分の話をしたことがある。その時、クロヴィスは笑顔一つ見せず相槌《あいづち》もなく、リリーが話し終えた後に無表情のままたった一言『そうか』と返事をしただけ。そしてまた政治の話に戻った。

あの瞬間、リリーは自分の話をするのをやめようと決めたのだ。

クロヴィスはそんな些末な出来事など、欠片《かけら》も覚えていないだろう。

「今日でお会いするのは最後ですから正直に言いますわ。わたくしがあの時、笑った理由はただ一つ。あなたが婚約破棄してくださったからです」

「……」

「お気持ちがエステル様に向いていることは知っておりましたし、蔑《ないがし》ろにされている自覚もありました。親同士が決めたものといえど、あなたは義務感と責任をもってこの結婚を貫くのだと思っていました。でも違った。あなたは家よりも自分を優先した。そんな方が王となり、その隣に立つのが自分だと思うと吐き気がしていましたの。けれど、あなたはそれを察したようにわたくしを捨ててくださいました。だから嬉しくて笑ってしまった。以上です」

ハッキリ言いきったリリーに、クロヴィスの返事はなかった。ただ黙ってリリーを見つめるだけ。

少しして口を開いたクロヴィスが放つ言葉が、リリーには容易に想像できた。

「――そうか」

（ほらね）

返ってくる言葉は決まっている。

「エステル様との仲を邪魔するつもりはありませんわ。どうぞ貧民と仲睦《むつ》まじくお過ごしになれば良いかと。わたくしはもう自由ですし、あなたのつまらない政治の話に付き合う必要がないと思うと清々していて……ふふっ、嬉しい」

クロヴィスのような男には、これでもかと言うほどハッキリ言わなければ伝わらない。遠回しな嫌味も意味はなく、黒い鳥は黒い鳥だと叫び続けなければ耳に入れてもらえない。

そんなのはもうごめんだ。

だからこれで最後。

リリーはこの関係の終了が嬉しくてたまらないと、笑顔を見せた。

「同じ学園の生徒ですからすれ違うことぐらいはあるでしょうが、今日のようにお話しすることはありませんので、これが最後の対面となります。なのでもう一度ハッキリ言わせてもらいますわ。もう二度と、わたくしに、声をかけることは、なさらないでください」

一言一言をきつく強調して言いきると、リリーは満足げに立ち上がった。

「さようなら」

ツンと顎《あご》を上げたままお辞儀もせず、脇に控えるオリオール兄弟に視線を向けることもなく部屋を出た。

(引き止めなかったということは理解したってことよね。良かった)

ドアを閉めると、気付かぬうちに緊張していたのか、長い溜息が漏れる。

この部屋には嫌な思い出が多すぎる。

決められたお茶の時間に早すぎてもいけないし遅れるなど言語道断。分刻みのスケジュールをこなしているクロヴィスに合わせるのは気が張って嫌だった。終わりの時間も厳しく決まっていて、とてもじゃないが和気あいあいと婚約者同士の会話を楽しむ時間など一秒だってなかった。

だがそれとももうおさらば。もう二度と来ることのない部屋となった。

「早く帰らないと」

こんな気分の時は恋愛小説を読むに限る。解放感からリリーはスキップでもしそうなほど心を弾ませていた。

「あー疲れた！　もうほんとに疲れた！」

入浴を済ませ髪を乾かしたリリーはベッドにダイブし、叫ぶように声を上げた。その後ろからメイド長のアネットがやってくる。

「今は決まったお付き合いがないのですから、疲れることなどないはずですが？」

「それがあるのー。毎日リリー、リリーって鳥みたいに声をかけてきてうんざり！　婚約破棄したのはそっちでしょ！　なのになんで声かけてくるわけ？　それも翌日から！　頭おかしいんじゃないの？」

本当はこれこそ本人に言いたかったが、そこまでの勇気はなかった。頭がおかしいなどと言ったら手を上げるかもしれない。さすがにそんな男ではないとわかってはいるものの、不機嫌な時はオリオール兄弟でさえ近寄らないようにしていると聞く。

もしリリーの発言で機嫌が悪くなったら、被害を被《こうむ》るのは護衛か使用人達だ。長い付き合いの人達をそんな目に遭わせることはできないと、暴言だけは避けた。

「お嬢様に未練があるのでは？」

「私が振ったならわかるけど、私は振られた方よ。捨てられた女なの。公衆の面前で婚約を破棄された哀れな女。だから悪役令嬢になって婚約者を奪ったヒロインと対峙《たいじ》するの」

「もっと派手になさらなくてよろしいのですか？」

「派手にって？」

　アネットの発言はリリーにとって意外なものだった。リリーの悪役令嬢計画に、反対こそしないが賛成もしていないと思っていたから。

「それこそ公衆の面前で相手に水をかけたり、脚を引っかけて転ばせて、自分の脚の長さを自慢しながらの高笑いとか」

「そういうの古い。今はお利口に陥《おとし》れるの」

「成功されましたか？」

「……まだ嫌味しか言えてない」

「向いていないのでしょうね」

「そんなことない！」

　向いていないかどうかはやってみなければわからない。その意気込みをリリーは起き上がって鼻息で表すが、アネットは静かにかぶりを振る。

「着たい服と似合う服が違うように、憧れているからなれるというものでもないのです」

「でもなりたいの！　私にはもうこれしかないんだもの。悪役令嬢にならなきゃただの哀れな大きいだけの女になっちゃうじゃない……」

「彼よりイイ男はいないでしょうけど、もうワンランク下げれば少しイイ男ぐらい見つかりますよ」

なんの励ましにもなっていない言葉。

「そもそも根っこが間違っているんですよ」

「根っこ?」

「性根の腐った女への嫌がらせも大事ですが、くっつかないようにするのも大事なのです」

「そう?」

「今まで何を読まれてきたのですか?」

くっつかないようにするも何も、クロヴィスの心がエステルに向いている以上、リリーがどう足掻《あが》こうと二人がくっつくのは時間の問題。あれやこれやの対応がすぐに思いつかない時点で悪役令嬢など向いていないのでは、と自分でも思ってしまう。

「ヒロインを陥《おとしい》れるには、ヒロインの悪評を流して酷《ひど》い女だと周りに認識させた上で、故意の事故を仕掛け、自分が王子に泣きついて被害を訴えるのです」

(それって……)

まさにエステルがやっていたことだ。

(いいえ、あれはヒロインの座を守るために悪役令嬢を更に陥《おとしい》れるという行動であって、彼女が悪役令嬢なんて絶対にない)

違う違うとかぶりを振る。

「あざといくらいに媚《こび》を売るのも一つの手でしょう。外堀から埋めるのも良いですし……ああ、オリオール兄弟から懐柔《かいじゅう》しては？」

「あの二人をどうやって懐柔《かいじゅう》するの？　超がつくほどの遊び人なのよ？」

「セドリック様だけでしょう。フレデリック様は違います」

「ムリムリムリムリ。できるわけない」

「そうだ、今度のパーティーではドレスを変えましょう。もう王子に合わせる必要はないのですから、お嬢様にピッタリのドレスをお選びします」

来週、学園主催のパーティーがあることなどすっかり頭から飛んでいた。

何を思いついたのか、アネットの表情はまさに〝悪女〟そのもので、リリーは嫌な予感に身体を震わせる。

「今日は疲れたからもう寝るわ」

「悪役令嬢の復習はよろしいのですか？」

「疲れた状態で読んでも面白くないから」

「かしこまりました。おやすみなさいませ」

「おやすみ」

ベッドに寝転がり、パタンと閉められた扉から天井へと視線を移す。胸元まで布団をかぶって、本日何度目かの大きな溜息を吐き出した。

「本当に疲れた。エステル様は妙に行動が速いし、クロヴィスは馬鹿だし、悪役令嬢に近付いた気配はないし。一朝一夕ではどうにもならないってわかってるけど、焦っちゃうのよね。悪役令嬢なんてやめて新しい婚約者でも探すべき？　でもなぁ……」

婚約破棄からまだたった数日しか経っていないのだ。早急に方針を変える必要もないかと、考えるのはやめて眠りについた。


翌日、昼になってもクロヴィスが姿を現さなかったことに安堵したリリーは、久しぶりにバラ園の奥にある大きな木の下で本を読むことにした。リリーのお気に入りの場所だ。近くには小さなティーテーブルと椅子も用意されているが、リリーはあえて地面に腰を下ろすのを気に入っていた。

木にもたれかかって空を見上げると、サァッと心地よい音を立てて葉が揺れ、心を落ち着かせてくれる。葉の間から射す木漏れ日が気持ちいい。

昨日、クロヴィスと会うのもこれで最後と話したせいか、ふと子供の頃のことを思い出した。

『リリー、お前はかんぺきな女になれ』

『かんぺきな女？』

『俺にふさわしい女になれと言っているんだ』

『やだ』

『俺はワガママなやつはきらいだ』

『よかった。私もワガママな男ってだいきらい』

世界は自分を中心に動いているとでも言うようなクロヴィスの言葉に、昔から反発していた。なぜ自分がクロヴィスのために生きなければならないのかと。彼と結婚することは親からうんざりするほどしつこく聞かされていたし覚悟もしていたが、全てをクロヴィスに合わせるつもりはなかった。

しかしそれも成長と共に変わっていき、気が付けばリリーはクロヴィスに言われたことを従順にこなす女になっていた。外見に気を遣い、成績も所作も、クロヴィスに文句を言われないようによく学んだ。

政治の話なんて少しの興味もないのに関心、理解があるフリをしていた。

『クロヴィスはリリーちゃんのこと、だいすきなんだよ』

『私はきらい』

『クロヴィスより俺のがイイ男だろ?』

『ぜんぜん』

『なんでだよ。俺のがつよいんだぞ』

『ふーん』

可愛げがないのは昔からで、嫌味を言う時だけ笑顔を浮かべる子供だった。

クロヴィスには子供の頃から目指すものが見えていて、一方のリリーは一般家庭の少女と同じように曖昧《あいまい》だった。それが、十歳を迎えてから急に教育が厳しくなり、家庭教師がついて朝から晩まで勉強と刺繍《ししゅう》をさせられるようになった。

そんな中でオリオール兄弟と遊ぶのがリリーの息抜きになっていた。

『お前がだれにもよめにもらわれなかったら、俺がもらってやるよ』

『リリーちゃんはクロヴィスのだからダメだよ』

『でもクロヴィスは、リリーがかんぺきな女になれなかったらいらない、って言ってたぞ』

『そんなのお父さんがゆるさないよ』

『うるさい。リリー、お前はかんぺきになるなよ』

完璧になれていたのかは今でもわからない。成績が優秀であれば完璧というわけではないだろう。少なくとも、婚約破棄された女を完璧と呼ぶ者はいない。

『俺がもらってやる』

『やだ』

『なんでだよ！　ゆびわ買ってやるぞ！　こんなでっかいダイヤがついたゆびわだぞ！』

『いらない』

フレデリックは子供の頃から今と変わらないことばかり言っていた。

リリーは自分の手のひらを見つめる。

来年、学園を卒業する頃には左手薬指に豪華な指輪がはめられているはずだったのに、それもナシ。クロヴィスの母親から譲り受けるはずだった指輪が、本当は欲しかった。

王妃のオレリアはリリーの憧れで、子供の頃からずっとあの人のようになりたいと思っていた。あの人と家族になれるのが嬉しかったのに今となってはもう手の届かない人だ。

「おっきな手……」

短い指に小さな手のひら。そんな可愛い手であれば何をしても可愛かっただろうに、リリーの指は長く、手のひらは大きい。

空に手をかざしてみると顔を覆《おお》い隠す影ができる。せっかく指輪をはめても指の方が目立ったかもしれないと苦笑する。

「──ダイヤの指輪、欲しくなったか？」

「ッ⁉　きゅ、急に出てこないでよ！」

「お、普通に喋《しゃべ》ったな」

可愛かった少年は今や立派な男となってリリーの顔を覗き込んだ。

驚いて思わず素が出てしまった口を押さえ、首を横に振る。

「普通に喋《しゃべ》りゃいいだろ。今は俺とお前しかいねんだから」

「言ったはずですわ。これがわたくしの本来の喋《しゃべ》り方だと。それより何用ですの？　また王子が何か？」

「いんや。昼休憩だから俺は自由時間。昼寝しに来ただけ。ここは俺の秘密の昼寝スポットだから」

「嘘ばっかり」

今まで一度だって一人で来たことがないくせに、よくもそんな嘘がつけるものだと呆れてしまう。

「今日は天気がいいから眠てぇわ」

「あ、ちょっと！」

欠伸《あくび》をしながら隣に腰かけたかと思うと、フレデリックは断りもなくそのまま身体を横に倒してリリーの膝に頭を乗せた。何事かと焦ったリリーが頭を押そうとするが、手を掴まれて阻止される。

「なんですの、馴《な》れ馴《な》れしい」

悪役令嬢はヒロインの周りにいる人間は誰だって利用する。時には王子に媚《こ》びながらヒロインに対して意地の悪さと性根の腐り具合を見せるわけだが、リリーは人を利用する方法を知らない。

「その喋《しゃべ》り方、気持ち悪い。お前はそんな上流階級のお嬢様じゃねぇだろ」

「公爵の娘に何を言ってますの？　騎士の分際で」

「似合わねぇって言ってんの。今は俺しかいねんだから、普通に喋《しゃべ》れよ」

フレデリックが言っていることももっともで、周りを見ても誰もいない。少し離れた場所から生徒達の自慢話が音として聞こえるだけ。ならいいかと、口うるさいフレデリックの両頬を引っ張って笑う。

「いひゃい。俺は一日中立ちっぱなしなんだよ」

「だから？」

「少しぐらい優しくしろ」

「甘ったれ」

「お前のが誕生日先だろ。俺は後だから弟。姉は弟を甘やかすもんなんだよ」

ああ言えばこう言う。何を言おうと黙ることを知らない。

誰かに見られでもしたらどうするという心配も、フレデリックの中にはないようだった。

「お前いつも本ばっかだな」

「本も読まないお馬鹿さんにはこの面白さはわからないでしょうね」

フレデリックは本を読まない。教科書以外の本を持っているのを見たこともない。勉強より剣術が好きで、机に向かうぐらいなら走る筋肉馬鹿とリリーは評価していた。

目つきも口も悪いが、クロヴィスやセドリックと比べると一番わかりやすくて優しい。

セドリックも優しくないわけではないが、フレデリックほど踏み込んではこない。

それもあって、リリーにとっては言葉選びにこそ腹を立てるがフレデリックが一番話しやすい相手だった。

「本ばっか読んでると馬鹿になるぞ」

「本を読まずに馬鹿になった人が言うと説得力があるわね」

「俺はこれでも優秀だ。お前が知らないだけでな」

「それは初耳。脳みそまで筋肉でできてると思ってたのに」

「クロヴィスの護衛は低能な奴じゃ務まらねぇの」

「じゃあフレデリックは解雇されなきゃ」

「はあ？　俺以外に誰がやれるってんだよ」

「優秀な人」

「いるかよ」

リリーは自分でも驚くほど今を楽しいと感じていた。誰かと話していて自然に笑えるのは久しぶりだ。

気負わず、ありのままの自分で、子供の頃のように軽口を叩き合える関係。これが当たり前であったはずなのに、人は成長して立場を理解するとこんなことさえ許されなくなってしまう。

だから砕けた喋《しゃべ》り方で憎まれ口を叩いている今この瞬間が、酷《ひど》く楽しかった。

「髪が硬くて痛いんですけど」

「短いんだからしゃーねぇだろ」

「セドリックぐらいにしてみたら？」

「それは当然、あの軟弱な長さが俺に似合うと判断しての提案だよな？」

「いいえ、絶対似合わないだろうなって思って……ふふっ」

子供の頃からフレデリックの髪は少し硬めだった。兄のセドリックは柔らかい猫毛で、いつもふわふわと風に揺れていた。今では長めに伸ばしたその髪を緩く結んでいるのだが、それを『軟弱』だと言いきってしまうところにフレデリックの性格が出ている。

この男が揺れる髪を耳にかける姿を想像しただけで噴き出すほどおかしくて、リリーは肩を揺らす。

「女はメンドーだよな。長い髪を毎日毎日手入れしてよ」

「結うためには必要な長さだもの」

ドレスが変われば髪型も変わる。ドレスに合わせた髪型にするためにはそれなりの長さが必要で、大変なのは確かだが、大変なのはリリーではなく髪を洗って乾かして手入れをしてくれるアネットだ。リリーはこの髪を保つためになんの苦労もしていない。

「イイ匂いだ」

「子供の頃から言ってる」

子供の頃、フレデリックは今みたいにリリーの髪を触りながら良い匂いだとしょっちゅう言っていた。自分も同じオイルを使いたいとも言っていたが、クロヴィスやセドリックに女の香りを纏《まと》うつもりかとからかわれてからは口にしなくなった。

「そんなに好きな匂いなら、小瓶に分けてあげましょうか？」

「いや、嗅ぎたくなったらここに来る」

「ここに？　ここに匂いはないけど」

「お前がいりゃ匂いがある」

何を言っているんだと、リリーは黙って首を振る。

確かにここはリリーのお気に入りスポットで、よくここで本を読んでもいるが、毎日いるわけではないし、本を読みに来る度にこうして近い距離で話すわけにもいかない。

クロヴィスと縁を切るためにはフレデリックとの縁も切らなければならないのだ。

しかし……本当にそこまで極端にする必要があるのかという疑問も、リリーの中にあった。

「いない時の方が多いけど」

「そん時はクラスに行けば確実だろ」

「やめて。フレデリック・オリオールに私用で呼び出されるなんて、考えただけで恐ろしい」

クロヴィス、セドリック、フレデリック、リリーの四人が幼馴染《おさななじみ》であることは、大体の生徒が知っている。が、学園内で親しくしている姿を見た者はほとんどいないだろう。

常に一定の距離を取りながら過ごしてきた。そのため、人が見かけるリリー達の姿といえば、婚約者同士で向かい合ってお茶を飲みながら真面目な顔でぽつぽつと話し、オリオール兄弟はクロヴィスの後ろで黙って立っている、という光景。

幼馴染《おさななじみ》と言っても親しさは様々で、フレデリックにこんな膝枕をするような関係だとは、あの二人さえ知らない。

あのフレデリック・オリオールが匂いを嗅ぎたいがために来たら理由を知らない女子生徒は歓喜の声を上げながらフレデリックの周りに群《むら》がるだろう。そしてこの男はその女子生徒達を無視してリリーに寄ってくる、もしくは連れ出す。

容易に想像がついてしまうその図を振り払うように、リリーはもう一度頭を振った。

「俺の匂いも嗅がせてやるよ」

「いやよ、汗臭い」

「男らしい匂いだろ」

「ただ汗臭いだけ。やっぱり小瓶を持ってきてあげるからつけなさい。騎士見習いのフレデリック・オリオールが女のような香りを纏《まと》って歩くのもいいんじゃない？」

アネットがブレンドしているこの香りをリリーは子供の頃から気に入っているが、それをフレデリックがつけると思うと笑いが込み上げる。

女らしいイイ香りだと思って振り向いた先にいるフレデリックに唖然とする生徒達の

表情を想像するだけでおかしく、リリーは肩を揺らして笑った。しかしそれも、ニヤついたフレデリックの言葉で真顔に戻る。

「じゃあ俺の女の香りだって言っとく」

「笑えないんだけど」

「わかる奴は一発でお前の香りだってわかるだろうな。もしかしてリリー様の香りですか？　って聞かれたら俺は爽やかに笑って、そうだって答えてやるよ」

「爽やか！　フレデリック・オリオールに最も似合わない言葉よ！」

「覚えとけよ、徐々に広めてってやるからな」

悪役の捨て台詞《ぜりふ》のような言い方が面白かった。

爽やかに笑ったことなど一度もないくせにそんな風に言うものだから、リリーはたまらず噴き出してしまう。

「――何をしている」

せっかくの楽しい場を凍り付かせる嫌な声と共に現れる影。

「よお」

現れたクロヴィスに片手を上げる。

「何をしているのかと聞いているんだ」

「寝転びながらか？　随分行儀の良いことだ」

「昼飯と休憩」

「まあな」

氷のように冷たい目が影の奥で光るのを一瞬だけ見て、リリーはすぐに視線を逸らす。目が合わなかったことを考えると、あの目は自分ではなくフレデリックに向けられたものので、今は余計なことを言わないのが正解だとわかった。

「で、王子直々になんのご用で？」

「リリーに話がある」

一体どれだけ話があるんだとうんざりしてしまう。こういうのを避けるために昨日は聞かれたことに答えたというのに、これでは全く意味がない。

「どうぞ」

クロヴィスの登場で楽しかった気分は台無しになったが、不愉快な態度を取って自らその不愉快さに拍車をかける必要はない。そう思って普通に接したのにクロヴィスの視線は相変わらずフレデリックに向けられている。

「席を外せ」

「外す必要ねぇだろ」

「俺が外せと言っているんだ」

リリーはクロヴィスのこの威圧的な口調が苦手だった。機嫌が悪い時はいつもこう。それに逆らうとどれだけ面倒くさいことになるかを知っているフレデリックは、頭を掻いて渋々立ち上がり、静かにその場を離れた。

「座っていいとは言っていませんわよ」

「お前の家ではないのだからどこに座ろうと俺の勝手だ。許可は必要ない」

クロヴィスはそんなことを言って、テーブルセットの方へ腰かける。

(不幸になればいいのに)

密かな願いを心の中で呟きながら溜息と共に本を閉じた。そして、クロヴィスが顎《あご》で指す向かいの椅子へと腰かける。

「昨日、わたくしが言ったことを覚えておられないようですわね。あまりの忙しさにわたくしの話など記憶にも残っておりませんの？」

「俺は仕事の手を止めて聞いていたはずだが、覚えていないか？」

リリーの頬がぴくりとヒクつく。

「ではなぜ、こうしてわたくしの前に姿を見せられるのでしょうか？」

「話があるからだと言っただろう」

額にぴきりと青筋が浮かぶ。

「何をお話しになりたいのです？　世間話？　政治？　帝王学？　嫌味？」

「落ち着け。何を興奮している？　俺はただお前と世間話をしに来ただけだ」

プチッと、何かが切れる音がした。

「いい加減にして！」

「リリー」

「リリーじゃない！　私はもうあなたと話すことなんてないの！　あなたが私に婚約破棄を言い渡したのよ！　それなのに翌日からリリーリリーって子供みたいに呼び止めては『話がある』ばっかり！　私はあなたに話しかけないでって言ったの！　何回も何回も何回も！　それをどうして無視できるわけ⁉　自分の気持ちばっかり優先して私の気持ちなんて考えてもくれない！　あなたはいつも自分が正しいと思ってる！　でもこの世はあなたを中心に回ってるんじゃないから！」

勢い良く立ち上がりバラ園全体に響き渡るほどの声で捲《まく》し立てたリリーは、言いきってから暫《しばら》く荒い呼吸を繰り返した。

久しぶりに真っ直ぐ見つめるクロヴィスの瞳には焦りも怒りもなく、相変わらず何を考えているのかわからない目でリリーを見つめ返している。

「落ち着いたか？」

「黙って」

「わかった」

それから暫《しばら》くの間、クロヴィスは口を開かなかった。書類も本もないまま椅子に腰かけているだけの時間はクロヴィスにとって無駄以外の何物でもないだろうに、文句も言わず黙ってリリーを見つめていた。

五分ほどそうしていただろうか。いつまでもこうしているわけにはいかないと深呼吸をして心を落ち着けた後、口を開いた。

「……世間話は何を？　お天気のお話？　それなら今日はとてもいい天気ですわ。明日もきっといい天気でしょうね。ではこれで」

「待て」

好きでもない相手と話すことなど何もない。笑顔を作って空を指したリリーはそのまま立ち去ろうとするが、クロヴィスがそれを許すはずもなく、立ち上がる前に腕を掴まれ強制的に座らされた。

「悪いけど、あなたに触られたくないの」

未練はない。恋だってしていなかった。ヤキモチもありえない。でも、エステルを抱きしめたり肩を抱いたりした手で触れてほしくないと思った。

氷のような目を向けられたあの瞬間を、リリーは今でも背筋が震えるほど鮮明に思い出せる。

勢い良く手を振り払うと、これ以上は触られないように膝の上に手を置き、深呼吸を一回。

「フレデリックと何を話していた?」

「世間話ですわ」

「内容は?」

「あなたには関係のないお話」

「内容」

リリーはギリッと音が鳴るほど歯を強く噛みしめた。

彼はいつだって、自分が言えばその通りになると思っている。

リリーにとってクロヴィス・ギー・モンフォールにはなんの魅力もない。彼は王族なだけで中身は薄っぺら。だから父親が言うように泣いて縋《すが》りつこうとは思わなかったのだ。

何事においても自分優先で、自分が世界の中心だと思っているこの男には、遠慮など求めるべくもない。これがまだ婚約時であれば我慢して話もしただろうが、もうそんな必要はない。

「お断りします」

「なぜだ？」

「なぜ？　昨日申し上げたように、わたくしとあなたはもうなんの関係もない赤の他人。婚約者でもないわたくしがあなたの言うことを聞く義理はないんですの。あなたがどんなに地位ある人間だろうと、わたくしにとってはただの人。他人を思いやることも知らない、人の気持ちも考えられない、偉ぶることしか能がない男に、懇切丁寧に教えてさしあげる義理はありませんの」

何度言えばわかるのだろう。逆になぜこれだけ言ってもわからないのか。この無意味なやり取りにリリーは気分が悪くなった。

これをクロヴィスが意地悪でしているのであれば無視すればいいが、本当に理解できていないのだからたちが悪い。

「わたくしに婚約破棄を言い渡したこと、覚えていらっしゃいます？　ほんの数日前の話ですが」

「ああ」

「あの瞬間にわたくしとあなたの関係はもう婚約者ではなくなったことは理解できておられます？」

「ああ」

そこまでは理解できているらしい。

「わたくしが連日、もう声をかけないでくださいとお願いしたことは覚えてらっしゃいます？」

「ああ」

「ならなぜこのように声をかけてくるのです？」

「話があるからだ」

「なんの？」

リリーの声がワントーン低くなり、思わず素が出てしまった。

婚約破棄の翌日からずっと『話がある』と声をかけてはなんの内容もない話をして、その話だっていつもリリーがもう二度と声をかけるなとお願いして終わらせている。それなのに翌日にはまた『話がしたい』と近付いてくる理由がわからなかった。

「世間話と言っただろう」

「なぜ？」

「フレデリックとはしていた」

「彼は政治の話はしません。あなたは政治の話しかしないでしょ？」

クロヴィスの言葉を借りるなら、リリーの頭の中は今『この時間が無駄』という言葉で埋め尽くされている。顔にまで書いてあるはずなのに、クロヴィスはそれを読もうとしない。

フレデリックとクロヴィスは正反対の性格だ。フレデリックとの会話は冗談が多く、クロヴィスは冗談めいた発言さえしたことがない。

クロヴィスの発言はいつだって生真面目なもので、だからエステルとの時間が多くなったのは自分にヤキモチを妬《や》かせるためではなく本当に心が動いたんだと、すぐにわかった。

そんなクロヴィスと、フレデリックに接したようにしろと言われても無理な話。

「お前の話を――」

「お断りします」

「なぜだ？」

リリーがショックを受けたあの反応も無意識なのだろう。本当に興味がなかったから『そうか』で片付けた。それを今更『話を聞くから自分のことを話せ』と言われても話

なった。

それを伝えても、返ってくる言葉もやっぱり『なぜ』なので、リリーは頭を抱えたく

せるわけがない。

子供の頃から聞き続けた『なぜ』と『そうか』にはもううんざり。

「世間話をしにいらしたのはそちらでしょう？　わたくしと話がしたいのであれば何かわたくしが楽しくなる話題を提供していただけますこと？」

「俺は今、フェスター地方での干魃《かんばつ》問題に関わっているのだが――」

「政治に興味ありません」

「なら、先日隣国を訪れた際に交わした協定が――」

「政治に興味ありません」

「俺が王になった暁《あかつき》には――」

「全く興味ありません」

さすがにリリーも驚いた。政治に興味がないとリリーが言ったのは今日が初めてではなく、それを聞いてなお、クロヴィスは世間話として政治の話をしようとしている。そんな謎の行動に出た男には、政治以外の話題がないらしい。

クロヴィスはオリオール兄弟やリリーと違って、子供の頃から外で遊ぶ時間が少な

かった。ほんの少し遊ぶと家庭教師が呼びに来て、屋敷の中へ入ってしまっていた。

将来王になろうという者が遊びなどにうつつを抜かすことは許されておらず、人々が当たり前に話す『昨日発売した小説買った？』だとか『どこそこの令嬢って美人だな』といった、そんな話もできないのだ。

「政治のお話しかなさらないのであれば帰っても？」

「待て」

クロヴィスの様子にどうにも複雑な心境になる。彼は本当に話がしたいと思っていて、でも提供できる話題は自分が関わっている政治の話しかなくて。簡単な世間話一つ気軽に口にできない人生を送ってきた彼が哀れに見えた。

それでも彼は黙り込んで必死に話題を作り出そうとしている。リリーを帰らせたくないがために。

顔を上げたクロヴィスを見るリリーの顔に期待はない。

「……今日は良い天気だな」

どうせまた政治の話だろうと思っていたリリーは、予想外の言葉に勢いよく俯く。

「どうした？」

両手で顔を覆《おお》って震えるリリーを不思議そうに見つめるクロヴィスが、組んでいた脚を崩して彼女の顔を覗き込もうと背もたれから身体を起こした瞬間――

「何それっ」

　リリーが心底おかしそうに声を上げて笑い出す。

「……お前が、言ったんだ。天気の話と」

「あれは例えであって、それが世間話というわけではないのよ」

「そうだったのか」

　驚いたように目を瞬かせるクロヴィスだが、驚きが薄れても表情は柔らかく、口元は弧を描いている。

「風が吹いているな」

「もうっ、やめてよっ」

「なぜだ？　風が吹いているだろう。晴れた空を見ながらいい天気だと言うのと何が違うと言うんだ？」

「あなたが言うとおかしいの！」

　当たり前のことを話題に取り上げ、これで世間話をしている気分になっていることが妙におかしくて、リリーは笑いが止まらない。

　普通ならこんな話題は、目を覚ました時か家を出る時に独り言として呟くような内容だ。それなのに、あの完璧主義者のクロヴィス・ギー・モンフォールがこれを本気で世間話だと思っているというのは、リリーにとって大変な笑い話だった。

本当に仕事や勉強以外何もできない男なのだと、リリーは初めて知った。

ひとしきり笑い、何度も深呼吸を繰り返しながら乱れた呼吸を整えるリリーに、クロヴィスは静かに問いかけた。

「楽しかったか？」

目を瞬かせるリリーを真っ直ぐ見つめる目に冷たさは感じられない。

「……ええ。あなたのお馬鹿な一面が見れてとても楽しかったわ」

「そうか」

いつだって返事は『そうか』だけ。いつも通りの返事だが、珍しく腹が立たなかったのはクロヴィスの表情が少し柔らかかったから。

初めてなのか、久しぶりなのか、どっちだったか思い出せないほど希少なクロヴィスの柔らかい表情を見たことで、不思議とリリーの心が少し落ち着いた。

「俺が世間話ができる男なら、お前は笑っていたか？」

「……笑わない人と笑い合うことはできませんわ」

自分がどれだけ楽しくても、相手が笑わなければ楽しさは一瞬で消えてしまう。世間話ができようとできまいと、大事な部分はそこではない。

リリーの言葉にクロヴィスは何も言わず黙り込んだ。

「エステル様はきっと世間話がお得意でしょうから、これから色々勉強になると思いますわ。ああいう方は噂話もお好きで、お上手ですからね」

「そうか」

リリーとしてはクロヴィスにはここでエステルを庇《かば》ってほしかった。

ヒロインを庇《かば》う王子に苛立った悪役令嬢が責め立てる、という感じにしたかったのにクロヴィスお得意の『そうか』で終わってしまったため、リリーの希望した流れも始まらずに終わった。

「リリー」

「はい」

「指輪が欲しいのか？」

「……は？」

なぜ突然指輪の話になったのかとまた素が出てしまった。なんとなく嫌な予感がする。

「ダイヤの指輪と言っていただろう」

フレデリックとの一部始終をどこかでずっと見ていたのではないかと思うとゾッと

する。

「自分の手を見ていただけなのに、彼が勝手に勘違いしただけで、宝飾品には興味ありませんわ」

「お前が美しいと言っていたあの指輪を――」

「あれは王子の正妻が王妃より賜《たまわ》る物。わたくしはもう婚約者ではありませんので譲り受ける資格もありませんし、いりません」

受け取れないなんて謙虚な言い方ではなく、ハッキリ断らなければ何をしでかすかわからない。

「あれはお前に贈ろ――」

「クロヴィス様！」

「……エステルか」

「リリー様、ごきげんよう」

「ごきげんよう、エステル様」

クロヴィスが恐ろしいことを口にする前に立ち去ろうと考えていたリリーにとって、タイミングが良すぎるエステルの登場は助け舟となった。

クロヴィスの傍に駆け寄り、すぐさま愛らしい笑顔で挨拶をしてくれるエステルにリリーも挨拶を返したものの、彼女は既にクロヴィスに身体を向けその手を握っている。

「パーティーのドレスのことなんですけど、紫にしようかなって思ってるんです」

「紫？」

「紫を着るおつもりですか？」

思わず口をついて出た。

「いけませんか？　クロヴィス様が白を着られるので私も白にしようか迷ったんですけど、それだとまるで結婚式みたいになってしまうと思って、紫にすることにしたんです」

キャッと頬に手を当てて何か別の生き物のように身体をクネらせる姿は見るに堪《た》えないものがあるが、リリーがその場からすぐに離れられなかったのはエステルの考え方があまりにも非常識だったから。

白のドレスを選ばなかったのは正解だが、その代わりにと紫に変更したのは正解どころか不正解そのもの。

「社交界では私のような身分の者が紫なんてダメなんでしょうけど、今回は学園主催ですし」

（なるほど。計算ずくの選択というわけ）

貴族の集まる社交界では、紫は王族もしくは公爵の地位にある人間が着る色という暗黙のルールがある。リリーが必ず紫を纏《まと》う必要はないが、他の爵位にある貴族なら、まず紫は選ばない。

しかしエステルは、差別はしないという方針を掲げる学園主催のパーティーであれば文句は言われないと考えているようだ。その思考にリリーは呆れていた。

「紫はリリーが着る予定だ」

今年着る色は教えていないのになぜ知っているのかと恐怖さえ感じながらも、そこはあえて突っ込まず、リリーはエステルの傍に立った。

「この学園がいくら差別禁止を謳《うた》っていようとも、あなたが貧民である事実は変わりませんし、貧乏くさいあなたに紫が似合うとも思えませんけど。色にこだわる前に、着こなせるドレスがあるのかを心配した方がよろしいのではなくて？」

「クロヴィス様が仕立ててくださるので心配ありません」

「まあ、それは素敵。でも残念ですわね。わたくしも紫を着る予定ですの。きっとわたくしの方が注目を浴びてしまうと思いますから、先に謝っておきますね」

紫という意味のある色がかぶっているということは、リリーの口から伝えなければいけない。公爵令嬢である自分こそが着るべき色だとは思っていないが、今回のエステルの選択はあまりにも度が過ぎている。

「あ……」

また震えて泣くのだろうとリリーは鼻で笑う準備をしていたが、エステルの言葉は彼女の想像の上をいっていた。

「貧民出身の私と同じ色だなんて申し訳ないです。不愉快な思いをさせてしまうと思いますので、他のドレスに替えられた方がよろしいかと。リリー様ならきっとお似合いになるドレスがたくさんあると思いますから」

驚いた。自分は変える気はないからお前が変えろと言っているようなものだ。

「学園主催のパーティーでも、公爵位より下の人は紫を着てはいけないことになっているのですか?」

わざわざそれをクロヴィスに聞くところが本当にあざとい。

「いや、学園主催なら話は別だ。紫を着る者もいるかもしれないな」

「良かった! とても素敵なドレスになりそうなんです! 楽しみにしててくださいね!」

学園の方針に従っているクロヴィスに聞けば紫はダメだなどと言うはずがないと、エステルもわかっているのだ。

どうでもいいか。それがリリーの感想。

「感性の乏しい貧民のドレス、楽しみにしていますわ」

「リリー、そういう言い方はよせ」

「クロヴィス様、いいんです。リリー様は私のような者と同じ色を着るのが嫌なんです。当然ですよね、リリー様は公爵家のご令嬢なのですからプライドもあるでしょうし、紫を自分の色と思われるのも当然です」

　わざと挑発するような言葉をかけてくるエステルの性根はやはりなかなかのものだと感心しつつ、リリーは顔がヒクつく前ににっこり笑ってみせる。

「王子、わたくしはこれで失礼しますわ」

「指輪の話は後日」

「指輪？」

　クロヴィスに顔を向けるエステルを見てリリーが微笑む。

「……ええ、そうしましょう。ぜひ。それまでは他言無用でお願いしますわ。誰かに知られると、あっという間に噂が立ちそうですので」

　唇の前で人差し指を立てたリリーに、クロヴィスは素直に頷く。

　指輪など欲しくもないし、ましてやクロヴィスとその話をするなど全力で遠慮したいところではある。しかし、エステルが興味を示した以上はそれに乗らなければならない。

きっとエステルはリリーが去った後、なんの話だとクロヴィスに詰め寄り、指輪の話を聞き出すのだろう。そしてもう婚約者でない相手に指輪の話などおかしいと捲《まく》し立てるはず。

それに対してクロヴィスが何を思い、何を口にするのかはわからないが、一応の釘は刺しておく。

あの融通の利《き》かない男がなぜここまで執着してくるのかは未だ理解できないが、それでもリリーはそれを利用させてもらうことにした。

「クロヴィス様、指輪の話ってなんのことですか？」

去っていく背中で聞くエステルの焦った声はリリーの口元を愉快に歪《ゆが》ませた。

「差別はダメ。そうよ、差別はダメ。でもね、それは差別じゃなくてルールなの！　いちいち言うことなんてしないぐらい常識として認識されてる暗黙のルール！　それを知ってるなら守りなさいよ！　どうして可哀相な女を演じようとしないの⁉　責められて知らなかったって泣くならいい！　でも学園主催なんだからって開き直るのもダメでしょ！　そういうのが敵を作るだけだってわからない⁉　ヒロインなんだったら大人しくしててよもおぉぉおおおおおお！」

家に帰ったリリーは先ほどまでの愉快さなどどこへやら、部屋で喚《わめ》き散らしていた。

クッションを何度もベッドに叩きつけながら、エステルの理解不能な行動から容易に想像されるパーティーでの惨劇を思い、怒りが収まらない。

「本当に知らなかったなら私が嫌味を言ってもエステル様は可哀相なヒロインになるけど、知っててやるのはダメ！　責められて当然になるじゃない！　でもあの様子じゃ何を言おうと聞く耳を持たないだろうし！　わかる。わかるわよ。クロヴィスと並ぶのに相応《ふさわ》しい場所に立ちたいのよね。紫を着て目立ちたいのよね。そこは理解できるけどぉぉおおお、やり方ってもんがあるでしょぉぉおおおお！」

あそこまで神経が図太いと逆に腹が立つ。

これは望んでいた展開。ヒロインだったはずなのに突然現れた女によって悪役令嬢扱いされる。だから今の現状は理想の展開のはずなのに、小説の中の悪役令嬢のように凛《りん》としていられない。勝ち気に笑って「受けて立ちますわ」と言い放つこともできず、込み上げる苛立ちに声を荒らげている自分が情けない。

真面目なクロヴィスに『学園主催』であることを強調して紫のドレスを着る許可を得ようとする行為が、全て計算されたものであることに腹を立てていた。

パーティーに紫のドレスで出席しただけでなく、それを指摘された際に開き直りなどしたら評判を下げるのはリリーではなくエステル本人。破滅の道を歩むヒロインがどこにいるのか。

可能なら感情のままに今すぐ屋敷中の窓ガラスを割って回りたいが、一枚目を割ったところで使用人に取り押さえられ父親のところへ連行、更には見知らぬ相手との即時婚約が待っているだけ。

仕方なく、枕に顔を埋《うず》めて叫ぶに留めた。

「――ヒステリーは健在か。いいぞ」

後ろからの聞き知った声に、リリーは目を見開いて振り向いた。

「フレデリック、どうしてここに？」

「クロヴィスの機嫌が悪いから、まーたお前が何かしたのかと思ってな」

機嫌が悪いとは予想外。

「私が席を立った時には不機嫌からは程遠い感じだったけど？」

「ならエステル嬢か」

「でしょうね」

「しつこいからな、あの女」

「女ってそういうものよ」

「お前は違う。アッサリ、キッパリ、バッサリだ」

人をなんだと思っているんだと目を細めて眉を寄せると、フレデリックは謝罪を含めた降参ポーズを見せる。

「ドレスがどうのって喚《わめ》いてたぞ」

「聞いた。クロヴィスがデザイナーを呼んであげるんでしょ」

「お前は今年どうするんだ？　あのデザイナーは使えないんだろ？」

パーティーで着るドレスはいつも、モンフォール家お抱えのデザイナーにお願いしていた。しかしモンフォール家との繋がりが断たれた今、あのセンスの良いデザイナーは使えない。

「アネットが見つけてきてくれたから大丈夫よ」

「今年はどんなドレスなんだ？」

「あなた達が腰を抜かすようなドレスよ」

「へえ。そりゃ楽しみだ。腰抜かす準備をしとかないとな」

ふふっと笑いはしたが、そのドレスには、リリー自身も腰を抜かしかけた。本当にあれを着るのかと今も戸惑っているのだが、父親が本気になって新しい婚約者を決めてしまえばあっという間に自由時間は終わり、それは悪役令嬢と口にすることさえ許されない生活になることを意味する。

だから楽しむなら今しかないと、自分に言い聞かせて覚悟を決めていた。

「エステル嬢はクロヴィスと行く気だぞ」

「いいんじゃない？　婚約破棄の場にも同席させたぐらいなんだから周囲も認めてるでしょ。それにモンフォール家のご子息様が一人で現れるなんて格好がつかないじゃない」

「公爵家のご令嬢が一人で行くのはかっこつかなくないのか？」

「私が一人な理由は皆わかってるわ」

フレデリックの言う通り、公爵家の娘が一人でパーティーに出るなど異常事態だが、今回は別。相手が見つからなかったのではなく婚約破棄されたのだから、むしろ一人で出るのが相応《ふさわ》しい。

品のあるドレスに身を包んだエステルが、さも自分が王子の婚約者であるような態度で現れることは想像に難《かた》くない。

それを見て自分がどう思うのか、今のリリーにはそっちの方が想像がつかないでいる。

「俺が一緒に行ってやろうか？」

「護衛は？」

「騎士団が集まる。まあ、だからって俺らもずっと離れてるわけにもいかねぇけど、婚約破棄された可哀相な公爵家のご令嬢を、華麗にエスコートしてやるぐらいの時間は取れる」

「公爵家のご令嬢をエスコートさせていただく時間を取らせていただく、ではなくって？」

「騎士の正装をした俺にエスコートされる機会なんざ、二度とないかもしれねぇんだぞ？」

「腰を抜かすようなドレスを着た私をエスコートできる機会なんて、二度とないかもしれないわよ」

フレデリックの横柄な態度に、リリーはニッコリと笑う。

「あーはいはい、エスコートさせてください」

「よろしくてよ。光栄に思いなさい」

置いていた扇子《せんす》をわざわざ広げて高笑いをする必要はこれっぽっちもないのだが、フレデリックが嫌がるのでやってみせた。

「お前が言う腰抜かすドレスに合うかわかんねぇけど、一応これを渡しとく」

「……ダイヤの指輪？」

「モンフォール家からの贈り物はつけていけねぇだろ？　宝飾品に興味ないお前が色々

持ってるとも思えねぇし。指輪もせずに行くつもりか？」

フレデリック・オリオールという男はクロヴィスと同じで有言実行者だ。回りくどいことはせず、チャンスがあれば一直線にそれを掴みに行くタイプ。小細工も戦略も彼の人生には必要ないらしい。

一体いつからこれを用意していたのか、怖くて聞く気にもならなかった。

「お母様の指輪があるわよ」

無理矢理押し付けられた趣味の合わない指輪が一つだけある。

リリーは自分を飾り立てる宝飾品には一切興味がなく、パーティーなど必要な時にはいつもモンフォール家が、王妃が贈ってくれた物をつけていた。

今回は渋々ながら母親の指輪をつけていこうかと思っていたところに贈られたコレをどう受け止めるべきか。先日のバラ園での会話を思い出して苦笑がこぼれる。

「あなたがくれたダイヤの指輪をつけて、あなたにエスコートされて行くわけ？」

「俺が選んだドレスじゃないのが残念だが、その指輪を見たところで誰も俺が贈ったもんだとは思わねぇだろ」

それもそうだけど、と口ごもるリリーの手に直接箱を載せたフレデリックからは「絶対につけろ」という強い圧が感じられた。

ダイヤの指輪は、幼い頃に口にしただけの口約束だ。それを、成長した今叶えようとしているフレデリックの真面目さに、リリーは口元をほころばせる。

「当日は夕方に迎えに来るから、アネットに言っとけ」

「はいはい」

片手を挙げたフレデリックが帰っていった後、リリーはドッと押し寄せる疲れに背中からベッドにダイブした。手の中には小さな箱。リリーの大きな手にはじゅうぶん収まってしまうリングケースを眺めて溜息を吐く。

（パーティーが平穏無事に終わるということはないわよね。必ずクロヴィスはこっちに来るだろうし、そこには必ずエステル様もついてくる。紫のドレスを身に纏《まと》い、学園主催であるのを良いことに、まるで貴族のように振る舞う姿が目に浮かぶ）

エステルは貧民街の出ではあるが、教養がないわけではない。頭の回転は速く、物事の判断も素早い。自分のことがわかっている彼女のほとんどの言動が、自分の思い通りに周りを動かすにはどうすればいいかを理解した上で行われているだろうことは怖いとさえ感じる。

だからといって怯えるつもりはない。

「見習わないとね」

ずる賢くなければ生きてはいけない。女の戦いは力ではなく頭脳戦なのだから。

第二章

「……ねぇ、本当にこのドレスで行くの？」

「何か問題でも？」

「露出が多すぎない？」

「貴族の娘達は皆このようなドレスを着ているはずですが？」

「そうだけど……」

前々から打ち合わせをしていたドレスではあったが、実際に完成すると妙に恥ずかしくなってしまい、リリーは不安げな表情を浮かべていた。

貴族の娘達は皆、デコルテを見せるイブニングドレスを好んで着ているが、リリーは今まで一度だってこういった肌を出すドレスを着たことがなかった。

元踊り子のアネットは肌を隠すことの方がむしろ不思議らしく、若い間に出さずにいつ出すのかと、リリーが不安を唱える度に諭《さと》されてきた。

女は死ぬまでドレスを着るのだからいつだって出せるというリリーの言い分は、今回は全く聞き入れてもらえなかった。

「準備でき――」

「ノックをなさい」

ちょうど準備を終えた頃、フレデリックは遅れることなく迎えに来た。

アネットから回し蹴りを食らいそうになったのを避けつつ両手を挙げて『すみません』と謝り、その場で意味のないノックを三回鳴らす。

「つーか、おまっ……お前マジでそんなドレスで行くのか？」

「……ええ、似合ってるでしょ？」

「そういう問題じゃねぇだろ……」

フレデリックがリリーと目を合わせようとしないのは確実に今日のドレスのせいだろう。制服やこれまでのドレスと違って、今日は大胆に肌が出ている。

アネットが用意したのは、肩からデコルテにかけて大きく開いた、胸の谷間がよく見えるイブニングドレス。背中も肩甲骨の辺りまで開いており、腰の細さが強調されるデザインとなっている。

「クロヴィスがなんて言うか」

「婚約者でもない私が彼の顔色を窺《うかが》ってドレスを選ぶ必要はないの」

クロヴィスは肌を見せるドレスが嫌いだった。特にデコルテの出るドレスを嫌がったため、いつもハイネックなドレスを選んでいた。

昔の貴婦人はデコルテの美しさで競い合っていたというのに、男は何もわかっていない、と呆れながらもリリーが反論することはなかったが、それももう終わり。

今日を皮切りに、リリーはこれからはこういったドレスを着ると決めたのだ。

「お前、そんなに胸あったか？」

「上げてるの。それ以上この胸について口にしたら喉奥まで扇子《せんす》をぶち込んでやるから」

「りょーかい」

慎《つつ》ましやかと言っても過言ではないリリーの胸。持ち上げる程度にはあるが、ハッキリとした谷間を自然に作り上げるには少し足りなかった。寄せ上げの繰り返しに痛みという地獄を見ながら作り上げられたアネット作の谷間。普段小細工をしていないだけにフレデリックが違和感を持つのもわかるが、喉元に扇子《せんす》を突き付けて黙らせた。

「指輪ちゃんとつけてんだな」

「ええ、テーブル・カットの大きなダイヤだもの。これみよがしに見せつけてやろうと思って」

「自慢できる品だぞ」

四角いテーブル・カットのダイヤは大きく、リリーの大きな手にもよく映える。一度つけてみて似合わないようであればやめようと思っていたが、意外にもしっくりはまっていた。

口元をニヤつかせるフレデリックを喜ばせるのは癪《しゃく》だが、今回ばかりは彼の行動がありがたかった。

「ありがとう、ナイト様」

「どういたしまして」

決して安くはなかっただろうこの指輪。騎士見習いの給金何ヵ月分かと詮索したくなるほど立派な物をなんでもないように贈ってくれたことに素直に感謝の意を表した。

女が男に値段を聞くのは失礼にあたる。男も自分から値段を言ったり高かったことを匂わせるのは自分の品位を落とすことになる。だから、その辺りのことをわかっている者は何も言わない。贈って終わり、感謝して終わり。

フレデリックとそんなやり取りをする日がくるとは思っていなかったが、今回ばかりは素直に嬉しかった。

「お手をどうぞ、お嬢様」

「リリー様と呼んでくださる？」

会場に到着し、馬車から降りる際、フレデリックが手を出して支えてくれる。クロヴィス以外にされるのは初めてで、そんなことで婚約破棄されたのだと実感してしまうことに思わず苦笑が漏れた。

「リリー様！」

婚約破棄された当初は、こういう場も一人で出席しては陰口を叩かれながら笑いものにされることを想像していただけに、こうして馬車を降りると同時に人が寄ってきてくれる状況に喜ぶべきかわからず複雑ではあるが、笑顔で挨拶をする。

「ごきげんよう」

「今日のドレス、とても素敵ですわ！」

「よくお似合いです！」

「皆さんも素敵なドレスですわ。わたくし、そういうリボンのついた可愛らしいドレスが似合わないので、その可愛らしさはとても羨《うらや》ましいです」

「そんなことありませんわ！　ボリュームが少ないドレスって大人っぽくて素敵ですもの。これはまさにリリー様のためのドレスですわね」

女同士のお決まりの褒め合いに、フレデリックは溜息を吐きたくなるのを目を閉じて堪《こら》えているようだった。

「フレデリック様といらしたのですね」

「彼とは幼少期から共に育った姉弟のような仲ですので、エスコートをお願いしたんです」

「心配していましたのよ。リリー様がお一人で来られるようなことがあったらどうしましょうって。もしリリー様がお一人だった場合、わたくし達の輪に誘いましょうと話しておりましたの」

「まあ、ありがとうございます」

自慢話と他者への批判にしか興味がない集団の輪に入るのはまっぴらごめんだが、社交辞令として笑顔で感謝を述べる。傍に立つフレデリックに視線をやると、女の輪には入らないという意思表示のつもりなのか、目を閉じたままだった。

「学長に挨拶をしてまいりますわ」

「また後で。ごきげんよう」

「ごきげんよう」

フレデリックが差し出した腕に手を添えながら中へ進むと、隣で大きな溜息が吐き出された。

「学園でのお前はあんな風に見えてる」

「……そう」

キャッキャと騒ぐ令嬢達のことだろう。馬鹿っぽいと言われる理由がよくわかったと納得はするが、変えるつもりはなかった。

普通にしているだけでは悪役令嬢っぽくないとの偏見と思い込みがあるリリーにとって、どんなに馬鹿っぽかろうがなんだろうが、悪役令嬢になりきることが大事だった。

「フレデリック様、ごきげんよう」

「ああ」

「今日のお召し物、とても素敵ですわぁ」

「とんでもない」

リリーと二人の時とは別人のように低めのボイスで淡々と対応するフレデリック。特に表情を歪《ゆが》めることも緩めることもないまま、クロヴィスの後ろで護衛をしている時と同じ無表情。二重人格かと疑いたくなる早変わりである。

声をかけてきた令嬢達は彼をそっけない男とは思っていないようで、これこそがフレデリック・オリオールだと騒いでいる。

「フレデリック様ってクールよねぇ」

（本性はクールとは程遠い男だと教えてあげたい）

しかしそれはそれで親近感が湧くと、喜ぶ令嬢は多そうだと肩を竦《すく》めた。

「リリー様、ごきげんよう。今日のドレス、とても素敵でお似合いですわ」

「ありがとう。リアーヌ様もとてもお似合いですわ」

リアーヌが身に纏《まと》う緑のドレスはリリー同様リボンは一切ついておらず、フリルと刺《し》繍《しゅう》だけのシンプルな、しかしその刺繍《ししゅう》が華やかで目を惹《ひ》くデザインとなっている。

さすがはリアーヌと、リリーはその美しさに感動していた。

「エスコートはフレデリック様ですのね」

「ええ、幼馴染《おさななじみ》ですから」

「羨《うらや》ましいですわ」

「無口な方なので助かりますわ。お喋《しゃべ》りな男性は苦手で」

ここはフレデリックのイメージを保つために、周囲が認識している彼の性格に合わせようとしたのだが、リアーヌは不思議そうに目を瞬かせた後、ニッコリ笑った。

「リリー様といらっしゃる時はとても楽しそうにお話しされていたように思いますけど」

リリーの身体がギクッと強張る。二人でふざけている姿など誰にも見られていないはずなのに、一体いつ見られていたのか。

貴族達の間には暗黙の了解が多く、バラ園でも生徒達の席は決まっている。リリーはここ、リアーヌはここと、まるでその席を買い取ったかのように決まっていた。

リアーヌはバラ園の中央にある噴水近くの席を陣取っている。広いスペースもあって、シェフ達が苦労せず料理を用意できる場所だ。

リリーのいるバラ園の奥へ行くには一度外に出て別の道を通るしかないのに、なぜリアーヌがそこへ？　と疑問はあったが、今問うべき内容でもないため微笑むに留める。

「そういえば、エステル・クレージュのこと、聞きまして？」

「何かあったのですか？」

「クロヴィス様にドレスを仕立てていただいたそうですわ」

「それは本人から直接聞きました」

「なっ……⁉　悔しくないんですの？」

ズイッと顔を寄せるリアーヌの迫力に、思わずリリーの身体が一歩下がった。後ろに立っていたフレデリックにぶつかって振り向くが、表情は依然として変わらない。

「あの生意気な小娘のせいでリリー様は婚約破棄されましたのよ？」

「そうですね。ですがそれは彼の心移りであって、彼女のせいでは――」

「いいえ！　あの小娘がそそのかしたに決まっていますわ！」

「だからそれを心移りと――」

「あんな図々しい女、見たことがありませんわ。恥知らずもいいとこ！　王子に媚《こ》びれば貴族になれるとでも思っているのかしら？　何か言うとすぐ男の陰に隠れて生まれての仔馬みたいにブルブル震えるいやらしい女。あんな演技で騙《だま》される男も男ですわ。教養のない下級貴族にはあの程度の女がお似合いなのでしょうけど。オーッホッホッホ！」

（み、見事としか言いようがない悪態の数々。見習うべきはエステル様ではなくリアーヌ様かもしれないわね）

バラ園での時も思ったが、リアーヌは悪役令嬢向きな性格をしている。

捲《まく》し立てた後の高笑いも、タイミング良く広げた扇子《せんす》も非常に様になっていた。

「私、彼女が嫌いですの」

（見ればわかる）

逆にリアーヌには好きな相手などいるのだろうかとそっちの方が気になってしまう。

「男に媚《こ》びるしか能がないでしょう？　何かあれば男を使って、自分は苦労せず簡単にあれこれ手に入れてしまうではありませんか。クロヴィス様も手に入れて、今じゃリリー様よりずっとベッタリくっついていますのよ。はしたないとはまさにあのこと」

リリーがべったりじゃなかったのは淑女としての振る舞いに従ったのもあるが、リリー自身がそうしたくなかったからでもある。

「あのクッキーも自分で踏み潰しておきながらあのような言い方。リリー様は私を止めるべきではなかったのですわ。そうすれば私がクロヴィス様に真実をお伝えしましたのに」

「リアーヌ様のお気持ちは嬉しいのですが、王子とはもうなんの関係もありませんから。彼にどう思われようとどうでもいいんです。エステル様がわたくしの評判を落として王子の心を掴みたいのであれば、そうすればいいと思っていますし」

あの時、リアーヌがクロヴィスに真実を伝えていたら真面目な彼はきっとエステルを問い詰めただろう。彼女のことだ、必ず言い訳をするだろうが、口達者な彼に論破されて撃沈するのは目に見えている。最も興味のない光景、そして望まぬ展開。

リアーヌのしようとしたことは正義だとわかってはいるが、リリーにその正義は不要だった。

「前々から思っていたのですけど、エステル・クレージュに様付けなんて必要ないのでは？」

「そうですか？」

「そうですわ！　様付けするような地位にないのですから！」

「それはそうですが、学長が許さないでしょうし」

「あのような偽善者に怯える必要などありませんわ！　私、あの方の考え方が大嫌いですもの」

リアーヌにかかれば誰も彼も大嫌いになってしまうらしい。自分が嫌われる日も遠くないような気がしてリリーは苦笑する。

「リアーヌ様、何かお料理は召し上がりましたか？」

「いいえ、まだですわ。でも食べる気なんてありませんの。学長が手配したシェフなんて、恐ろしくて恐ろしくて」

このパーティーの食事担当が下町のシェフであることは事前に伝えられている。下町のシェフが悪いとは言わないが、リリーも手をつける気にはならない。リアーヌほどの嫌悪はなくともどうしても衛生面が気になってしまう。

「こんな見たこともない料理を誰が食べるというのかしら。学長もよくこんな物を許しましたわね」

リリーもそれは気になっていた。資金はじゅうぶんあるはずなのに、並んでいる料理は貴族の家では絶対に出ないだろう物ばかり。いくら差別なしを謳《うた》っていようと数を減らして量で勝負しているようにも見える料理が、学園主催といえどパーティーに相応《ふさわ》しいとは思えず、言ってしまえばこれらはあまりにもお粗末。

パーティーの飾り付けもそうだと周囲を見回すリリーに、リアーヌが扇子《せんす》を広げて内緒話でもするかのように少し顔を近付けた。

「そういえば、エステル・クレージュのことですけど、今日のパーティーで紫――」

リアーヌが新しい情報を持ち出そうとした時、急に会場がザワつき始めた。

「クロヴィス王子だ！」

「エステル嬢が一緒なの？　信じられない！」

「ちょっと、あのドレス！」

二人揃っての登場に、会場内のザワつきが更に大きくなる。

「信じられませんわ……」

周りの生徒同様、リアーヌもそれきり言葉を失って口を押さえた。その視線の先にいるのは、当然このパーティーで主役の座を勝ち取りたいエステル。

「む、紫を着ているだなんて！」

はったりではなく、本当に紫のドレスを着てきた。だが、驚いたのはそれだけではない。

「あのドレス、リリー様と同じじゃ……」

全く同じではないが、エステルのドレスはリリーのとよく似ていた。違うのは胸の谷間が出ないよう、鎖骨の下辺りまでドレスで隠されていること。リリーよりも立派な胸は遠目にも目立ち、少し腕で寄せるだけでよく動く。

「あんの小娘ッ！　絶対許せませんわ！」

「リアーヌ様、どうぞ落ち着いてくださいませ」

「落ち着けですって？　これがどうして落ち着いていられますの？　紫は公爵家の色！　リリー様がお召しになる色だと決まっているのに、あの小娘は恥知らずにも紫を着ているんですのよ？　憎たらしくありませんの？」

宣言はされていたものの、本当にやってのけるその神経にリリーは驚いていた。

だが問題は色ではなくデザイン。これはアネットがデザイナーと共に考えた唯一無二のドレスで、リリーのために作られたものだ。それをどうやって似せたのか。

「クロヴィス様もクロヴィス様よ！　見損ないましたわ！」

いくら学園主催といえど出席者は全員が貴族。学長が差別は禁止と言ったところでそれに従う者がどの程度いると思っているのか。差別は禁止だからとそれを真面目に受け取って、爵位に値しない紫を着ている令嬢はエステルだけ。

エステルのドレスをクロヴィスが仕立てたことをリアーヌが知っていたということは、

当然他の者の耳にも入っているということ。

クロヴィス・ギー・モンフォールが大衆の前で婚約破棄した常識のなさにショックを受けていた生徒もいるのに、今回のことで彼に失望する者が現れたのは間違いない。

実際、リリーの隣では、リアーヌがクロヴィスに失望している。

「ああいう女だ」

「クールにしてて」

フレデリックが前屈みになってリリーに耳打ちをするも、リリーは指先でそれを追い払う。

「こっちに来るぞ」

カツカツと音を立てながら寄ってくるクロヴィスの顔は入ってきたばかりなのに既に不機嫌そうで、このまま顔を合わせるのが嫌になった。今すぐ背を向けて逃げ出すことも考えたが、仁王立ちするリアーヌがそれを許さないだろう。

隣で鼻息荒く彼を睨み付けている様子を見るに、文句の一つでも言おうと考えているに違いない。

クロヴィスの腕に手を添えて婚約者気取りのエステルに微笑を向けるもリリーに返ってきたのはなぜか勝ち誇ったような笑み。

「リリー」

不機嫌な顔に相応《ふさわ》しい不機嫌な声。

「なぜそんな下品なドレスを着ている？」

「このドレスが何か？」

「お前にそんなドレスは似合わん。肌を見せるな」

リリーは婚約破棄をされてからどうにもクロヴィスに腹を立てることが多くなった。

クロヴィスはもう婚約者ではないのだから、何かにつけて口出しされるいわれはない。

それなのにクロヴィスは品定めでもするようにリリーの上から下まで視線を這《は》わせ、不愉快そうな顔をする。それを見ているリリーの方が不愉快になっていることなど気付いてもいない。

「それになんだ、その指輪は」

「フレデリックが贈ってくれましたの」

「……貴様、何を考えている」

「リリー様が指輪を持っていないとおっしゃるので贈りました。何か問題でもありましたか？」

公式の場での落ち着いた態度を貫くフレデリックをクロヴィスが睨むが、効果はない。

「そんな安物を身につけるなど恥ずかしくないのか？　お前は俺の婚約者だった女だぞ。モンフォール家に選ばれた――」

リリーは淑女を気取っているが、本来は淑女とは程遠い性格をしている。悪い言葉だって知っているし、アネットがいなければだらしない生活を送るだろう。

クロヴィスの前で淑女を装っていただけなのに、本人がそれに気付いていないだけ。だからこその発言だとわかってはいるが、これ以上は我慢ならなかった。

「――キャアッ！　クロヴィス様！」

パンッと乾いた音が響き、静まり返った会場にエステルの悲鳴が響いた。

「クロヴィス様になんてことを！」

クロヴィスにしがみついて怒鳴るエステルとは目を合わせず、リリーは真っ直ぐにクロヴィスを見つめていた。

「恥知らずなのはあなたですわ。何度も申し上げている通り、わたくしとあなたはもう他人です。それなのにいつまで経ってもあなたは婚約者気取り。あなたから婚約破棄を言い出したのでしょう。これはわたくしの事情を知るフレデリックがわざわざ用意してくれた物。それを値段でしか価値を測れないあなたこそ、恥を知りなさい！」

やってしまったと思ったのは全て言いきった後。周りの生徒達や教師さえ固まったまま動けず、二組の男女を恐々と見ているだけ。

しかし、リリーの中に後悔はなかった。一回言ってわからないのであれば何度でも言う。二人きりだろうと大勢の前だろうと関係ない。

「どういうおつもりですか？　クロヴィス様に手を上げるなんて許されませんよ！」

とはいえ、手を上げたのがさすがにマズイことはリリーもわかっていた。言葉でやられたのなら言葉でやり返すべきなのは子供でも知っている。

これが父親の耳に入れば、ただでは済まないだろう。

しかし、叩いてしまったものは仕方がない。リリーは開き直ることにした。社交界やパーティーは悪役令嬢にはうってつけの場だ。ここで良い生徒を演じてまた学園で小競り合いをしたところで、自分の納得のいく悪役令嬢にはなれない。それならもう、取り返しのつかない今の状態に乗っかるしかなかった。

「あなたこそ何様のつもり？　反差別主義を掲げる学園主催のパーティーなら紫を着ても許されると、本当に思っていますの？」

「学長は素敵だと褒めてくださいました」

「貴族の間には暗黙のルールというものがあって、爵位によって着られる色が決まっていますの。あなたのような貧民が紫を着て貴族の真似事だなんて笑わせますわね。せいぜい黄色がお似合いでしょうに」

この国では黄色は卑《いや》しい色だと言われ、誰も好んで着たがらない。

「私が貧民街の出だから黄色が似合うとおっしゃっているのですか？」

これはもう全面的に対決するしかない。

エステルがただのか弱い女であれば策を練ろうと思っていたけれど、全て計算で動いているとなると話は変わってくる。

エステルのやり方はリリーが理想としている悪役令嬢へステップアップさせてくれるものではなく、規律を守る公爵令嬢に戻そうとするものだ。気に入らない。でも悪役令嬢を貫くためにエステルのやり方を全て認めて利用してしまえば自分まで腐ってしまう。

「いいえ、あなたがどこの出であろうと関係ありませんわ。わたくしはあなたが卑《いや》しい人間だから、黄色が似合うのではと言ったのです。貧しい出の方が全て卑《いや》しいというような捉え方をする時点で、醜《みにく》いコンプレックスが見えてますわよ」

「私は卑《いや》しくなどありません！」

「紫がどういう意味を持つ色かを知りながら、学園主催なら大丈夫だと選んだのは卑《いや》しくないと？　黄色がどういう意味を持つか知りながら、貧民という言葉に直結させるのは自分が卑《いや》しいと認めているようなものではありませんの？」

誰も黄色がどういう色かをわざわざ口にはしないのに、エステルはリリーが〝黄色〟と言っただけで〝貧民〟という言葉に繋げた。

(私を差別主義者に仕立て上げたいのね)

貧しさを知らない公爵家の娘は貧民を差別するのだと、大勢が集まるこの場所で認めさせたいのだろう。悪役になるにはうってつけの舞台が用意され、本来なら喜ぶべきなのだろうが、エステルのやり方は到底受け入れられるものではなかった。

悪役令嬢といえど貴族は貴族。エステルの失敗、問題行動による責任はクロヴィスが負えばいい。だが、実際はそう簡単な問題ではない。貴族の問題は頭を下げたから済むものではないのだ。尾ひれがついて広がる話を貴族達は更に面白おかしく歪曲《わいきょく》していく。

クロヴィスは貴族ではなく王族。クロヴィスの恥だけでは終わらない。モンフォール家の恥として一生残ることになってしまう。

もう婚約者でないのだからどうでもいい。そう割り切ればいいのに、そう思っているのに割り切れない。ブレすぎだ。貫けない。情けない自分に腹が立つ。だが、引くことはできない。ここでエステルを野放しにすることはルールに準じている貴族達が馬鹿を見ることになるから。だからリリーはエステルに向けて嘲笑《ちょうしょう》を浮かべて見せた。

「学園の方針では貧しき者にもチャンスが与えられるべきだとあります。その言葉に従うのであれば、私にも紫を着るチャンスが与えられても良いということでしょう？」

「チャンスは与えられるべきかもしれませんが、それは貴族のルールを無視して厚かましく紫のドレスを着ろということではありませんし、ましてや学園の方針を盾に己の愚行を正当化してもいいということでもありませんのよ」

貴族間の上下関係は大きい。それを破ってしまうと没落の危険性もあるくらいだ。だがエステルは貧民街出身であるが故に上下関係など気にもしない。

これ以上落ちることはなく、上がるしかない状況下では弱さなど必要ないのだろう。

「……公爵家のご令嬢がそのようなドレスを着ることを恥ずかしくは思わないのですか？」

絶対に何か言ってくると思っていた。

「公爵家の娘ともあろう方がそのようなお召し物を着られるなんて驚きました。もっと品のある格式高いドレスを着られるのだとばかり思っていましたから」

元踊り子のアネットは更に露出度の高いドレスを選ぼうとしていたことを思い出し、こっちに変更して良かったと安堵した。父親にも見せずに決めたドレス。見せようものならクロヴィスやエステルと同じことを言っただろう。

「公爵家の娘がこのドレスを着てはいけないと言うなら、貧民のあなたはなぜ堂々と紫を着ているのかしら？　公爵家の娘という言葉を使うなら、貧民であるあなたこそ分を弁《わきま》えてはいかが？」

一瞬、ほんの一瞬だけエステルの表情が変わったのを、リリーは見逃さなかった。おっとりとした可愛らしい普段の表情からは想像もできない悔しげな顔は、悪魔のように恐ろしかった。

これが彼女の本性だと確信して、リリーはニッコリ笑ってみせるもクロヴィスが間に入る。

「やめろ。見苦しい。そんな品性の欠片《かけら》もないドレスで場を穢すな。さっさと去れ」

「品性の欠片《かけら》もない女性が場の空気を乱すのは良くて、わたくし達令嬢が当たり前に着るイブニングドレスは下品と貶《けな》され退場までさせられるなんて……この国の王子はとんだ差別主義者ですこと」

リリーの言葉にクロヴィスの目つきが変わった。これはマズイと汗が噴き出すほどの鋭い目つきには苛立ちが含まれていて、リリーは思わず口を閉じる。

「俺を怒らせたいのか？」

「……いいえ」

「だったら今すぐここから去れ」

隣でエステルがクスッと笑う。

この場で頭を下げて立ち去るのは簡単だが、その笑みを見てしまった以上はこのまま立ち去るわけにはいかなかった。自分はエステルのために悪役令嬢になるのではない。自分のために悪役令嬢になるのだ。ヒロインに勝ち誇らせて終わる悪役令嬢にはならない。

リリーはそっと顔を伏せた。

「……クロヴィス、私はあなたの気持ちがわからない。一方的に突き放したのはあなたなのに、今でもあなたは私の前に現れる。私がどんな気持ちでいるかも知らないで……」

胸元で手を握りしめたまま声を震わせる。震える唇を噛みしめ、鼻をすすってから顔を上げ、涙を見せた。口調を作らず本来の話し方、クロヴィスが望んでいた対等な言葉遣いをすることで本当は傷ついているのだとまるで本心をさらけ出しているかのように演じる。

状況はあの日と同じ。婚約破棄された日と同じく大衆が注目している。学園主催のパーティーで、他の令嬢達を差し置いて紫のドレスを着て優位に立ったつもりになっているエステルに思い知らせる舞台としては悪くない。

今のエステルはリリーが婚約破棄された日と同じような笑みを浮かべている。その仲びきった鼻っ柱をへし折ってやると、目は合わさず視界にだけ彼女の姿を留めながら続けた。

「辛くないとでも思った？　生まれた時から決まってたあなたとの結婚を一方的に、理由も言わずに解消された私の気持ちなんて、考えたこともないでしょ。この指輪をつけてきたことをあなたは責めるけど、元婚約者からのプレゼントを未練たらしく身につけてパーティーに出られると思う？　私はそんなに馬鹿じゃない。あなたがエステル様を選んだのなら、私が持っている物は全てエステル様に譲るわ……」

「ふざけるな」

「もう婚約者じゃない私には、あなたがくれたネックレスも指輪もイヤリングもブレスレットも……あのブローチだって……もう、私は身につけることができないのよ、クロヴィス」

一粒二粒と流れる涙と共に訴えるのは、自分には相手が贈ってくれた装飾品をつけることができないということ。本当は婚約破棄が辛かったのだと顔を覆《おお》って身体を震わせると、クロヴィスがリリーの名前を呼んだ。

怒気の含まれていない声にリリーが再び顔を上げると、なぜかクロヴィスの方が苦しげな顔をしていた。

（は？　なんでアンタがそんな顔してんのよ）

今日の演技は女優級だと自分を称賛した上でこれからの舞台を作り上げるはずだったのに、クロヴィスの表情を見て涙が止まってしまった。

「俺はあの時――」

「リリー！」

クロヴィスが何かを言おうとした時、リリーがよく知った声が怒声となって会場に響く。

「おとうさ――ッ！」

なぜここにと問う間もなく父親の手が娘の頬に振り下ろされた。

「帰るぞ。お前のような馬鹿娘はこの場所にいる資格などない！」

「ブリエンヌ公爵！　お待ちください！　これには事情があるんです！」

「フレデリック、お前が娘から何を聞かされたか言われたかは知らんが、金輪際、娘には近付くな」

「お父様痛いッ」

腕を掴む力は強く、振り解こうにも振り解けない。振り返った時に見えたクロヴィスの驚きの顔も、フレデリックの悔しげな顔も、エステルの勝ち誇ったような顔も、この瞬間はそのどれに対しても何かを思うことはなかった。

一番怒らせてはならない人物を怒らせてしまった危機感だけが、リリーを支配していた。


「お前は娼婦にでもなったつもりか！」

家に連れ戻されると、父親の部屋でもう一度頬をぶたれた。手加減のない二度目のビンタに頬がジンジンと痛み、熱を持っているのがわかる。

「これは正式なイブニングドレスよ！」

「嫁入り前の娘が大勢の男の前で肌を晒《さら》すのが娼婦でなければなんだと言うんだ！」

「貴婦人達はデコルテの美しさを競い合っていたのをお父様も知ってるでしょ？」

「そんなものは都合のいい解釈だ！　男を誘うために作られたドレスを着るなど、娼婦も同然だ！」

仕事机の上のインク瓶がリリーに投げつけられる。衝撃はドレスが受け止めてくれたが、蓋《ふた》が開いていたせいでインクがベットリとつき、このドレスはもう二度と着ることができなくなってしまった。

「ましてや王子に手を上げるなど、お前はいつからそんなに偉くなったんだ？」

「それは……」

フレデリックから贈られた指輪に気付かれればきっとこの指輪も取り上げられてしまう。だからリリーは口を噤《つぐ》み、手を重ねて指輪を隠した。

「やはり早急に決めなければならないな」

「何を？」

「婚約者に決まっているだろう。クロヴィス王子のような男はおらんだろうが、それに近しい者を見つけてくる」

「私はまだ結婚したくない！」

リリーの抗議に、父親がカッとなったのが見てとれた。しまったと思った時にはもう遅く、恐ろしい表情をした父親の大きな手のひらが振り下ろされ、頬に衝撃を感じた時にはもう、リリーは反論する気力を失った。

悲鳴も、涙も、言い訳も、抵抗も、何もなく、再び口を開こうとはしなかった。

そこから父親が何を言っていたのか、いつ解放されたのか、どうやって部屋に戻ったのかも覚えていない。覚えているのはベッドに横になった時、父親専属の若いメイドがやってきて制服を回収したことと、学園には行かなくていいとの父の伝言を聞いたことだけだった。

第三章

部屋で軟禁状態になってから一週間が経った。

リリーは家の外に出ることも許されず、部屋に引きこもって本ばかり読んでいた。それしかすることがなく、それしか許されず、話す相手といえばアネットだけ。

アネットの話によると、父親は今も娘の婚約者探しに躍起《やっき》になっており、まだリリーを許していないらしい。

婚約者ならまだしも、婚約破棄された娘がモンフォール家の跡取りに平手打ちをするなど言語道断だと、貴族達の間でも批判が上がっているとか。

ブリエンヌ家が公爵のままでいられるかどうかもわからない、と噂はそこまで広がっていた。

「どうしてこうなるんだろ……」

小説は現実ではありえないご都合主義展開に溢れているから面白く感じる。他人事として読めるから悪役令嬢の人生は面白いのだ。現実はご都合主義ではない。そんなことは生まれた時から王子との結婚が決められていた自分が、一番よくわかっているはずなのに。

少し考えればわかることも、小説と同じような状況に陥《おちい》ったことに興奮して憧れを追いかけてしまった。

婚約破棄を言い渡された時に泣いて縋《すが》りついていたら、きっとクロヴィスは呆れただろう。いや、泣くなど思いつきもしなかったのだから泣くのは無理だが、せめて笑わずに大人しい顔で受け入れていれば今とは違ったはず。

今となっては変えようのない過去に後悔を抱きながら、何度目かわからない溜息を吐き出した。

そこへ、花瓶の水を替えに行っていたアネットが戻ってくる。

「フレデリック様が来ていましたよ」

「もういいって言ってよ」

「言っていますが、明日も来ると言って帰っていきました」

「毎日毎日バラ園からバラ盗んできてどうすんのよ」

毎日一輪ずつ増えていくバラは、街の花屋で買ってきたものではなく明らかにバラ園のもの。セドリックなら花屋まで行って一輪ではなく花束で買ってくるのだろうが、フレデリックはそういうタイプではない。

「旦那様に謝られてはいかがですか?」

「なんて?　イブニングドレスを知らない無知で愚かなお父様、馬鹿娘は娼婦ではなく悪役令嬢になりたかったんです、ごめんなさいって?」

「それも良いかと」

「余計に殴られるじゃない」

あの痛みは今も忘れられない。父親は元々ヒステリーではあるが暴力的な人間ではない。今回のことはよほど腹が立ったのだろう。

当然だ。モンフォール家を怒らせれば自分達の地位が危うくなってしまうのだから。

天災を鎮めるために神に生贄《いけにえ》として捧げた自分の娘が直前になって逃げ出せば誰だって怒り狂う。父親は今そういう状況なのだ。

「でも良かったではありませんか」

「何が?」

「ずっとおっしゃってたでしょう?　引きこもって本を読み耽《ふけ》りたいと」

「一日はね。もう一週間よ。退屈だわ」

忙しい時は休みたいと思うし、休んだら休んだで動きたいと思う。

人間がいかにワガママで贅沢な生き物か、リリーは身をもって学んだ。

「今日は夜更かしせずに寝てくださいね」

「わかってる」

「お肌、酷《ひど》いですよ」

「嘘でしょ⁉」

「嘘です」

「もうッ」

「本当にそうなってしまう前に健康的な生活にお戻りください」

静かに閉められたドア。一人きりの空間。

この一週間、あまり眠れていない。毎晩、少し眠っては目が覚める。自分がしてしまったことへの後悔で眠ることができないのだ。

だが、最も悔やんでいるのは自分がクロヴィスにした発言。最後まで話すことができていれば、翌日にでもあれは演技だったと説明するつもりだったのに、父親の登場によって中途半端に終わってしまった演技。あれではただの女々《めめ》しい女というだけで悪役令嬢でもなんでもない。

大衆の前で父親にぶたれる恥をさらしてしまった。リリーは今、もうヒロインと対峙《たいじ》する悪役令嬢はいいから、冤罪によって斬首刑されて過去に戻る悪役令嬢になりたいと願っていた。

騙《だま》すために演技をした。怒っているクロヴィスを演技で動かして優位に立ったつもりでいるエステルの鼻っ柱を折るためにしたこと。あのままいけばきっとリリーの思惑通り事が運んだだろう。

それも今となっては想像でしかなく、現実は怒れる父親によって軟禁されているこの現状。もはや打つ手なし。

「ぁあぁぁあああああ！　どうしよう！　クロヴィスもどうしようだし結婚もどうしよう！　彼女は今頃ニヤついてるんでしょうね！　私に勝ったと思ってるんだわ！　ざまあみろって舌を出してるに違いない！」

エステルの勝ち誇った顔を思い出しては腹が立ち、髪を掻き乱して叫んだ。

——コンッコンッ。

ノックの音がしたがドアの方からではない。ドアからなら続いて呼びかける声が聞こえるはず。

——コンッコンッ。

間違いなくノックの音。そしてそれは、リリーの後ろから聞こえていた。

「窓？　フレデリックが石ぶつけてるんじゃ――」

フレデリックはアネットにバラを届けて帰ったはず。しかし心配だからとまだ敷地内にいたのかもしれない。

「リリー」

「キャアアッ――ンンンンンッ？」

「静かにしろ」

窓を開けた瞬間、ヌッと近付いた顔にリリーは悲鳴を上げた。

けれどそれもその人物の手によって塞《ふさ》がれる。

「ンンンンンッ？」

「これから手を離す。声を上げるな。いいな？」

デジャヴを感じながらも頷くと、手が離された。それと同時に一瞬で距離を取る。

「クロヴィス！　あなた、ここで何してるの？」

クロヴィスが窓の傍に生えている木に登って窓をノックしていたのだ。

「お前が来ないからこっちから会いに来た」

「休学中なの知ってるでしょ？」

何を言っているんだと頭痛を覚え、リリーは眉を寄せる。

今までクロヴィスの性格についてどうこう言うことはなかった。慣れていたし、口に出して言うほど相手に興味もなかったから。だが、こうして改めて向き合ってみると言わずにはいられない。

「あなたってイカレてる」

「子供の頃、この木に登って落ちたことがあったな」

(この状況で唐突に思い出話？)

「お前がフィルマンに叱られて外出禁止を言い渡され、今のように軟禁されていた」

(待って待って待って。なんで普通に話をしてるの？)

「お前は昔から怒られるようなことばかりするからな。俺が木から落ちたのは、お前が俺を引っ張ったからだ。早く部屋に入れと引っ張られたせいで、この隙間から落ちた」

懐かしむように柔らかい表情を見せるこの男が一体何を考えているのか、リリーには全くわからない。

「今は落ちる心配をする必要もない。俺も成長した」

木の幹を背もたれに太い枝に腰かける姿は、小説の挿絵などでよく見る光景。小説の中のイケメンにしか許されないはずの行動も、クロヴィスなら絵になってしまうのだから嫌味なものだと眉を寄せる。

「何をしに来たのか聞いても？」

「会いに来たと言っただろう」

「なぜ？」

「お前が学園に来ないからだ」

「行けないの」

「だから俺から来てやった」

壁と話している方がよっぽど楽だと思った。

立てた片膝の上に腕を乗せて、まるで夜を満喫しているとでも言いたげなその姿になんとも腹が立つ。

「入ってもいいか？」

「ダメ」

夜に女の部屋を訪ねて中へ入り込もうとするこの常識外れな男が未来の王で大丈夫かと心配になる。

「俺からフィルマンに話をしよう」

「やめて。余計に話がおかしくなる」

「なぜだ？」

「私、もう結婚するの」

まだ相手は決まっていないが、それも遠くないだろう。写真でしか顔を知らない、いや、もう写真さえ見ないままに結婚が決まるのも時間の問題。

「相手は誰だ？」

クロヴィスの声が低くなって、不機嫌もあらわな目つきでリリーを見る。

「知らない。お父様が決めるんだもの。私には選択権も拒否権もない。お父様が選んだ相手と結婚するだけ。卒業を待たずにね」

本来であればリリーの父は娘の婚約者探しなどする必要もなかったのだ。適当なサロンに出かけて『うちの娘は王子の婚約者で』と自慢していれば良かったのだから。

それが今はサロンにも出かけられない状況となってしまった。それについては少し申し訳なく思うが、文句ならクロヴィスに言ってほしいとも思っている。

「嫌なら断れ」

「断った。断ったら殴られた。手加減もなく思いきりね。私があなたを叩いたよりもずっと強い力で」

父親に叩かれた時に響いた音は、リリーがクロヴィスの頬を叩いた時よりもずっと重い音だった。その音が衝撃を表し、痛みとなってリリーを襲った。

まさか父親に本気で殴られる日がくるとは想像もしていなかっただけに、ショックも大きかった。

「俺が断ってやる」

「どうしてあなたが断るのよ」

「お前が結婚したくないと言うからだ」

「そうじゃなくて、どうして私のためにあなたが動くのかって聞いているの」

いつまでこんな風に異常な行動を続けるつもりなのかと、リリーはクロヴィスの申し出にかぶりを振る。

捨てたごみをいつまでも気にかける者はいない。けれどクロヴィスはなぜか立場を逆転させて、捨てられたことに気付かずひたむきに飼い主を追いかける子犬のようにリリーに付きまとっている。

「俺と別れたことを後悔しているんだろう？」

(別れた？　婚約破棄を別れたって言ってるの？)

自分達の関係は「別れた」という言葉で済ませられるほど軽いものではなかった。クロヴィスの言い方は王子と公爵令嬢の婚約破棄を表すものではなく、自分達が責務もなくただ恋愛感情で付き合っていただけの恋人同士だったかのように聞こえた。

「私、今凄《すご》く困惑してるの。だから暴言吐いたらごめんなさい」

「ああ」

「いい？　私達は性格の不一致で別れたわけでも、価値観の違いで別れたわけでもない。あなたが理由も告げずに、一方的に、私との婚約を解消したの。あなたは私を捨てた。公爵家の娘から貧民街出身の娘に鞍《くら》替えしたのよ。おわかり？」

(別れたなんてキレイな言葉で片付けるつもりなら絶対に許さない)

捨てた方はいい。気持ちがなくなったからサヨナラ、で終わりにできる。

だが捨てられた方はそうもいかない。あんなやり方をされては尚更だ。

「あの時はああ言ったが――」

「あーあーあー、待って。もし婚約を解消したことをあなたが後悔してて撤回しようと思ってるなら、冗談じゃない」

「なぜだ？」

クロヴィスは、リリーの疑惑を信じられないぐらいアッサリと認めた。付きまとってくる時点でおかしいとは思っていたのだ。

普通はあの場面でリリーが笑ったことに嫌味を言うか、見せつけるようにエステルとイチャつくかのどちらかだ。後者はクロヴィスの性格上ありえないとしても、前者なら、気が済んだらリリーを透明人間のように無視したはず。

それなのにクロヴィスは翌日から毎日リリーの前に姿を見せた。『話がある』という、内容のない用事を作って。

まさかと思っていたことが真実となった今、リリーはクロヴィスという男に呆れずにはいられなかった。

「クロヴィス、あなたにも立場があって、私にも立場がある。私とあなた、二人しかいない部屋での話だったなら、もしもがあったかもしれないけど、あなたは大勢の前で私に婚約破棄を言い渡した。それを今更なんて言って撤回するつもり？　あれは気の迷いでした。本当はまだリリー・アルマリア・ブリエンヌとの婚約を続けたいですとでも言うの？」

「それが正しい言い方ならそうするが」

（こんなに馬鹿だったなんて……）

クロヴィスは馬鹿ではない。むしろ聡明すぎるほどだ。しかし、今はそれを疑い、訂正したくなるほどの失望を感じていた。痛む頭に手を当てて首を振る。

「撤回はできないし、もう二度とあなたの婚約者にもならないし、なれないし、なりたくない」

「王妃になりたくないのか？」

「私が馬鹿女ならその言葉で釣れたでしょうね」

「お前以外に誰がなると？」

（はぁぁぁぁああああああああ？　捨てた本人が何言ってんの？）

あの時のように頬を叩いてやりたくなった。

「フィルマンも喜ぶだろう」

「それは……」

再び婚約できたと知れば父親は泣いて喜ぶだろうが、そう簡単に喜ばせてたまるかと、リリーは顔をしかめる。父親の喜ぶ顔を見るぐらいなら、遠い辺境の地に嫁《とつ》いで二度と顔を合わせない方がマシだとリリーは肩を竦《すく》めた。

「浮気性の男は嫌いなの」

「浮気はしていない」

「じゃあ私を捨てた理由を簡潔に五十文字以内で話してちょうだい」

ハッキリと聞いていなかった理由を聞くなら今しかない。ここなら誰の邪魔も入らないのだから。

「婚約を破棄したのはお前が笑顔を見せなかったからで、撤回したいのはお前が笑顔を見せたからだ」

しっかり五十文字以内で収めるところが憎らしい。

言っている言葉は理解できても、この男の考えが理解できず、リリーは混乱していた。

「お前は今まで笑わなかっただろう」

「笑ってた。あなたの前で笑わなかっただけ」

「そうだな。それでお前を傍に置いておくのが少し辛くなった」

「今、自分がどれだけ幼稚なこと言ってるか、わかってる？」

「なっ？」

婚約破棄を申し出た相手から『辛い』という言葉は聞きたくなかった。そんなくだらない感情で親同士が決めた結婚を破談にするなどあまりにも浅はかで、完璧・潔癖・鉄壁だと思っていた幻想は一気に崩れ、今やリリーの中でクロヴィス・ギー・モンフォールは【幼稚な男】となった。

「お前が俺に関心を示さなかったからだ」

「私のせいにするつもり？　あなただって笑わなかったじゃない！」

「笑う話題などなかっただろう」

「私も同じなの！」

「女は好きな男の前ではニコニコしているものだ」

「はぁぁあああああ？」

女性への夢に溢れた考えに、リリーは唸《うな》りにも似た声で不満を訴えた。

「ねぇ、悪いけど、私はあなたを好きだと思ったことは一度もない」

「……寝言か？」

「残念ながら誰かさんのせいでまだ寝てないのよ」

「俺と結婚するつもりだっただろう」

「親が決めたからよ！」

クロヴィスの驚いた顔を見るのはこれで二回目。そして今、リリーも驚いていた。

リリーはクロヴィスも自分と同じだと思っていた。興味があるのは政治だけで、それを欠片《かけら》ほども婚約者に向けるつもりはないのだと。

「俺は違う。常にお前を想っていた」

嘘をつく男ではないクロヴィスの言葉に戸惑うもすぐに眉を寄せる。

「そんなこと一度も言われたことはないし、感じたこともない」

「婚儀の際に誓うだろう」

クロヴィス・ギー・モンフォールにとって愛の言葉は普段から口にするものではない

ようだ。婚儀の際に強制的に誓わされる言葉こそ愛の言葉だと思っているらしい。

「私があなたの傍で笑わなかったから不安になって婚約を破棄したの？」

「まあ、そうなる」

「嘘つき。エステル様に心移りしたからでしょ。正直に言いなさいよ」

「心移りはしていない。言っただろう、お前が俺の前で笑わなくなったからだと。それも昨日今日そうなったわけではなく、何年も前からだ。月に一度は必ず会っているというのに、だ。来年には夫婦になる予定だというのに、お前は俺の前でだけ仏頂面をする。……不安にもなるだろう」

間違いではない。クロヴィスへの期待はもう何年も前にやめた。王妃としての責務はこなすつもりだったし、それで問題ないと思っていたがクロヴィスは違った。夫婦としてのあり方を考えていたのだ。意外ではあったが、だからといって何かが変わるわけではない。ただ、すぐに追い返すのはやめて近くにある椅子に腰かけた。

「そもそも私が笑ったからなんだって言うの？　私の笑顔は別に特別じゃない。笑顔ぐらい見たことあるでしょ？」

「俺に向けられるものは特別だった」

子供の頃はクロヴィスに多くの感情を向けていた。笑ったり怒ったり泣いたり。

成長するにつれてクロヴィスが忙しくなり、お互いの交流が減ると、それも減っていった。怒ることも泣くこともなくなり、彼に最後にあんな風に笑顔を向けたのはいつだったか、リリー自身思い出せない。

「お前の笑顔は幼い頃から俺の光だった」

「や、やめてよ」

そういう言い方をされると全身がむず痒《がゆ》くなる。

小説でヒロインが王子から言われるのを読むと悶《もだ》えるほど胸がキュンとするのに、自分が言われるとうすら寒く感じた。

「自我が芽生える前から俺とお前は共に過ごしてきた。共に過ごした時間は短くとも過ごす時間はちゃんと作っていた。でもお前は俺がわからないと言う」

「わからないもの」

「でもそれは俺も同じだと思った。知っているようでお前のことを知らない。なぜお前があの時あんな風に笑ったのか、俺のどこが嫌いなのか、お前が何が好きでどうすれば笑うのかさえ俺は知らないのだ」

「でしょうね」

「知らなければならない」

真っ直ぐ、ただ真っ直ぐに見つめてくるクロヴィスが何を考えているのかは今もわからない。わからないから知らなければならない。これがまだ婚約破棄の前ならそう思っただろう。でも今は違う。もう婚約者ではないのだ。これから深く互いを知り合う必要はない。

受け入れないとかぶりを振るリリーに、一瞬眉を下げるもクロヴィスは頑固な男。こうと決めたら譲らない。

「とにかく、婚約破棄は撤回する」

「結構です。あなたと縁が切れて私は幸せだもの」

「モンフォール家の嫁になれたら幸せだと言っていたのは嘘だったのか？」

「その女々《めめ》しい台詞《せりふ》やめてよ！　不安だったとか、嘘だったのかとか、あなたはそんなこと言うようなタイプじゃないでしょ！」

リリーの中でクロヴィスは王子役。エステルがヒロインで自分は悪役令嬢。

王子様がそんな女々《めめ》しい台詞《せりふ》を吐くのではヒロインも萎《な》えてしまうだろう。

イメージも作戦も壊れてしまいそうで、リリーは大袈裟なほど手を振ると、それ以上喋《しゃべ》らないでとクロヴィスを制した。

「モンフォール家の嫁になりたいかって聞かれると、答えはノーよ。オレリア様のこともジュラルド様のことも大好きだったけど、今のあなたには心底失望してるの。できればもう二度と関わりたくないぐらい。エステル様のことも嫌いだし……まあ、必要ではあるけど」

「なんの話だ？」

「と、とにかく、私の中のクロヴィス・ギー・モンフォールはもっと厳格で自分にも他人にも厳しい男なの。でも本当はちゃんとした優しさを持っていて、ヒロイン……ンンンッ！　もとい、エステル様にだけ優しく接するの。私に対しては通り過ぎ様に嫌味を言ったり、私の目の届くところでは常にエステル様を連れ回してたりね」

あくまでも理想の話。自分にとって好ましい恋愛小説の中の一部になりたい熱が上がって妄想を口走ってしまった。

「何を言ってるんだ？」

「私の中のあなたのイメージ。というか、こんな話どうでもいいからもう帰って。撤回はしてくれなくていいし、したとしても受け入れません。ほら、帰って帰って。こんなところ、お父様に見られたらまた何言われるかわからないんだから」

「そうか。それはそうと、今日は月が綺麗だな」

（話の振り方の下手さよ。意地でも帰らないつもりね……）

自分を追い返そうとするリリーに抵抗するように、話題にもならないような話題であからさまに話を変えたクロヴィス。先日のバラ園で世間話を覚えたつもりなのだろう。

それに対し、リリーは大きな溜息を吐いた。

「それはそうと、お前に聞きたいことがあったんだ」

こういう時のクロヴィスの会話の引き出しは本当に少ない。いつも同じフレーズで、唐突に話が変わる。

「それに答えたら帰る？」

「まだ時間はある。そう急ぐな」

(誰か助けて)

世界は自分のためにあり、自分を中心に動いていると思っている男と二人でいるだけで頭がおかしくなりそうだった。

「フレデリックに膝枕をしていただろう」

「ええ」

「なぜだ？」

「フレデリックが勝手に頭を乗せてきたの。どこぞの王子様の後ろで立ち尽くすだけの毎日に疲れてるからって」

「立っていることしかできん能無しの分際で」

若干色を加えてはいるものの、この程度の愚痴は許容される。しかしクロヴィスとフレデリックが幼馴染《おさななじみ》だからこそ許されるものであって、これが王が配属した護衛なら解雇だけでは済まないだろう。

「フレデリックとの仲を心配してるの？」

「俺にはしたこともない膝枕。俺が贈った指輪ではなくフレデリックからの指輪。フレデリックのエスコート。お前が笑いかけるのも俺ではなくフレデリック。好きなのか？」

今のクロヴィスは酔っているのではないかと疑いたくなるほど女々《めめ》しく、いつもなら疑わないことにまで疑いをかけてくる。リリーはふと遠い目をした。

「……フレデリックと結婚しようかな」

「何っ？　お前は公爵家の娘だぞ」

「だから？」

「俺ぐらいでなければフィルマンは納得しないだろう」

クロヴィスの言葉に、リリーはかぶりを振る。

貴族の鬱陶《うっとう》しい考え方は、貴族であるリリーが一番よくわかっている。いつも地位で判断されて、同等の～という話になるのだ。

恋愛小説が好きなリリーにとって、立場の違う二人の恋愛は夢のある素敵なもの。結ばれない関係だからこその、胸の締め付けられるような苦難や困難、その先に待つ怒涛《どとう》の展開、そして迎えるハッピーエンド。

立場など関係ないと証明される愛こそリリーが手に入れたいものだが、今は自分の恋愛より悪役令嬢になりたい気持ちが強い。だから復縁を申し出る王子は必要ない。

「フィルマンフィルマンうるさい！　お父様の名前を出せば私の考えが揺らぐとでも思ってるの？　そんなわけないでしょ！　私はお父様の操り人形じゃないんだから！　わかったらさっさとそこを下りて帰りなさいよ！」

「月が綺麗だと言ったんだが、返事がまだだぞ」

「うるさい！　早く帰って！」

「――おい！」

うんざりだと怒鳴り散らして窓に手を伸ばすリリーの後ろでドアが開いた。

「うるさいぞ！　何を鶏みたいに喚《わめ》いているんだ！」

「お父様っ⁉」

「お前の婚約者が決まったぞ。これに目を通しておお……？」

最近の父親はノックをせずに入ってくる。愚かな娘の部屋に入るのにノックなど必要ないと思っているのだろう。

　脇に挟んでいた封筒を雑にテーブルの上に放る姿にリリーは舌打ちしたくなったが、父親の動きが固まったことでその思いも消し飛んだ。

「クロヴィス王子……？」

「パーティー以来だな、フィルマン」

「な、なぜそのような場所におられるのですか？」

　さすがの父親も顔面蒼白になり、信じられない現実に手を震わせている。

「お前が娘を軟禁しているせいで、この一週間会えなかったんだ。だから俺がここまで来た」

「お、おおお、恐れ多い！　この愚かな娘に王子自ら会いに来ていただけますとは！」

　腰を直角に折ったお辞儀の美しさに感心する。

「その書類はなんだ？」

「は、はい！　これはその、娘の結婚相手の釣書《つりがき》でございます。もう二度と王子に愚かな真似を働かぬよう結婚させてしまおうと思っておりまして」

「今すぐ破棄しろ」

「は、はい？」

「俺に二度同じことを言わせるな」

「か、かしこまりました！」

なぜクロヴィス王子がそんなことを？　という疑問が父親の口から出ることはなかった。

腰を折ったまま器用に膝を使って真っ二つに折り曲げられた封筒にリリーは複雑ながらに少し安堵した。

「フィルマン」

「はい！」

「俺が婚約破棄を撤回すると言ったらお前はどうする？」

「ちょっとなんでお父様に――」

「黙りなさい！」

父親を巻き込もうとするクロヴィスを止めようとしたリリーを大声で遮《さえぎ》った父親は、娘でも引くぐらいの期待に輝く目をクロヴィスに向けていた。

リリーの父にとって娘とクロヴィスの婚約が再び成立するなどはもはや奇跡。ましてや撤回はクロヴィスがするのであって、公爵家が頭を下げて撤回してもらうのではない。

申し訳ないと頭を下げるのはモンフォール家になるのだ。

「俺は撤回しようと思っているのだがリリーが受け入れてくれんのだ」

「クロヴィス！」

「受け入れさせます！　もちろんお受けしますとも！　照れているだけなのです！　家ではいつもクロヴィス王子と早く結婚したい、結婚が待ちきれないと言っていたぐらいですから！」

「嘘言わないで！」

「黙れ」

父親の怒気を含んだ静かな声とそれだけで人を殺せそうな鋭い目つきにリリーは開いた口を素早く閉じた。これ以上の反論はまた頬を差し出すことになる。

「うちの娘が王子にしでかしました無礼をお許しいただける、ということでしょうか？」

「ああ」

父親が身体の横でガッツポーズするのが見えた。

「王子、そのような場所ではお怪我をなされる危険がありますので、どうぞ中へお入りください。すぐにお茶の準備をさせましょう」

「そうか。では馳走《ちそう》になろう」

（どうしてこうなるのよ！）

帰ってと叫び出したい気持ちを抑え、リリーは何も言わず父親の行動に従う。

「リリー、笑顔はどうした？」

「いつも笑顔よ？」

「そうだ、それでいい」

父親の言葉にリリーは貼り付けたような笑顔を浮かべた。嫌味っぽくその笑顔をクロヴィスに向けるも彼の表情は変わらない。

遅い時間にもかかわらずメイドを呼び出して茶の用意をさせた父親は、部屋を去る際、クロヴィスに何度も撤回の件を確認していた。

「あのそれで、撤回はいつ宣言していただけるのでしょうか？　こちらといたしましても、早めにしていただけました方が安心できると言いますか……。娘がいつまでも婚約破棄された憐《あわ》れな女というレッテルを貼られ続けるのも可哀相という親心がありまして……」

「俺は今すぐに動いても構わないが……少し待ってくれ。必ず撤回はする」

「はい！　お待ちしております！　リリー、お前も頭を下げなさい！」

クロヴィスは恥など知らぬという顔でリリーに挑発めいた笑みを向けながら時間が許す限り居座り続けた。

第四章

「リリー、おはよう。クロヴィス王子にちゃんと感謝の意をお伝えするんだぞ」

リリーの目が半開きのままで全開にならないのは、学園に通えるようになったのがあのクロヴィス・ギー・モンフォールのおかげだから。

父親は今までのやつれ具合、苛立ちもどこへやら、肌艶《はだつや》も機嫌も良い様子で声をかけてきた。

おはようの後に続くのがこんな押し付けがましい言葉でなかったら最高だったのだが。

「はい、お父様」

笑顔を貼り付けて明るい声で返事をしたものの、その日は父親と一緒に朝食をとりたくなかったため、リリーはさっさと家を出た。

「リリー様！　停学処分が解除されたのですね！」

「ええ、おかげさまで。今日からまたよろしくお願いいたしますね」

リリーは停学処分になったのではなく父親の独断による休学だったのだが、いちいちそれを説明するのも馬鹿らしいため何も言わずに挨拶を返した。

それより、歓迎してくれる生徒の多さに安堵する。こんなことに不安や安堵を感じていては立派な悪役令嬢になどなれるはずがないと思うものの、実際そこまで簡単な道ではない現実にぶち当たっていた。

「リリー様、ごきげんよう」

(出たっ)

ヒロインの登場に、リリーはすぐに勝気な笑みを浮かべる。

「ごきげんよう、エステル様」

「復学なされたのですね。とても喜ばしく思いますわ」

(何その喋《しゃべ》り方)

少し見ない間に貴族令嬢のような喋《しゃべ》り方をしているエステルにリリーは驚いた。

自分が去った後、パーティーがどう進んだのかは知らない。

紫のドレスを着てクロヴィスにエスコートされただけで貴族の仲間入りを果たしたとでも思っているのだろうかと眉間にしわを寄せかけるが、こういう時こそ笑顔だと、ニッコリ笑ってみせる。

「王子のおかげで復学することが叶いましたの」

「クロヴィス様の？」

ピクッと動いた表情筋。

クロヴィスがわざわざエステルに一から十まで説明などしないことはわかっている。

婚約破棄を撤回すると言い出したということは、自分に揺れていた心がリリーに戻りつつあるのではないかとエステルならそう考えるだろう。

「ええ、王子……いえ、クロヴィスが、わざわざ公爵家まで来てくださったのですわ。門からではなく幼い頃に彼がよくしていたやり方で。あれはとても懐かしかったですわ」

「それはどのようなやり方ですの？」

「秘密ですわ。わたくしとクロヴィスのね」

エステルの顔に苛立ちが滲《にじ》んでいる。

クロヴィスとエステルの親しさがどの程度なのか、リリーは知らない。

リリーとクロヴィスが婚約している時からの付き合いだとして、あの忙しい男が仕事の合間を縫って彼女の部屋に足を運ぶだろうか。これは推測だが、ノーと答えて間違いない。

あくまでエステルの一方な好意であると確信した。

「まるで小説の中の王子様のようでした、とだけ言っておきましょうか」

恋愛小説の王子様はわざわざあんな場所に登ってまでヒロインを窮地に立たせたりはしないが、という言葉は心の内にしまっておく。

昨日のクロヴィスの話をしていると、父親の様子まで思い出す。

普段威張り散らしている父親があんなにもぺこぺこする姿は見たくなかった。媚《こび》を売らなければならないような身分ではないのに、父親は自分の地位を守るためなら誰にでも頭を下げる男。利用価値のある者には自分より上だろうと下だろうと頭を下げる。それがブリエンヌ家当主。

「……まあ、クロヴィス様も一方的な婚約破棄を申し訳ないと思っておられますから停学処分になった〝元〟婚約者にお情けぐらいかけることでしょう。彼はとても優しい方ですから」

「知ったような口を利《き》くのですね」

「転入してからずっと一緒ですから。親密さというのは長さよりも濃さと言いますし、婚約破棄されて喜ぶような方よりは知っていると自負しています」

知っているつもり、とは言わなかった。誰もが簡単に返せる言葉を選ばせないためか。

男が周りにいなければこれほど性悪さを全面に押し出してくる女も珍しい。

「クロヴィス様にとって女性はリリー様一人ではありません。それなのに婚約者を思いやらない女性に対して申し訳ないと思える彼の優しさを、ちゃんと受け取ってあげてくださいね」

クスッと笑ったエステルの勝ち誇った顔にリリーも同じような笑顔を返す。

「ええ、そうみたいですね。エステル様の言うように申し訳なく思っているからなのか、彼は昨夜、わたくしの父に婚約破棄を撤回しようと思っていると伝えてきましたの」

「は？　んんっ、え？」

エステルにとっては寝耳に水だろう。王子直々に婚約破棄の撤回をリリー相手ではなくリリーの父親にしたとなれば、冗談ではないことぐらい誰にでもわかる。

「でもまだしていませんよね？　きっとお戯《たわむ》れでしょう」

失礼にもほどがある。この場で責め立てたいところだが、今は我慢。エステルを悔しがらせる方が優先だと扇子《せんす》を広げて口元を隠し、わざとらしくクスクスと笑い声を立てた。

「お戯《たわむ》れでそのようなことを言うほど彼がふざけた人間ではないことを、エステル様はご存知ないのかしら？」

「し、知っています！　私はクロヴィス様のことを深く知っています！」

「あら、そうでしたか。でも、深く知っているというだけで深く知り合っているわけではないのでしょうね。だってもし深い仲であれば婚約破棄を撤回する旨を既に知らされていてもおかしくありませんもの。そもそも、深い仲の相手がいたら婚約破棄した女を翌日から追いかけ回すことなどしませんわね。どこぞの厚かましい女生徒と違って彼は多忙な方ですから」

リリーが放つ嫌味にエステルはクスッと笑った。

「リリー様ったら、意外に乙女なところがありますのね」

「乙女？」

怒りをあらわにするどころか、急に余裕めいた笑みを浮かべ小さく鼻で笑ったエステルにリリーは眉を寄せる。

「クロヴィス様が婚約破棄を撤回するとおっしゃったことが、舞い上がるほど嬉しかったのでしょう？　だからクロヴィス様と毎日一緒に過ごしている私が気に入らないのですよね？　つっかかってくるのはそのせいでしたか」

何を言っているんだという呆れとわかりやすい挑発に、リリーは頭に浮かんだ二択を天秤《てんびん》にかけた。

一つは挑発に乗ること。この場でヒロインの頬を叩けば悪役令嬢らしいかもしれない。もう一つは元婚約者としての余裕を見せつけて挑発で返すこと。

「クロヴィス様は先日の私のドレス姿を美しいと褒めてくださいましたが、リリー様のドレス姿には憤慨しておられました。気品も何もない娼婦に成り下がったと。公爵家の令嬢がまさかあのような格好をなさるとは、私も驚きましたの。だって、あれでは本当に娼婦のようで……キャアッ！」

エステルの言葉によって天秤《てんびん》が傾くと同時に、リリーがエステルの頬をぶった。

「あらごめんなさい。よく喋《しゃべ》るお口にうんざりして手が勝手に動いてしまいましたわ」

「どういうおつもりですか！」

「王族お抱えのデザイナーに作らせたドレスが美しくないはずないでしょう？　そのドレスを着て似合わないのであれば、もう人間を辞めた方がいいぐらいですわ。似合うように作るのがデザイナーの仕事。それをまるで自分が着たからドレスが輝いたというような言い方はちょっと……ふふっ、笑えてきますわね。あなたはドレスを着させてもらっただけでしょう。主役だったのはドレスを着たあなたではなく、あなたが着たドレスだったのを勘違いしてるのではなくて？」

悪役令嬢には余裕がなくてはならないと挑発の選択肢をなんとか拾い上げる。

「このっ……！」

エステルは本性を見せようにも見せられないだろう。もしこの場で周りから「やっぱり貧しい人間は……」などと思われたら未来はない。

選ばれた貧民街出身の者にとって、この学園は自分を輝かせるチャンスを掴めるかもしれない奇跡の場所。何がなんでものし上がらなければならない。

リリーのようにクロヴィスがダメでも他の貴族、というチャンスはやってこないのだ。

エステルもそれはわかっているようで、「なんだなんだ？」と周りに人が集まり始めると、仮面を付け替えるかのように彼女の表情は怒りから悲しみに瞬時に変わった。

「エステルちゃん、どうしたんだい？」

「リリー様が私をぶったんです！」

「またか……。ブリエンヌ嬢、あなたは婚約破棄をされてから少しおかしくなられたのではありませんか？」

「あら、救世主様の登場かしら？　下級貴族は貧民に優しくていいですわね」

「エステルちゃんがあなたより可愛く天使のように心優しい女の子だから、目の敵にしているんでしょう！　クロヴィス王子を取られたからと八つ当たりなさるのはあまりにもみっともない！」

言いたい放題の相手にリリーは「爵位は？」と問いたくなった。意地の悪い問いだが、顔も名前も知らない相手からみっともないと言われる筋合いはない。

男子生徒の背中から顔を覗かせるエステルの顔には拳《こぶし》の一つもめり込ませてやりたくはあるが、そこまでするのはさすがにやりすぎだ。だから今度は彼女を味方する男子生徒を攻撃することに決めた。

「エステル様に好意があるならそれをお伝えになってはいかが？　王子の隣にいるからと遠慮することはありませんのよ。エステル様は王子の婚約者でも恋人でもないのですから」

「言いすぎです！」

「事実を言うだけで言いすぎとは、随分と心が狭いんですのね。王子相手に立ち向かう勇気もなく、可哀相な少女を演じる貧民を庇《かば》うことで男としての逞しさか愛を示しているつもりなら、それこそ〝みっともない〟ですわ」

リリーの言葉にエステルの前に立つ男子生徒は悔しげに睨み付けるだけで反論はない。

「……エステルちゃん、行こう。ここにいると危ないよ。彼女にはもう近寄らない方がいい」

男子生徒の視線が痛い。だが、リリーは今、そんなものは気にならないほどの強い高揚感に震えていた。自分は今までで一番悪役令嬢っぽかったのではないだろうかと感動している。

男子生徒が支えるようにエステルの肩に腕を回して去っていくのも見ていなかった。

震える唇を噛みしめた後、ゆっくりと息を吐き出したリリーは、目の前に影ができたことでようやく現実世界に戻る。

「お前は一体何をしているんだ？」

「王子、ごきげんよう」

感動を冷めさせる男の登場に、リリーは「ゲッ」と声が漏れそうなのを堪《こら》えて笑顔で挨拶をした。

「クロヴィス様！」

すかさず、支えてくれていた男子生徒から離れてクロヴィスに駆け寄り抱きついたエステル。その根性は称賛に値すると、拍手したくなった。

「リリー様が私をぶったのです！」

「見ていたから知っている」

この男は忙しいくせにいつもどこから見ているのか不思議だった。

「リリー、お前はなぜいつも手を上げる？」

「……だって、エステル様がパーティーの日のわたくしを本当に娼婦のようだったとおっしゃったんです。王子はお気に召さなかったのでしょうけど、あれはイブニングドレスとして正しい形ですわ。少し肌を見せたぐらいで娼婦のようだと言われるのは心外です」

ここは悪役令嬢としてエステルに対抗するための演技を披露する場。リリーは涙を作るために欠伸《あくび》をかみ殺し、涙で瞳を潤《うる》ませた。

「事実だろう」

舌打ちが出そうになった。

「事実なら何を言っても良いと？　王子にとって女はわたくし一人ではないのだから心移りも当然と言われたことも、受け入れなければならないのですか？　わたくしは確かにエステル様の前で婚約を破棄されました。王子のお心がエステル様に移ろったことも感じていました。それでも、事情を知るエステル様からそのようなことを言われて惨めな思いをしても、事実だから我慢しろとおっしゃるのですか？」

顔を右へと背けることで涙を宙へ飛ばしてから両手で顔を押さえ、エステルの真似をするように肩を震わせる。小さく漏れるしゃくり声も、嗚咽《おえつ》を堪《こら》えるような吐息も真似て、この状況を全て自分のものにするのが狙い。

そしてこの後はクロヴィスが「当然だ。手を出した者に非がある」と言い、それを聞いたリリーは走ってその場を去っていく……という算段だった。

しかし――

「エステル、それは本当か？」

（……は？　どうしてエステル様に確認するわけ？）

そこはヒロインを信用して、悪役令嬢が嘘をついていると決めつけるのが王道展開。

それなのに展開を変えてしまうクロヴィスに、リリーは軽く唇を噛む。

「え？　わ、私はそんなこと……！」

「リリーの言ったことは本当かと聞いているんだ」

「う、嘘です！　私はそんなこと言っておりません！　リリー様は以前からずっと私を目の敵にして――！」

「――私、一部始終全てをこの目と耳で確認しておりますわ！」

追加で出てきてしまった。リリーが悪役令嬢になるのを悪気なく阻止しようとする、有難迷惑な侯爵令嬢リアーヌ・ブロワ。

エステルがリリーにぶたれたのは嘘ではないし、リリーが言われたことも嘘ではない。どちらを信じるかによってクロヴィスの気持ちの傾きがわかるのだが、リリーは別に知りたくはなかった。それよりも王子が真面目にヒロインを問い質そうとし、リアーヌが味方をしてくる予想外の展開に戸惑っていた。

リリーはまだ一度だって自分の思い描いた物語に沿って行動できたことがない。

「リリー様がエステル・クレージュに手を上げたのは事実ですけど、リリー様ほど聡明な方がそうなさるには理由があることぐらいは、元婚約者であるクロヴィス様ならおわかりですわよね？」

元婚約者。クロヴィスにそんな言い方ができるのはリリー達幼馴染《おさななじみ》を除けばリアーヌだけだろう。

「ああ」

「クロヴィス様がどのようにお考えかは存じませんけれど、お二人の婚約が破棄となってからのエステル・クレージュの態度は見るに堪《た》えませんわ。どうにかこうにかリリー様を陥《おとしい》れようとしているようにしか見えませんもの」

（真実は言わなくていいの！　庇《かば》ってくれなくていいの！）

後ろで焦るリリーに気付かないリアーヌの口は止まらない。

「ああ、それから、一言だけ言わせていただきますわ。肌を見せただけで女を娼婦扱いするような器の小さな男性はリリー様には相応《ふさわ》しくありません。ドレスは己を着飾るためにあるもの。女はいつだって自分を最も美しく見せる最高のドレスを選んでいますの。それを認めもせずに娼婦扱いとは、王子も底が浅いですわね」

「クロヴィス様になんてことおっしゃるのですか！」

「黙りなさい！　あなたには話していないでしょう！」

エステルへの怒声は見事なものだった。

リアーヌの言動はリリーの望みとはかけ離れてはいるが、それでもリリーは感謝していた。エステルにではなくクロヴィスに言いたかったことを、一言一句違《たが》わずに言ってくれたのだから。

「はっはっはっはっは！」

そう突然笑い出したのは、クロヴィスではなくその後ろに控えていたフレデリック。普段物静かを気取っている男なだけに、口を開けて大笑いしたことに本来の彼を知らない生徒達は驚きを隠せなかった。

「ブロワ家のご令嬢は気が強いって有名だったが、まさかこれほどとは」

「ふ、フレデリック様……！」

「俺も同じ意見だ。あの日のリリーは最高に綺麗だった。肌の露出はまあ俺も目のやり場には困ったが、それでもやはりイイ女だと改めて思えたぐらいだ。それを娼婦と呼ぶのは失礼すぎるだろう。何より、ああいうドレスを選んで着ていた他の令嬢達にも失礼なんじゃないか？」

フレデリックの援護するような言葉に、リアーヌの顔が赤く染まった。さっきまでの強気な姿勢もどこへやら、身体をもじもじとさせて、視線をさまよわせている。

（もしかして……）

ひょっとするとフレデリックに春がくるかもしれないとリリーは目を輝かせる。

「――何をしている？」

「学長」

さすがに騒ぎすぎたのか、この学園で最も厄介な男が来てしまった。リリーが顔を歪《ゆが》ませると同時に、エステルが動き出す。

「リリー様が私を貧民――」

「ただの痴話《ちわ》喧嘩です。お騒がせしました」

クロヴィスだけではなく学長にまで報告しようとするエステルをクロヴィスが止めた。驚いた顔で振り返るエステルに彼は目配せもしない。その様子を学長が少し怪しむような目で見るが、特に言及しないままリリーの前に立った。

「リリー・アルマリア・ブリエンヌ」

「はい」

「復学おめでとう」

「ご迷惑をおかけしましたこと、お詫《わ》び申し上げます」

「君は我が校が誇る優秀な生徒だ。戻ってきてくれて嬉しいよ」

「恐れ入ります」

この男は狸《たぬき》だとリリーは思っている。

言葉と表情が一致しておらず、今浮かべている笑顔もこちらが顔を引きつらせたくなるような不気味なもの。その全てを見透かしたような目で見つめられると息ができなくなると言う生徒も多い。

「今日は君の顔に免じて追及はしないでおこう。さあ、もう授業が始まる。教室に行きなさい」

学長の言葉に観衆達が散っていく。その場に残ったのはクロヴィス、オリオール兄弟、エステル、リアーヌ、リリーの六人。

授業を受けなければならないのは全員同じだが、誰一人その場から動こうとはしなかった。

手にした扇子《せんす》で口元を隠し、リアーヌが囁《ささや》く。

「あまりエステル・クレージュの相手はしない方がよろしくてよ。彼女、女狐《めぎつね》ですもの」

「俺もそう思っていた」

「ふ、フレデリック様と同じだなんて！」

あの強気なリアーヌが完全に恋する乙女の顔をしている。それを隠そうともしない様子は、リリーにとってエステルよりもずっと好感度が高い。

「わたくしは謝りませんので」

「リリー、手を上げたのは事実だろう」

「ええ、でもわたくしは言葉の暴力を受けましたし、おあいこでしょう。どうしても謝らせたいのなら力ずくで地面に押さえつけてはいかが？」

挑発めいた笑みを浮かべてその場を去るリリーは、背後から聞こえるエステルの泣き声にこっそり舌を出す。あれも嘘に違いないのだ。


「あー上手くいかない！」

「向いていないということでしょう」

「わかってるわよ！」

いつも大事なところで邪魔が入る。リアーヌは決して悪人ではない。リリーのためを思って庇《かば》っているだけなのだろうが、それがリリーには感謝できない事態を生み出すものとなっていた。

家に帰って何度目かの溜息を吐く頃には、アネットはリリーの相手をしなくなっていた。

「——何に向いてないって？」

「きゃあッ」

「驚かせてごめんね」

「なんでいるの？　ちょっと、アネット！」

聞き慣れた声に振り向くと、いつからそこにいたのかオリオール兄弟が揃って手を挙げていた。

「お嬢様のヒステリーが終わるまでお待ちいただきました」

「来てることぐらい言ってよ！」

「言いましたが、お嬢様は聞いておられませんでした」

確かに文句ばかりぶちまけていたせいで何も聞いていなかった。アネットの言葉よりも自分が文句を言う方が優先だった。

「何を目指してるの？」

「何も」

「何かに向いてないって言われてたろ」

「そうだけど、二人には関係ないから」

「なりたいものがあるなら言ってよ。僕達も協力するから」

「必要ない」

悪役令嬢を目指しているけど自分には向いていないみたい、なんてリリーが言った日には、きっとこの場には北の大地より冷たく凍えた空気が流れるに決まっている。そしてその次にフレデリックが大声で馬鹿笑いをして、セドリックは苦笑してリリーにかける言葉を探すのだ。

容易に想像がつく事態を自分で招く必要はない。リリーはかぶりを振って二人の言葉を拒否した。

「お嬢様は悪役令嬢を目指しておられます」

「アネット⁉」

リリーの決意を一瞬でぶち壊したアネットの言葉に二人は顔を見合わせるが、まだ理解できていない様子。

「なんで言うのよ！」

「一人で抱え込まれるより、お二人にお話を聞いていただいてはいかがですか？　アドバイスの一つもいただけるでしょう」

悪いことをしたなどとは微塵《みじん》も思っていないらしいアネットは、リリーが乱したベッドを整えながら、さっさと言えと犬を追い払うような手つきで促す。

「話聞くよ」

「悪役令嬢ってなんだ？」

なぜ子供の将来の夢の発表会のように二人に悪役令嬢になりたいのだと説明しなければならないのか。

アネットを睨み付けても効果はなく、二人の視線が自分に注がれているのを横目で確認すると、リリーは大きな溜息を吐きながら手を振って、アネットを部屋から追い出した。

「クロヴィスに言わないって約束できる？　絶対言わないでよ？　言ったら騎士じゃいられなくするからね」

リリーの念押しに二人が揃って頷く。

「……私ね、本当は彼に婚約破棄されて良かったって思ってるの」

「知ってる」

「嫌っていたから、というわけではないの。まあ、それもあるけど」

「じゃあどうして？」

なんと答えるのが正解なのか。二人が本当にクロヴィスに話さないという保証はない。

もし告げ口されても、うっかり、という言葉を使われてしまえばそれでおしまい。知られた事実は変えられないし、二人を責め続けることにも意味がない。危険はある。

「本当に話さないよ？」

「俺らが約束破ったことあったか？」

「フレデリックはいつも破っていたと思うけど？」

「ガキの頃だろ。いつまでも根に持つなよ。しかもコイツとの約束は破ってねぇよ」

（もう二度と関わることはないと思っていたのに、婚約破棄されてからの方がよく話してるって変よね）

「……馬鹿げたことだって笑わない？」

「笑う」

「フレデリック。向こうに行くかい？」

「冗談だっての」

いまいち信用はできないが、セドリックはフレデリックよりは口が堅い。信用できるのはその点ぐらい。

フレデリックも、本当に大事なことは他人に話したりはしないが、リリーの秘密を本当に大事なことだと判断してくれるかがわからないだけに、不安は大きい。

ポツリと呟いたリリーの言葉に二人が意識を集中させる。

「ん？」

「悪役……」

「悪役令嬢になりたいの」

聞き慣れた言葉ではないし、聞き覚えがあるわけでもないが、悪役とついている時点で「何を言っているんだ」と顔に書いて固まった。彼らの反応は予想範囲内。味方してもらえるとは思っていなかったこともあって、ショックは受けずに済んだものの沈黙は気まずい。

三十秒ほど続いた無言をセドリックが打ち破った。

「……そもそも悪役令嬢って何？」

「えっと……恋愛小説でヒロインと対峙《たいじ》する嫌味な令嬢って感じ？　ほら、タイトルぐらい聞いたことない？　今凄《すご》く女子生徒の間で流行《はや》っているの。『ヒロインだったのになぜか悪役令嬢になってしまったのでこうなったら悪役令嬢としてヒロインを食い潰します』って本なんだけど」

二人は黙って首を振る。

「その悪役令嬢ってのは具体的にどんな人なんだい？」

「悪役令嬢っていうのはヒロインに意地悪をする役目なんだけど、最近の小説は凝《こ》って て、最初は自分がヒロインなの。イケメンの王子と婚約していたのに一方的に婚約破棄を突き付けられてヒロインの座を降ろされて、惨めになるの」

同じ状況を味わっただけに「惨め」という言葉は使いたくないが、説明のためだからと自分に言い聞かせる。

「どうして？　なんで？　って絶望に打ちひしがれるヒロインの前に、突如として現れる可愛い女の子。その子は貴族でも下位だったり貧しい出だったりして苦労を知っているから、誰にでも優しくて皆に好かれるの。木陰で本を読んでいるだけで小鳥が寄ってきたり、頑張り屋さんだけどちょっぴりドジなとこがあったり。王子は次第にその子から目が離せなくなって、守りたいと思ってその子と恋に落ちるんだけど……」

エステルがそういうタイプかと言えば違う。でも突然現れ、王子の心を掴まえたのだからよくある展開的にはヒロインポジションで間違いない。王子を奪った女の性格は大体が聖女というより少し裏があり、それもエステルに当てはまる。

凛《りん》とした悪役令嬢に憧れた。だから婚約破棄されて憧れのシチュエーションを手に入れて舞い上がっていたのに今の自分は憧れからは程遠く、ただの負け犬のようなポジションにいる気がしてならない。負け惜しみのように吠えているだけの惨めな悪役令嬢。

向いてない。自分で認めてはいけない言葉が頭をよぎって言葉に詰まる。

「それで？」

「それで……悪役令嬢になった元ヒロインはそれを許さないのよね。可愛いだけが取り柄の女の子より自分の方が王子には絶対に相応《ふさわ》しいって見せつけて、その子と睨み合う。あるいは王子からも無下に扱われたことで二人に復讐するとかね。親が決めたから渋々結婚するつもりだった悪役令嬢は、無下にされたことで王子を見限るのもある。どう？　面白いでしょ？　私の境遇によく似てると思わない？」

思い入れがあるだけに、何も知らない二人につい長々と語ってしまったことにハッとする。二人に顔を向けると不思議な表情が向けられていた。

「というか……」

「その女の子……」

「可愛いでしょ？」

「お前だろ」

「君だね」

二人の言葉にリリーの笑顔が固まった。

「全然違う！　何言ってるの⁉」

「木陰で本を読んでいて、小鳥が寄ってくる」

「あれはクッキーがあるから！」

「努力家で、でもちょっとドジで」

「どこからどう見ても完璧！」

「優しくて皆から好かれてる」

「それはそういう人間でいるよう努めてただけ！」

愛らしく、人から好かれるステータスは必要ない。悪役令嬢に必要なのは一人で立ち回れる強さと賢さ。嫌われようと自分を貫き、自分の置かれた状況に絶望せず自分の人生を楽しむこと。そんな悪役令嬢にリリーはなりたい。

それなのに二人の言葉はまるで自分が悪役令嬢からは程遠いと言われているようで嫌だった。

「悪役令嬢になってどうすんだよ」

「え？　それは……憧れだし……」

「どんなところが？」

「強いとこ。誰に何を言われようと言いたいことをハッキリ言える強さが好きなの。陰口を叩かれても鼻で笑って、やられたら倍にして返して、時には王子の心を取り戻そうと頑張ったり、実は腹黒なヒロインと一人で戦ったり。でも弱いところもあって、家に帰って一人になった時だけ泣いたりするの。使用人にも涙なんて見せなくて……そんなとこが愛おしくて大好きになったわ。私はそういうタイプではないけれど、せっかく婚約破棄されたんだから憧れの悪役令嬢になりたいなって思って今実行中なの。あの話し方は悪役令嬢の特徴なんだから」

努力もしないでチヤホヤされる真ヒロインの女の子に感情移入ができなかったのは、努力しない世界は自分にはありえなかったからかもしれないと、リリーは今になって気付いた。

なんの努力もしないヒロインに王子はいつの間にか恋をする。守られるのが当たり前な可愛いヒロインと、どんなに必死に足掻《あが》いてもヒロインにはなれない悪役令嬢。

そんな悪役令嬢を可哀相だと思った作家達によって作られた、悪役令嬢を主役にした恋愛小説。

リリーはそれらを読んですぐに引き込まれてしまった。

最初から悪役令嬢として生きる運命だった子、ヒロインから悪役令嬢に成り下がってしまう子と、作品によって運命は異なるものの、リリーはどちらも好きだった。

王子に相応《ふさわ》しいようにと言う親に従うばかりだったリリーにとって自由な悪役令嬢は

憧れの存在で、それに近付きたかったのだと正直に白状した。

「くっだらねー！」

「ほっといて」

「でも、ああいうことを続ければ、いつか君の立場は悪くなる。『婚約破棄されて可哀相』だったのが『婚約破棄されて当然』に変わるかもしれない」

その可能性は何度も考えた。でも、それでもいいと思った。可哀相と思われるのも嫌だし、悪役令嬢の立場とはそういうものだ。

他人からの印象や評価を気にして生きる必要がなくなった今、自由に生きてみたいと思ったのだ。クロヴィス・ギー・モンフォールの婚約者ではなく、ただのリリー・アルマリア・ブリエンヌとして。だが、それだけではつまらないから、せっかくの自由を謳《おう》歌《か》するためにも悪役令嬢になりたかった。

たとえそれが間違っていると言われようとも。

「わざわざ嫌われ役なんかやらずに、お前のまま生きればいいんじゃねぇの？」

「一応婚約者を奪われたんだから嫌がらせぐらいしないと、女が、いえ、悪役令嬢が廃《すた》ると思わない？」

「思わない」

「思わないね」

二人は納得できないという顔をしていた。わざわざ自分の立場を悪くしてまで憧れに近付く必要が本当にあるのか？　と言いたげだが、リリーの意見は変わらない。

もう悪役令嬢としての一歩を踏み出してしまったのだから、今更考え直すつもりはなかった。

「何かあったら僕達がフォローするよ」

「しょうがねぇな」

（ん？　フォロー？）

悪役令嬢に最も必要のない言葉だ。リリーは首を傾げ教師に質問する生徒のように片手を挙げる。

「それは～……私の邪魔をするということよね？」

「違う違う。君について何か良からぬ噂を立てられていたら訂正しておくってこと」

「邪魔するってことじゃない！　悪役令嬢は悪く言われてこそなの！　そんな環境を強く生き抜き、ヒロインと頭脳戦を繰り広げるの。それこそ悪役令嬢の醍醐味《だいごみ》なの！　ヒロインがずる賢いからね……」

あれだけの言動を狙ってやれるエステルなので頭脳戦の相手としては申し分ないのに、

小説のような進み方ができないのは、いつだって王子が姿を現すから。

小説なら王子のいない場所でバチバチと女同士の戦いが繰り広げられるのに、リリーの物語ではいつも王子が傍にいて女同士の戦いが始まらない。

こっちから仕掛けるべきかと悩んでいる最中にオリオール兄弟のような人気者が「リリーはそんな子じゃない。彼女の行動には理由があるんだ」などと訂正したら、皆それを信じるに決まっている。

「そういうのはヒロインが受けるべき優しさなの」

「でも僕達は君の幼馴染《おさななじみ》なわけだし」

「でもクロヴィスの傍にいるのはエステル様なんだから、彼女の味方をするべきじゃない？」

「俺、あの女嫌い」

「でも何かあれば守るでしょ？」

リリーの問いに二人は黙り込む。

（ん？　なぜ頷かないの？）

クロヴィスと結ばれるのなら、エステルは次期王妃だ。それなのに首を傾げるでもなく頷きもしない二人の様子に、リリーの方が首を傾げた。

「守るのよね？」

「僕達はクロヴィスの護衛だから、クロヴィスは守るよ。全力でね。彼女はクロヴィスの無事が確認できた後で余裕があればって感じかな」

二人の任務はクロヴィスの護衛であって、エステルは対象に入っていない。女性には特別優しいセドリックでさえ、優先してエステルを守る義理はないと言いたげな言葉を放った。

「婚約者なら護衛対象に入るんだろうが、アイツはただのストーカーだからな」

「口が悪すぎるよ」

「あの女より身分は上だぞ」

「公爵令嬢の前だよ」

「知るか。普段外で喋《しゃべ》らねぇんだから、ここでぐらい好きに喋《しゃべ》らせろ」

フレデリックの可愛げのなさには年々磨きがかかっている。

彼が寡黙《かもく》なキャラを演じているのはセドリックのように女の相手をしたくないからだ。

彼曰く、女のお喋《しゃべ》りの相手をすると空が色を変えるまで延々と喋《しゃべ》り続けるから、らしい。

だから女の相手はしないと決めて黙っている。

「エステル嬢はただの一般人であって、クロヴィスとはなんの関係もない相手だよ。もちろんモンフォール家ともね」

「でも婚約破棄をした時、クロヴィスはエステル様を同行させた。それは彼があの場にいることを許していたということでしょ?」

「まあ事実、お前を捨てたわけだしな」

「フレデリック」

事実は事実。クロヴィスはリリーを捨て、リリーはクロヴィスに捨てられた。しかし、リリーが気にしているのはそこではなく、今も立ち止まってはいないだろうエステルの動きだ。

婚約破棄を撤回したいと言われたことを伝えた時、彼女はほんの一瞬ではあるが動揺していた。間違いなくエステルはクロヴィスに事実確認をしに行っただろう。そして事実だと知ったはず。問題はそこからだ。

「んー……」

エステルは王子の婚約者になりたがっているはず。それならリリーは、ヒロインと対峙《たいじ》する悪役令嬢になれるはずなのだ。でも上手くいかない。

「あそこまであざといヒロインっていたかな?」

「あざとくなきゃ生き残れないよね、女の子の世界って」

「さすがセドリック様、よくご存知ですわね」

嫌味を交えて返しながら、棚に並んでいる書籍の中から一冊の本を取り出してパラパラとページをめくる。

「ああ、そうだわ。ヒロインと王子の間に少し溝ができている時に、隣国の王子が現れてヒロインと仲良くなったりするの。それを見た自国の王子が少し焦ったり快く思わなかったりして二人は対立する。間に挟まれて、揺れ動く心との葛藤で元気をなくすヒロインに寄り添うのが、運命の相手なの」

リリーは本を開いたまま二人のもとに戻ると、睨み合う二人の王子の間に挟まれているヒロインの挿絵を見せた。

「へえ」と声を漏らすセドリックと「ハッ」と馬鹿にしたように鼻で笑うフレデリック。

（フレデリックの頭を本の角で殴ってやりたい）

頭の中では既に数回殴っている。

「もし、婚約破棄を撤回すると言い出したクロヴィスに愛想を尽かしたエステル様の前に、隣国の王子が現れたら彼女はどうするのかしら？」

「地位のある男なら誰でもいいんだろ」

「まあ、ここに入るぐらいだから彼女は下克上を狙ってるんだろうしね」

貧民による下克上はありえないこととは言えない。

貴族達の生活はいつ見ても代わり映えしない退屈なもの。そこに貧民が入ると新たな風が吹き込むような物の観点や言動が刺激となって魅力的に見える。だから貴族の中にもエステル側についている男子生徒は少なくない。

だが、エステルにとって後ろ盾となる貴族を選べるようになったことが下克上なのではないはず。王子の婚約者の座を勝ち取ってこその下克上なのだ。

「隣国の王子が現れてくれないかしら。そしたら私がエステル様に言うの。このアバズレってね」

「それはちょっと酷《ひど》い……」

「お前の性格の良さが露見するなぁ」

「お褒めいただき光栄ですわ」

フレデリックの嫌味に笑顔を返したリリーの前に、セドリックが封筒を差し出した。

「何これ？」

「クロヴィスから預かった、誕生祭の招待状」

「いい歳してまだケーキの火に祈りを捧げたいのね」

元婚約者を自分のバースデーパーティーに招くなど、何を考えているのか。クロヴィスには呆れる一方だった。きっとクロヴィスの独断ではなく、ジュラルド王とオレリア王妃の助言もあってのことだろうと予想はついているが、行きたくない。

「これって行かなきゃダメ？」

「お前が主役を会場から抜け出させたいなら、行かなくてもいいだろうな」

「ホンットあのバカ大っ嫌い！」

たかが笑顔。見たことがないとしても、婚約破棄の場面で笑顔を見せる相手には腹を立てるべきであって、追いかけ回すような人間はなかなかいないだろう。

「悪役令嬢って最近は幸せになってるのになぁ」

「俺と結婚するか？」

「来世でね」

リリーは小指を立てて、フレデリックの誘いをさらっと断る。

「陛下達はエステル様を認めてるの？」

モンフォール家の家紋がうっすらと透ける特別な封筒をリリーが机の上に放ると、結構な勢いで部屋の隅まで飛んでいった。

いちいち出席か欠席かの返事をする必要はない。フレデリックが言うように、出席しなければ会場を抜け出してまた公爵家の庭の木を登り、窓を叩き続けるに決まっているのだから。

そしてお得意の「なぜ」を第一声に聞くことになる。

「全然。クロヴィスは愚かな選択をしたと怒られてたよ。オレリア様はリリーちゃんを気に入ってたから悲しんでたし」

リリーもオレリアが大好きだった。この人が将来自分の義母《はは》になるのだと子供ながらに嬉しく思い、娘になる日を待ち遠しく感じていた時もあった。だから婚約破棄を言い渡された後で押し寄せたのは、オレリアの娘になれないことへの悲しみだった。

「パーティーでお会いするのが楽しみだわ。たとえ遠目でしかお会いできないとしても」

オレリアに会うためだけにパーティーに出席する。リリーはそう腹を括《くく》った。

「問題はあの女だろ。どういうポジションでいくつもりなんだろうな」

「ドレスを新調したいとか言ってたよね」

「でしょうね。何度も同じドレスで出席なんてできないもの」

学園主催のパーティーと同じドレスを着れば間違いなく貴族達から笑いものにされるだろう。いくらクロヴィスに取り入ろうとも所詮は貧民と。

もしそういう雰囲気になったらリリーは先頭に立って嫌味を言ってやろうと想像はするが、実際は無理だろう。ヒロインに恥をかかせるのは悪役令嬢の役目ではあるが、王と王妃がいる場ではそんな自分勝手な行動はできない。

悪役令嬢として生きると決めはしたものの、あの二人の前では醜態《しゅうたい》を晒《さら》したくなかった。覚悟が足りない。そんな自分に溜息を吐く。

「クロヴィスは仕立てるって？」

「ああ」

「そう……」

リリーにはそこがわからなかった。

確かに婚約破棄の場でクロヴィスはエステルに隣に立つことを許していたが、今はエステルではなくリリーを追いかけている。リリーとの婚約破棄を撤回するとまで言っているのに、なぜエステルにドレスを仕立ててやるのか理解できなかった。

一度は選んだ女だから、というような義理堅い男ではないはずなのに。

「お前はまた寄せて上げた乳を出すのか？」

からかうように言うフレデリックの頬を両側から引っ張り、額に青筋を立てながらニッコリ笑う。

「オレリア様が贈ってくださったドレスを着たいけど、あれはクロヴィスの婚約者だから頂けた物だし、新しいのを仕立ててもらうわ。娼婦扱いされない無難なドレスをね」

「あのドレス、キレイだったよね」

「お前によく似合ってた」

「ありがと」

金糸が織り込んである上品な白のドレスがオレリア妃から贈られてきたのは、ちょうど一年前の誕生祭直前。ぜひ、クロヴィスの誕生祭で着てほしいと贈られたドレスだった。

オレリアの贈り物はいつだって上品なものばかりだ。髪留めや帽子、扇子《せんす》なんかも全てセンスが良かった。あのドレスは毎年着ると約束したのに、着たのはもらったその年だけ。今年からは着られそうにない。

オレリアにも、自分が婚約破棄を笑って受け入れたことは耳に入っているのだろうか。

「各国の王子が集まるはずだから、もしかするとエステル嬢の心移りもあるかもね」

「あっさり心移りしたら学園にいられなくなることぐらい彼女もわかってるわよ」

「だろうな。だが目の前にあるチャンスは掴むだろ。キープを作る可能性はあるぞ」

「セドリックみたいに？」

「ああ」

「ちょっと、二人で酷《ひど》い言い方しないでくれるかな」

クロヴィスの人気は高い。そんな男にくっついている貧民というだけでも貴族は良く思っていないのに、隣国の王子に迫られたからとあっさり鞍替《くら が》えでもすれば貴族達は黙っていないだろう。

「でも、ヒロインが言い寄られるイベントは欲しいわ。クロヴィスの性格からして、牽制《けんせい》するって行動はなさそうだけど、もしそうなれば……ふふっ、私が割り込める」

エステルのような愛らしい容姿であれば、クロヴィスとのことを知らずに言い寄る王子もいるだろう。どこの王子でもいいからエステルに猛アプローチをかけてほしいと、頭に浮かんだ展開にリリーの表情が緩んだ。

「お前には向いてねぇよ」

「うるさい。いいでしょ。どうせ結婚までの悪足掻《わるあが》きなんだから」

結婚すればまたリリーに自由はなくなる。あの父親がリリーの悪役令嬢の夢を許すはずもない。だから今しかできないのだ。

「クロヴィスが撤回したらお前はどうするんだ？　受け入れるのか？」

「いいえ、受け入れない。一度決めたことを簡単に撤回するような男の妻になんてなりたくないもの」

「イケメンだよ？　王子だし、真面目で――」

「自分が完全に正しいと思い込んでる、世界一幸せな男よね」

「いいぞ、言ってやれ言ってやれ」

セドリックはきっとクロヴィスに何か言われているのだろう。それを律儀に守ってやる必要はないのだろうが、女子生徒に甘いようにクロヴィスにも甘いのだ。昔からクロヴィスが何か言えば、セドリックは聞いてやらなければという思いになる。

フレデリックに言わないのはきっと、膝枕の件が尾を引いているから。その後のパーティーでリリーをエスコートして、指輪まで渡していたことを知られてから当たりが強くなったと聞いた。

「ま、クロヴィスのことなんてどうだっていいけど」

クロヴィスのために行くわけではないのだから。

第五章

「今はエステル様の顔を見たくない」

リリーは今日だけは穏便に済ませたかった。

今日は自分の誕生日よりも特別な日だ。婚約破棄される前にお茶をしてから、クロヴィスの母であるオレリアとは会っていない。どんな顔をして会えばいいのかわからない状況に、リリーは緊張で吐きそうになっていた。

「残念ながらこっちに来たぞ」

「どっかに追いやって」

これが学園主催のパーティーなら悪役令嬢としてのイベントを起こす最高の場となるが、今日だけは間違ってもそんなことがあってはならない。エステルが場と立場を弁《わきま》えてくれるかどうかもわからない以上、接触は避けたかった。

リリーのひそめた声に応えて、フレデリックが一歩前に出た。

「エステル嬢、彼女は今考え事をしている。挨拶なら後にしてくれないだろうか？」

「ご挨拶もダメなのですか？」

「クロヴィスの傍にいる君ならわかるだろう。人は考え事をしている時には挨拶さえ邪魔になる時がある」

「そうですね。ではフレデリック様、クロヴィス様がいらっしゃるまでお相手いただけますか？」

賢い女だといつも感心する。ワガママを言って困らせるのではなく、自分を遠ざけようとする男を自然な流れで自分の相手にしようと持ち込んだ。

（すっかり令嬢気取りね。恐れ入る）

フレデリックはあくまでもクロヴィスの護衛であってリリーの護衛ではない。リリーの傍を離れてはいけない理由はないのだから断る理由もない。クロヴィスはまだ自室にいて、セドリックと話をしている頃だろう。フレデリックは手が空いているからリリーの傍にいるだけ。

「構わないが、俺は話をするのは得意ではない」

「知っています。でも一度フレデリック様とゆっくりお話ししてみたかったんです」

「そうか。では向こうで話そう」

フレデリックにとっても話したくない相手だろうが、リリーのためにと受けてくれた。

嬉しそうに笑うエステルの笑顔を視界の端に捉えながらも考え事をしているような表情を崩さないでいると、そんなリリーに見せつけるようにエステルがフレデリックに手を差し出す。

「エスコートしてくださる？」

「ああ」

セドリックなら嘘でも「喜んで」と笑顔を見せるのだろうがフレデリックはそうはしない。無表情のまま静かな返事と共に腕を差し出し、リリーから離れた場所まで歩いていった。

フレデリックの犠牲に謝罪と感謝を心の中で唱えたリリーは、ゆっくりと深呼吸をして身体の向きを変える。

「オレリア様……」

玉座に座る王の隣に腰かける美しき王妃はリリーの憧れそのもので、遠くから見ても彼女の周りにだけ眩《まばゆ》い光が放たれているように見えた。

今すぐ傍に行って話がしたい。婚約を破棄されてしまった自分の不甲斐なさを謝りたい。話すことならたくさんあるのに、今はもう世間話ができるような立場ではなくなってしまった。

貴族なのだから傍に行って話しかけるぐらいは許されるだろうが、リリーは行動に移すことができなかった。

「クロヴィス王子だわ！」

「クロヴィス様よ！」

暫《しばら》くして、令嬢達が黄色い声を上げ始める。リリーが顔を上げると、本日の主役が会場に入ってくるところだった。今日の主役に相応《ふさわ》しい白い装いが彼の美しさを引き立てている。

恍惚《こうこつ》とした表情の令嬢達の熱い視線を浴びながらも、相変わらずの愛想のない顔で花道を進む。

王の前で片膝をつき、胸に手を当てながら祝辞を受けるクロヴィスの表情はいつもと変わらないのに、リリーはふと子供の頃のことを思い出して無意識に表情を緩ませていた。

祝辞と挨拶が終わり、このまま帰るか考えていると、セドリックに手招きされる。

帰る前に王と王妃に挨拶しなければならないが、リリーは二人と会話することさえ今の自分にはおこがましいことに思えて仕方なかった。それでも足は前へと進んでいく。

「おお、リリーよ。久しいな。なぜ顔を見せてくれなくなったのだ？」

「申し訳ございません。どんな顔をしてお二人の前に立てばいいのかわからなくて……」

「堂々としておればよい。そなたは何も悪くない。悪いのは何もわかっておらぬ愚息だ。無意味にそなたを傷つけてしまったこと、心から詫《わ》びよう。それと今、そなたの生活を引っ掻き回していることも」

「お、おやめください！　そのようなお言葉、私にはもったいないものです。私が至らなかったばかりにお二人には――」

「リリーちゃん、そんなことは言わなくていいの。あなたは悪くない。私達はちゃーんとわかってますからね」

　かけられる言葉の一つ一つが思いやりに溢れていて、自分はクロヴィスの妻になりたかったのではなく、この二人の娘になりたかったのだと改めて思った。

「今日はあのドレスを着てきてくれなかったのね」

「あれは……私にはもう着る資格がありませんので……」

　伸ばされたオレリアの細く美しい手を恐る恐る握る。残念そうにドレスの話をするオレリアに一度顔を上げるが、リリーはすぐに俯いてしまった。

「あれはクロヴィスの婚約者に贈ったんじゃないの。リリーちゃんに贈ったのよ。だからいつ着てもいいの。あなたのために作った、あなたのサイズのドレスよ。あなたにしか着られないのに、一生箱にしまっておくつもり？」

「そ、それは……」

「私の誕生日には着てくれるでしょう？」

　断れるはずがない。涙が出そうになるほど嬉しい言葉、優しい声に顔を上げると、全てを包み込むような慈愛に満ちた表情がそこにあった。

「今度ディナーに招待しよう。来てくれるだろう？」

「え、あ、はい！　ありがとうございます」

王からの直々の招待に戸惑いながらも笑顔で頷く。

元婚約者の両親からディナーに招かれるなど普通ではありえないことだろうが、この二人が大好きだったから、二人が向けてくれる厚意を無下にできなかった。

「俺は前から誘っていたのですが、ずっと断られていました」

「愛想を尽かされる前に誕生日が来て良かったな。このような場でなければ誘うすべもなかったのだぞ。お前は反省しろ」

クロヴィスの言葉を蹴飛ばすような王の言い方にリリーは笑ってしまう。決して息子を溺愛しない王とほとんど感情を見せない息子の会話はいつも面白くて、子供の頃から大好きだった。

「――クロヴィス様」

和《なご》やかな場に小さな爆弾が転がってきたのをその場にいた全員が感じた。

控えめな声での登場。しかし身体はクロヴィスの傍に寄ってちゃっかり腕に手を添えている。

呼ばれてもいないのに簡単に輪に入ってきた常識外れの行動に、リリーはフレデリックを目で探した。すぐ傍にはいたものの、無言で首を振るだけ。止めたが行ってしまったとでもいうような様子に、リリーは思わず拳《こぶし》を握りしめる。

「彼女は？」

「救済枠で入学した優秀な生徒です」

「エステル・クレージュでございます。私は――」

「そうか。では、このような場にいつまでも居座っていないで勉学に励《はげ》みなさい」

「え……？」

　王の発言には皆が驚いた。

「君はなんのためにあの学園に身を置いているのだ？　正しき場で学び、知識を得るためだろう？」

「は、はい……」

「ならばすることは一つしかないはずだ」

　顔は落ち込んでいるように見えるが、リリーはエステルが拳《こぶし》を作るのを見逃さなかった。言いたいことはなんとなくわかる。相手がリリーであれば着飾って王子を祝うことさえ許されないのかと猛反論してきただろうが、今の相手はこの国の象徴である王で、自分が狙っている男の父親だ。反抗などできるはずがない。

「息子を祝おうというそなたの優しき心は受け取るが、それは言葉だけでもじゅうぶんなはずだ。そなたには皆のように着飾って暇を持て余す時間はないだろう？　救済枠の進級試験は入試ほど甘くはないと聞く。こんな場所で過ごしながらでも進級できる自信があるというのなら話は別だが」

ジュラルドの言葉は正しくもあり残酷でもあった。

差別禁止を掲げる学園に通うエステルにとってジュラルドの言葉はショックだったろうが、周りの誰もそれをフォローしようとはしない。貴族に生まれ貴族として生きる彼らには彼らのルールがあって、いくら学園が差別禁止を掲げていようと彼らは変わらない。所詮は学園が掲げるスローガン、という程度の認識しかされていないのだから。

「君もあの学園の一生徒であるのだから、このパーティーへの出席は構わない。だがそれは進級になんの問題もない場合だ」

「勉強は毎日しています……！」

「では、三日後に迫った試験で満点を取れる自信があるのだな？」

「満点は……」

満点という言葉に臆《おく》した様子を見せるエステルに、王は大きな溜息を吐いた。

「進級できれば良い、卒業できれば良いと考えているのか？」

「そ、それは……」

ジュラルドの言葉に、エステルが助けを求めるようにクロヴィスの服をギュッと掴んで見つめるが、クロヴィスは何も言おうとはしない。

【救済枠】で入学したのだから学ぶために学園に来たと思われるのは当然だ。

貧民街の者にも優秀な者はいる。その者達にもチャンスを、という慈悲で設けられたのが【救済枠】。決して貴族ごっこをさせるために設けられたものではない。

「彼女は――リリーはいつも満点を取っていた」

「それはっ！」

「わかっている。育ってきた環境が違うと言いたいのだろう？」

「はい」

王に反論しようとする強気な態度にクロヴィスの表情が少しではあるが変わったことに、エステルは気付いていない。

「そなたに問うが、授業内容は全て理解できているか？」

「……はい」

「では次の試験は満点を取れるということだな？」

「それは……」

「どうした？　理解できているのであれば満点を取れて当然だろう？」

こういう意地悪な問いかけはクロヴィスが苦手とするものだった。今でこそなんでも完璧にこなす男に成長したが、幼い頃はジュラルドからのこうしたプレッシャーに何度も押し潰されそうになっていたのをリリーはよく見ていた。

普通だったら逃げ帰るだろう状況でこの場に立ち続けるエステルをクロヴィスはどう思っているのか。チラッと視線を向けると目が合った。

「クロヴィスは愚かな男だ。まともな判断一つできんのだからな。そんな男の傍にいても君の将来はない。もっと利口でまともな男を探しなさい。あの学園にはクロヴィスより賢い男は大勢いるはずだ」

「クロヴィス様は素敵なお方です。私のような者にも分け隔てなく接してくださり――」

「甘やかすことは優しさではない」

あまりにも冷たく放たれた言葉に反論はなかった。

顔を青くして俯くエステルからリリーへと視線を移したジュラルドとオレリアは立ち上がると、数段ある階段を下りて彼女の目の前まで歩いてくる。

「私達はこれで失礼する。続きはまた次の機会にな」

「楽しみにしてるわね」

リリーが二人を笑顔で見送る間も、エステルは青い顔で震えたままクロヴィスの袖を離さなかった。

「はあ……」

クロヴィスの溜息にエステルの肩が大袈裟なほど揺れる。

（とんでもないことになっちゃった……）

リリーはこの状況をどうしようか迷っていた。ヒロインが愛想を尽かされることはあるが、それはあくまでも王子の勘違いによってであって、自ら墓穴を掘るヒロインなどいない。

エステルはきっと、クロヴィスからジュラルドへ何か伝わっていると思っていたはず。だからこのイベントをジュラルド達に認めてもらう場にしたかったのだろう。公認されたら正式なヒロインになれる。それがあんな対応を受けることはエステルにとっても予想外だったに違いない。

（だったら今日は可哀相なヒロインにしてあげる）

目を閉じて口元に笑みを浮かべたリリーは、ゆっくりとエステルに向き直った。

「身の程知らずが前に出るからですわ」

「……なんですか」

睨みが向けられる。

「これでよくわかったのではなくて？　いくらドレスを新調しようと、あなたが貧しい人間であることには変わりありませんの。貴族ごっこに浸《ひた》っている暇があるのなら部屋にこもって机にかじりつくべきなのではなくて？」

「私だってあなたと同じ学園の生徒です！　クロヴィス様をお祝いする権利はあるはずです！」

「媚《こび》を売っていれば自動的にわたくしの後釜に収まれるとでも思っていたのかしら？　ふふっ、愚かな女は愚かな男を好きになる。うふふっ、さすがですわ」

エステルのついでにクロヴィスも批判したのは、普段のしつこさへの仕返し。

「私は救済枠だから、クロヴィス様のお祝いに駆け付けてはいけないとおっしゃるのですか？」

声を張った反論に、リリーは思いきり鼻で笑って返す。

「言われたことをもうお忘れに？　後日、学園で、祝えばいいでしょう。わざわざドレスを新調させ、陛下の前にまで飛び出してくるなんて何様のつもりですの？」

「これはクロヴィス様が仕立ててくださったのです！」

「あなたがねだったくせに」

なんとか言ってくれとクロヴィスに助けを求めて袖を軽く引っ張って見上げるも、クロヴィスが目を合わせているのはリリー。

非常識な行動をとるエステルを庇《かば》わなかったのは正解だが、エステルを止めようとしないのも常識を教えないのも彼女を傍に置く人間として失敗している。

「馬鹿」

「なっ……」

リリーの呟きにクロヴィスは目を見開いたが反論はしなかった。

「クロヴィス、クロヴィス、クロヴィスクロヴィスクロヴィスって……彼の傍にいれば周りから認められるとでも思っていますの？　たかが学園の試験で満点も取れないお馬鹿さんが、王子と釣り合うと、本気で思っているわけではありませんわよね？」

「満点がそんなに大事ですか？」

（は？）

ポカンと開きそうな口をなんとか閉じて目を瞬かせる。何も言い返さなかったのは、涙を浮かべて震えるエステルの表情が演技ではなく本気で悔しがっているように見えたから。

「女は結婚すれば前には出ません。後ろで夫を支えるんです。学園での成績なんて結婚には関係ありません！」

呆れて言葉もなかった。どうやら本気で言っているらしいその顔を見て、リリーは思いきり溜息を吐く。

「成績は頭の良し悪しだけを判断するものではありませんのよ？　満点を取るのはもちろんのこと、良い成績を収めるのも、それを維持するのにも努力が必要で、成績にはその努力が表れるのです。それを、満点を取ることが大事かなんて、そんなことを聞くこと自体が馬鹿馬鹿しいですわ」

「女が学を得る必要がどこにあるのですか！」

　心からの嫌悪感にリリーは表情を取り繕《つくろ》うことができなかった。一瞬、ほんの一瞬だが、この女がヒロインだとしたら自分が悪役令嬢として対峙《たいじ》するのはあまりにも馬鹿馬鹿しいことなのではないかと思ってしまった。

　救済枠として学園に転入しておきながら何を言っているのか。

「ではなぜこの学園に通っているのですか？　学ぶためでしょう？　それともただ貴族ごっこがしたかっただけ？」

「違います！」

　言いきるエステルにリリーが向けるのは疑いの眼差し。

「私だって努力してます！」

「でも満点が取れないのならそれは努力が足りないということ。当然ですわ。金魚のフンのように彼について回るのだから、勉強の時間など取れていないでしょうし、ましてやお菓子作りなんかに時間を費やしているようでは勉強しているかも怪しいですわね。あなたがすべきなのはそんなくだらない努力ではなく、わたくし達を見返すような努力なのではなくて？」

努力は誰だってしている。だが結果が出ない努力に意味はなく、認められもしない。自分だけが納得する努力と、人に認められる努力は違う。

完璧主義な王子の妻の座を勝ち取ろうとしている女が『努力している』だけではダメなのだ。

「私はあなた達貴族よりずっと努力しています！　この学園に入るのだって、どれだけ努力したか！　あなた達は大した努力もせずに毎日親のお金で遊んでばかりじゃないですか！　生まれた時から王子との結婚が決まっていて、それだけで大きな顔をしていたあなたなんかより、私の方がずっと努力してるんです！」

「コイツがどれだけ努力してるか、お前知ら――」

エステルの言葉にフレデリックが反応しようとするのをリリーが手で止める。

「努力は自分からひけらかすものではなく、周りが認めてくれるものですわ。口だけで終わる努力など誰も認めはしません。ああ、でもわたくし、あなたのことは一つだけ認めていますのよ」

リリーの声に高揚感が滲《にじ》んでいる時点で、良い言葉でないことはエステルにもわかっているだろう。

「男性に媚《こ》びる努力。あ、これは努力ではなく生まれ持った才能でしたわね」

わざとエステルの耳に唇を近付けて、内緒話でもするように小声で告げた後、クスッと笑うのも忘れない。そんなリリーにカッと目を見開いたエステルが、手を振り上げた直後――

「はっはっはっは！　さすがは名高きブリエンヌ家のご令嬢だ」

会場に響き渡った笑い声に、その場にいた全員が閉口して声の方を見た。

「やはり気の強い女は美しいな」

燃えるような赤い髪を揺らしながら現れた男に、リリーの表情が固まる。

ユリアス・オルレアン。隣国の王子だ。

気の強そうなのはお互い様だと言いたくなる少し吊り上がった目に、人を挑発するのが上手そうな表情。そしてクロヴィスとは正反対のこの馴《な》れ馴《な》れしい性格。厄介な男が来ていた。

「ユリアス王子、来ていたのか」

「男の誕生祭など来るつもりはなかったが、貴殿が婚約破棄をしたと風の噂で聞いたのでな。あのブリエンヌ家の令嬢を捨てて選んだ女がどれほどの上玉か、拝見しに来た」

遠慮のない言いように呆気に取られて場は静まり返るが、エステルだけは違った。さっきの怒りはどこへ消えたのか、愛らしい笑顔を浮かべて一歩前へと進み、膝を曲げて挨拶をした。

「初めまして、ユリアス様。私、エステル・クレージュと申しま――」

「しかし、その後釜がこれとはがっかりだ」

「え……」

数多《あまた》の男達を虜《とりこ》にしてきた可愛い声と笑顔での挨拶だが、ユリアスには通用しなかった。エステルの方を見向きもせずに肩を竦《すく》めると、ユリアスはそのままリリーの前まで足を進める。

「リリー・アルマリア・ブリエンヌ、久しぶりだな」

「お久しぶりです、ユリアス様」

（なんでこっちに来たのよ！）

笑顔で挨拶を返しながらも、エステルの前からこっちへと移動してきたユリアスを内心では快く思っていない。

「婚約破棄されたそうだな」

「ええ」

「俺は彼を賢い男だと思っていたが、存外そうでもなかったらしい」

「そのような発言はどうかお控えください」

いくら同じ王子という立場であろうと、他国を訪れて本人の前で愚かだと言っているような発言をする非常識が、ここにもいたと頭を抱えたくなった。

クロヴィスが愚か者である事実は、否定しないにしても頷くことはできない。

「では、向こうで話さないか？」

「……ええ、構いませんけど」

本当は行きたくない。嫌ですとハッキリ言ってさっさと帰りたいところだが、この場でクロヴィスの視線を浴び続けるのも嫌だった。笑顔でユリアスの後に続こうとしたリリーの腕をクロヴィスが掴む。

「どこへ行くつもりだ？」

「ユリアス様とお話をしに行くだけですわ」

「お前はここにいろ。俺の隣に――」

「エステル様がいるのに？」

この場でクロヴィスに感情的な発言をさせるのは賢い選択ではないだろう。言葉を遮《さえぎ》ってリリーが問いかけるとクロヴィスは黙り込む。

リリーはそれを「エステルを寮に帰してまで隣にいさせようという気はない」と受け取った。

「ブリエンヌ嬢、こちらへ」

「失礼しますわ」

ユリアスの言葉に軽い会釈で応え、そのままホールを出る。

「君にはもう新しい婚約者が？」

「いえ、まだですわ。色々ありますの」

ホールを出て廊下の突き当たりにあるテラスへと出ると、風がザアッと木々を揺らす。その風の心地よさに、息苦しかった胸がほぐれていくのを感じる。

「へえ、色々って？」

「わたくしは自分の人生を歩みたいのです。誰かのお飾りとなって刺繍《ししゅう》をするだけの人生なんて望んでいませんの」

「他のこともすればいいじゃないか。サロンでお喋《しゃべ》りをしたり、散歩をして花を愛《め》でたり」

「鳥籠の鳥になるつもりもありませんわ」

女は決して弱くない。街に出れば働いている女性もいる。だが、貴族の娘は働かない。屋敷の中でのみ、好きに生きられるだけ。屋敷の中にしかない自由はリリーにとって幸せとは言えない。

かぶりを振って否定するリリーをユリアスは面白そうに見つめていた。

「大体、婚約破棄されるような問題ありの女を自分の嫁にと言う物好きなど――」

言いかけてやめた。嫌な予感がする。

（やめてやめてやめてやめて）

頭をよぎる可能性に、絶対当たるなと必死に願った。

「俺が立候補しよう」

（ああああああああああ！）

リリーは絶望で膝をつきそうになった。

「……ふふっ、面白い冗談ですわね」

どうか冗談だと言ってくれと何度も願う。

「冗談は好きだが、さすがにこんな冗談は言わない。一国の王子として言う。君を妻に迎えたい」

思っていた展開と違う。いや、思っていた展開ではある。

だが、ここに立っているのは自分ではなく、エステルのはず。

だってこれはヒロインに発生するイベント。リリーは焦っていた。

相手はどれほどフランクであろうと立場は一国の王子。クロヴィス相手にするような態度は許されないかもしれない。でもユリアスの性格上、穏やかな対応をしたところで引かないことはわかっている。

強気に出た態度を笑ったぐらいだ。一か八かの賭けに出ることにした。

「わたくしを妻に？　あなたがわたくしに相応《ふさわ》しい男だとでも言いたげですわね」

「俺も王子だ。身分としては申し分ないだろう」

「生まれた時から王子の婚約者だったわたくしが、王子の肩書きに心が揺れるとでも？」

相手が王子というのはもうどうだっていい。小説によっては悪役令嬢に惚れる王子もいたが、リリーにとってその存在は邪魔でしかない。どうせならファンタジーものの魔王が如く悪に手を染めている王子の方が良いが、現実的にありえない話。

リリーはかぶりを振り、呆れてもらうためにもここは嫌な女で通そうと肩を竦《すく》めて鼻を鳴らした。

「気の強い女性がお好みであれば他をあたってくださる？　わたくし、あなたのような男性にはこれっぽっちも興味がありませんの」

「じゃあどういう男が好みなんだ？」

（しつこいッ）

隣国の王子に好意を寄せられて嫌な気分になる令嬢はいないだろう。相手はあのユリアス・オルレアン。結婚するのに申し分のない相手。

しかし、新たな王子の登場は望んでいない。面倒な王子は一人でじゅうぶんだ。

「聡明で真面目な方ですわ。チャラチャラしていない落ち着きのある男性がいいですわね。それでいて少し茶目っ気があって、ああ、背は高い方がいいですし、わたくしの言うことはなんでも聞いてくれるというのは絶対条件ですわ。あとロマンチックで女心がわかっていて、わたくしに付きまとわず、引き際《わきま》を弁えている男性がいたら紹介してくださる？」

そんな男いるかッ！　とフレデリックなら言っているだろう条件を次から次へと口にしてワガママな女を演じる。とにかく今はもう誰からも付きまとわれたくない。

（なんとかこの場で関係を断たなきゃ！）

この男、エステルの自己紹介を断ってまで自分の発言を優先するのだから、気に入った相手には付きまとうタイプかもしれない。

厄介な展開になる前にと焦るリリーにユリアスが答えた。

「ああ、それなら俺だ」

（冗談でしょ……）

二度目の絶望にリリーは天を仰ぐ。

「俺は君の言うことならなんでも聞いてやれるぐらい心が広いし、落ち着きもあり聡明だ。チャラついているように見えるかもしれないが、実は真面目なんだ。遊び心も持ち合わせているし、背も高い。ロマンチックな演出は得意なんだ。無論、乙女心もわかっている」

「遊び人だという噂はこちらまで届いておりますわよ」

オルレアン家の次男は遊び人で、擦り寄ってくる女には片っ端から手を出すと有名。自国では右にも左にも女を侍《はべ》らせて、連れている男は護衛だけとか。そんな人間がよくもそこまで自分を褒められるものだと、呆れを通り越して感心してしまう。

「遊び人だなんて酷《ひど》いな。俺は世の女性を平等に愛しているだけだよ」

セドリックの兄弟はフレデリックではなく実は彼なのではないかと思わせる発言に首を振る。

「では妻は迎えない方がいいですわね。特別になってしまいますから」

「跡継ぎのことを考えるとそうもいかないだろう」

「お兄様のご子息が跡継ぎですから大丈夫だと思いますけど」

「女しか生まれない可能性もある」

「そこはあなたのお兄様の気合次第ですわ」

ああ言えばこう言うの繰り返しに、リリーの額に青筋が浮かぶ。

遊び人と名高いだけあってよく回る口を縫い付けてやりたくなる。こういうところを面白いと思う女もいるのだろうが、リリーはそうではない。お喋《しゃべ》りな男は嫌いだった。

実際に自国でのユリアスの生活を見たわけではないため批判することはできないが、それでも世の女性を愛すと言うからには多くの女性に手を出しているのだろう。

「はははははははっ！」

急に大笑いし始めたユリアスにリリーは目を見開く。

「気合か。そうだな。兄には気合で種を蒔《ま》けと言っておこう」

リリーの投げやりな言葉に大笑いするユリアスの姿は、クロヴィスとは正反対でどこか新鮮だった。

「妻を探しているのならエステル様でも口説かれてはいかがですか？」

「媚《こ》びることしか能がない女は嫌いなんだ」

「あら、世の女性を平等に愛していらっしゃるのでは？」

「俺にだって選ぶ権利ぐらいある」

それはそう。

「あれは全て計算された作り物だ。声も話し方も笑顔も仕草も、それこそ瞬きの回数もな」

女のことは女が一番わかっていると言うが、リリーは女として生まれながら彼より女という生き物を知っている自信がなくなった。

「ずる賢い女は嫌いではないが、あからさまなのは嫌いだ。男が好むのは上手い媚《こ》び方を知っている女。良い気分にさせる媚《こ》び方をされると骨の髄《ずい》まで甘やかしてやりたくなる」

「まあ、それは素敵。わたくしの大嫌いなタイプですわ」

「君は女を知らぬ男の方が良いと？」

「ええ。一途な男性に惹《ひ》かれますの」

女を知らない男は男にあらず、と貴族は言う。地位も金も何もかも持っている貴族が一度も女を抱いたことがないなんてありえない、何か訳があると思われる。実際にそれが事実な時もあるし、事実無根の場合もある。

たとえば、セドリックは女を知り尽くしているだろうが、フレデリックはどうなのか怪しいところ。かといって何か問題があるようにも思えず、これればかりは本人の性格の問題だとリリーは思っている。

「なら俺だな」

何をどう解釈すればその答えになるのか聞いてみたかったが、面倒そうだったので口にはしない。

「他の女の垢《あか》がついた手でわたくしに触れようなどとお考えですの？」

「これればかりはどうしようもない。手洗いをしても他の女と手を繋いだ過去は消せない。うがいをしようとキスをした過去は消せない。身体を洗おうと抱いた――」

「もういいですわ！　中古に興味はありませんの」

中古という言葉はあまりにも侮辱的だったが、諦めてもらうにはこういう発言でもしなければ引かなそうだと考えると言葉を選んではいられなかった。怒るかもしれないという不安を持ちながらリリーが反応を窺《うかが》っているとユリアスはまた笑い出す。それも大声で。

「君は本当に面白いな。この俺を中古と呼ぶか」

「……怒りませんの？」

「なぜ怒る？　俺は君の言う通り新品じゃない。なら中古という言葉は間違いではないだろう」

　変わった男だと思った。クロヴィスに中古発言などしようものならこの場を一瞬で氷漬けにしただろう。

　なのにユリアスは同じ王子という立場でも怒り一つ見せず、寛容に受け入れた。

「まあ無礼は無礼だな。俺が父に言いつけたら国の友好関係にヒビが入る問題じゃないか？」

「わたくしはこの国の王女でもなければ王子の婚約者ですらありませんので、公女の発言一つで国の友好関係にヒビが入ることはありえません」

「俺が君の言葉を歪曲《わいきょく》しないとは限らないぞ？」

　絶対にしないだろうことは彼が見せる笑みから窺《うかが》える。

　年上ということもあるのかもしれないが、柔和さや陽気さ、寛容さをクロヴィスは少し見習うべきだと思った。彼の爪の垢《あか》を煎《せん》じて飲ませたい。手に入るのなら喜んで飲ませるのにとさえ思う。

「一人前の男性がまだ親の権力に甘えようとするなんて、とんだお坊ちゃんですこと」

「使えるものは親でも使えと言うだろう？」

「そういう腐った根性の男性も嫌いです」

リリーが笑顔で嫌いだと言い放つ度に、ユリアスは笑みを深める。目の前で繰り広げられるショーを鑑賞しているような顔に、リリーは限界だと言わんばかりに大きな溜息を吐いた。

「どうした？」

「……鬱陶《うっとう》しい」

「お、本性を現したな」

なぜこうも鬱陶《うっとう》しい男性ばかり周りにいるのか、リリーは自分の運命を呪いたくなった。

「もう帰ります」

「また近いうちに会おう」

「いえ、結構です」

ヒロインに迫らない隣国の王子になど興味はない。リリーにとって自分に迫ってくるユリアスは鬱陶《うっとう》しいだけ。これ以上苛立ちを感じる前に帰ろうと廊下に身体を向けた瞬間、リリーは凍り付いた。

「ク、クロヴィス……」

いつからそこに立っていたのか、クロヴィスが仁王立ちでこちらを見ていた。

「このような場所で二人きりとは、随分仲が良いんだな」

嫌味を言える立場かと蹴り飛ばしたい気持ちを抑えて、深呼吸を一回。

「俺の誕生祭に他の男と長話など、どういうつもりだ」

（出た……）

その発言こそどういうつもりだと心の中で反論して視線を逸らした。今ここに長居すべきではないと危機感すら抱く状況下から早々に脱したいと逃げ口を探している後ろで、その気持ちを察しないユリアスが口を開いた。

「婚約は破棄されたと伺ったが？」

「貴殿には関係のないことだ」

「俺は彼女の婚約者に立候補させてもらった」

「何？」

リリーは今すぐ気絶でもしてこの場から運び出されてしまいたかった。なぜこの男は余計なことばかり口走るのか。

一歩、また一歩と近付いてくるクロヴィスに合わせてユリアスも踏み出し、間合いを詰めて対峙《たいじ》する。間に立つリリーの腕を片方ずつ掴んだ状態での火花の散らし合いに、リリーの身体が怒りで震えた。

「いい加減にして！」

ドカンッと噴火したリリーに二人は目を見開いて黙ったが、掴んだ腕は離さない。少しでも自分の方へ引き寄せようとするせいで、右に左にとリリーの身体が揺れる。

もはやリリーに笑顔を浮かべる気力はなく、思いきり地面を踏みつけようとした時——

「クロヴィス様！」

「おっとっと」

珍しく傍にいないと思っていたエステルが現れた。猛ダッシュで駆け寄り、クロヴィスの腕に抱きつくついでにリリーに身体をぶつけてよろつかせる。その衝撃でクロヴィスの手が離れ、リリーはよろめいてユリアスの腕の中に収まった。

「あ、ごめんなさいリリー様。当たってしまいました。お許しください」

謝意のない口だけの謝罪にリリーの舌は上顎《うわあご》につき、舌打ちの準備をした。今すぐ鳴らしてクロヴィスとユリアス同様に対峙《たいじ》しても構わない気持ちはあれど、それではエステルをいい気にさせるだけだと堪《こら》えて笑顔を見せる。

「……いえ、いいんですのよ。大きなお尻ですものね」

「……胸とお尻が大きくて嫌になってしまいます。皆さんは女性らしくて良いと言ってくださるんですけど、私はリリー様のような慎《つつ》ましく柔らかみのない体型になりたかったなって思うんです」

（このチビッ！）

侮辱には侮辱をというように、エステルは笑顔で返してきた。良い度胸だと目を見開いて睨んでやりたかったが、今は一刻も早くこの場から去りたい。必要以上に反応するのはやめておいた。

だが、ここでエステルをムキにさせれば、その気の強さにユリアスの想いが変わるのではないかと思いついた。

「クロヴィス、エステル様を置いてまでこっちへ来るなんて、私とユリアス様の仲に嫉妬したのかしら？」

「嫉妬？　なぜ俺が嫉妬するんだ？」

（は？　この人それ本気で言ってるの？）

クロヴィスの間抜けな顔に拳《こぶし》の一発でもめり込ませてやりたくなる。

「じゃあどうしてここに？　あなたの誕生祭に私があなた以外の男性といるのが気に入らなかったからでしょ？　違う？」

頬が痙攣《けいれん》を起こしたようにヒクつくのを感じながら、クロヴィスに自覚させるために問いかける。

「お前がなかなか戻ってこないからだろう。嫉妬ではなく心配していた」

「知り尽くした場所で迷子になるとでも思った？」

「お前は方向音痴だからな。俺が手を引いてやらねばいつも迷子になって泣いていただろう」

「五歳の頃の話でしょ。それから十二年も経ってる。迷子にはならない」

「わからんだろう」

わかる。両頬にそう書いて笑顔を作った。

「心配かけてごめんなさいね。でもあなたの手は今は私ではなくエステル様が握ってるから、引いてもらえそうもないわね」

「エステル、そろそろ寮に帰――」

「いたっ！」

リリーの言葉を受けてか、クロヴィスがエステルに帰るよう促すが、小さな悲鳴がそれを遮《さえぎ》った。

急にしゃがみ込んだエステルに、彼が不思議そうに視線をやる。ドレスの裾《すそ》に手を入れて踵《かかと》を押さえ、痛いと涙目になって見せる相変わらずの大女優に、貴族ではなく演劇の世界に飛び込んだ方が成功したのではないかとリリーは思った。

「クロヴィス様、送ってくださいませんか？」

「セドリック……いや、フレデリックに送らせる」

言い直す時にクロヴィスがこちらを見た理由にリリーはすぐ気付いた。フレデリックとリリーを二人きりにしないよう、エステルを送らせる作戦を取ったのだ。

「クロヴィス様がいいですッ。フレデリック様、私といると不機嫌になられるので怖くて……」

エステルをエスコートしたフレデリックは不愛想なままほとんど喋《しゃべ》らなかったのだろう。自分からは口を開かず、エステルの言葉に最低限の相槌《あいづち》を打つだけ。そんな様子だったことは想像に難《かた》くない。

「送ってあげたら？　私がフレデリックと帰るから」

「俺がブリエンヌ邸まで送ろうじゃないか」

余計なことを言うなとユリアスに振り返って首を振る。

「ダメだ。リリーは俺の馬車に乗れ」

「どちらの馬車にも乗りません。自分の馬車で来てますのよ。一人で帰りますわ」

リリーは疲れていた。現れた隣国の王子に真っ先に出会うのはヒロイン。迫られるのもヒロイン。自国の王子と隣国の王子に迫られるのもヒロイン。このイベントはヒロインに発生するものなのになぜ自分に、と絶望の最中にいるリリーに強気で三人に対応する力は残っていない。

「お前からの祝いの言葉をまだもらっていない」

「お誕生日おめでとうござ――」

「馬車の中で聞く」

疲れていても腹は立つ。

強引な男性に惹《ひ》かれると口にする令嬢もいるが、全く理解できない。あの令嬢達はこの状況下でもときめくと言えるのだろうか。

「王子、婚約破棄の撤回をするとわたくしの父に断言したこと覚えてらっしゃいます？」

「当然だ」

「本当にするつもりがあるのでしょうか？」

「疑っているのか？」

クロヴィスが眉を顰《ひそ》める。

「もし本当にわたくしを妻にしたいのであれば、他の女性を連れたままわたくしを追いかけるのはやめてください。それはあまりにも失礼で、わたくしへの敬意も何もない最低な行為だと自覚してください」

苛立ちのせいで怒っているというよりは冷たい言い方になってしまった。

よくよく考えるとクロヴィス・ギー・モンフォールという男は、とてもわかりやすい男なのかもしれない。感情を表に出さないことが多い印象はあるが、リリーのことになるとわかりやすいほど感情を剥き出しにする。それはリリーにも伝わっているが、理解しようとはしない。一番理解しなければならないのはリリーではなく、クロヴィス本人だと思っているから。本人が自分の感情を理解しなければ周りが読み取らなければならないし、いつまでもこうして振り回されることになる。

嫉妬ではなく心配。それは彼にとって真実なのだろう。だが、誰が見ても彼の発言は嫉妬からきているもの。

感情を上手く認識できない彼を理解して受け入れてしまうことがストレスから解放される唯一の手段かもしれないが、それではダメだと緩く首を振る。

「お誕生日おめでとうございます」

そう言って去っていくリリーの後をユリアスがついていく。

廊下の角を曲がる際にチラッと目をやったクロヴィスは立ち尽くすだけで、エステルの心配はしていないように見えた。

（お姫様抱っこして医者に見せに行くぐらいしなさいよ）

王子様らしい行動をしないクロヴィスに内心で呟きながらも振り返らず城を出た。

「くっ……ははは、はーっはっはっはっは！」

「な、なに？」

「女の争いは醜《みにく》いと言うが本当だったな」

外に出た途端に、その様子を見守っていたユリアスが笑い出した。

「いつもあんな風に罵倒し合うのか？」

「ええ。彼女、本当は気が強いんですの。ギャップが凄《すご》いでしょ？」

「ああ、そうだな」

（移れ移れ！）

これは心変わりのチャンスかもしれないと、イベントを起こせそうな予感にリリーは指を組んで目を輝かせた。

「可愛らしい外見とは裏腹に気が強い女性に興味が湧きませんこと？　知れば知るほど面白い女性かもしれませんわよ。媚《こ》びるしか能がないわけじゃないって」

「興味はない」

リリーの希望が打ち砕かれるのに三秒も必要なかった。

「俺は、あのように男を利用しなければ何もできない女より、一人だろうとぶつかっていく芯の強い女が好きだ」

「わ、わたくしが芯の強い女だと？」

「ああ」

気が強いと言われたことは数えきれないほどあっても、芯が強いと言われたのは初めてだった。ずっと憧れていた悪役令嬢の芯の強さ。それが自分にもあると言われ、喜びを隠せないリリーは満面の笑みを見せた。

「ありがとうございます！　とても嬉しいですわ！」

リリーが勢い込んで礼を言うと、目を瞬かせて黙ったユリアスだが、すぐに胸を押さえてウインクして見せた。

「やはり俺は君に興味がある」

「そうですか。わたくしはありませんけど、ありがとうございます」

「また会おう」

「ええ、機会があれば来世で」

相手の言葉が嬉しかっただけで本人に興味はなく、ときめいたわけでもない。馬車に乗り、適当な返事で手を振ると、ドアを閉めてもらい発車した。

「最後まで媚《こ》びなかったな」

自国の王子には強気な発言をし、自分にも一切の媚《こび》を見せなかった貴族の娘に心囚われたように、胸を押さえたユリアスはリリーの乗った馬車が見えなくなるまで見送っていた。

クロヴィスが冷たい目をしてその背中を見ているとも知らず……

＊＊＊

第六章

「まあ、リリー様ったらお料理もしたことないんですか？」

リリーの部屋にはエステルが訪れていた。正確には、学園に割り当てられた部屋だ。

寄付によって運営が成り立っているこの学園では、寄付が全て。その額が大きければ大きいほど自由が与えられる仕組みとなっており、モンフォール家はもちろんのこと、ブリエンヌ家も多額の寄付をしているため、学園内で自由に使える部屋をいくつかもらっていた。

この日は雨でバラ園には行けないため、リリーは自室でお気に入りの紅茶を飲みながら静かな時間を楽しんでいたのだが、そこへエステルが訪ねてきた。

なんの用かもわからないまま紅茶を用意し、他愛ない話に咲く花もないまま、エステルの口撃が始まった。

「料理やお菓子作りはレディの嗜《たしな》みですよ？」

料理の経験などあるはずがない。貴族には専属のシェフがいて料理をする必要がないと、リアーヌに言われたことをもう忘れたのかと呆れてしまう。

「貴族ですもの」

「でもそれって言い訳ですよね。貴族だから料理しなくてもいい。専属シェフがいるから必要ないって。愛する人に手料理を作ろうとか思わなかったんですか？」

「手作りが最高だとでも言いたげですわね？」

「もちろんです」

「シェフを雇えない貧乏人にとってはそうでしょうね」

は？　とでも言いたかったのだろう。開いた口をゆっくりと閉じ、苛立ちをあらわにするエステルの様子に、リリーは目を細めた。

手作りのクッキーだとか手料理だとか、リリーは考えたこともない。当然クロヴィスに何かを作ったこともない。それを悪いと思ったこともないし、今この瞬間だって思ってはいない。

「恋人が一生懸命食事を作ってくれるんですよ？　嬉しいに決まってるじゃないですか！」

「一生懸命頑張って作ったアピールにうんざりする男性もいると思いますけど。押し付けがましい女は愛されませんわよ？」

「そんなこと思う男性は恋人を本当に愛してはいないんです！　それに、私のは押し付けではなく一般論です！」

「貧民の？」

リリーがクスッと笑うと、カッとなったエステルが強くテーブルを叩いた。

ここには観客はいない。エステルが狙っているクロヴィスも、リリーの擁護者であるオリオール兄弟もいない。完全に二人きり。誰の邪魔が入ることもなく、気に入らない相手を前に言いたいことを言い合うこの状況はある意味、腹を割った話し合いのようなもの。

外では言いたいことも言えないエステルも、ここでは言いたいことを言いたいだけ言える。だからこうして昼休みにリリーの部屋を訪ねたのだが、余裕を崩さないリリーに腹を立てていた。

「あなたが一般論だと思って常識のように話している内容は、わたくし達貴族にとっては何も当たり前ではなく、むしろ非常識ですの。以前、リアーヌ様が丁寧に教えてくださったことも、その様子ではもうお忘れのようですから、もう一度教えてさしあげますわ。わたくし達貴族の専属シェフは、一流の教育を受けたプロが配属されていますの。ただ水や洗剤で適当に洗っただけのものを綺麗にしたと豪語するあなたとは違うのです」

「顔が映るぐらいピカピカに洗ったものを使っています」

「調理器具に顔が映るほどピカピカに磨いて、王子の金魚のフンになって、お菓子を焼いて、友人でもない相手の部屋を訪ねて意味のない話をして、幾度かパーティーに出席しただけで令嬢を気取って……。満点が取れないのも当然ですわね。クッキーではなく満点の解答用紙を見せた方がまだ良い反応がもらえますわよ」

この学園では試験の点数が張り出されることになっている。これは王子が反対を訴えようと創立当初からの決まりであるため廃止にはできない。当然リリーの点数もエステルの点数も張り出されたわけだが、エステルは満点ではなかった。満点だったリリーが見せる馬鹿にした笑みにエステルが勢いよく立ち上がる。

「貴族だからっていつもいつも私を見下してるその性格の悪さ、皆知ってますよ！　だから顔がキツイって言われてるんです！」

急にリリーの外見攻撃に走るエステルの表情が段々と歪《ゆが》んでいくのは、余裕のなさの表れ。単なる恋愛小説の中の純粋な愛されヒロインではない、全て計算ずくのこのヒロインを、リリーは煩《わずら》わしくも面白いと思っていた。

王子に気に入られたヒロインが気に食わなくてイジメる悪役令嬢ではなく、自分以外の女を排除しようとするヒロインの性悪さを許せず対峙《たいじ》する悪役令嬢。

リリーの理想とする展開だった。

「なんと言われようと構いません。あなたが計算ずくのあざとい女だと言われていようとも、表と裏の顔が違うのがバレバレだと言われていようとも、男に媚《こ》びるしか能がない性根まで貧しい女だと言われていようと、わたくしは気にしていません」

「なっ⁉」

エステルの言葉が詰まった。自分がそこまで言われているとは知らなかったのだろう。

怒りで震える手を握ってキッとリリーを睨み付けた。

「わたくしは事実を言ったまでですわ」

「事実って……！」

「王子の婚約者になりたいのでしょう？　わたくしの後釜に収まりたいと、必死に奔走《ほんそう》しているのでしょう？　地を這《は》うネズミのように動くのは得意分野ですものね」

気持ちはわかる。生まれる場所は誰にも選べない。望んで貧しい家を選ぶ者はいないだろう。そして、チャンスがあるのなら誰だってそれを掴みに行く。

エステルは今、そのチャンスを掴める場所まで来ているのだ。自分の能力を駆使してクロヴィスの隣に立つ権利を得た。最初こそ婚約者持ちだったが、運良くクロヴィス自ら婚約破棄を言い渡して独り身となったのだから、もっとと貪欲にもなる。

チャンスは今。エステルが必死になるのは当然だった。

しかし、クロヴィスのその後の行動は、エステルもリリー同様に想像できないものだった。優位だったはずの展開はいつしか焦りを生むものへと変わっている。それがエステルをここを訪ねるまでの行動に出させた。

「彼がわたくしを婚約者に戻そうとしていることがそんなに気に入りませんこと？」

「ええ、とっても！　あなたのような差別主義者が彼の横に立っていいはずないんです！」

貴族のやり方を馬鹿にしたその口で言えることがあるのかと驚きながらも返すのは

嘲笑《ちょうしょう》。

「仕方がないでしょう？　ここは貴族の寄付で成り立っている貴族のための学校。本来ならあなたのような教養も品性もない人間は足を踏み入れることさえ許されませんのよ？　それをふざけた方針を作り上げた学長のおかげで入れただけだというのに、最近のあなたはまるで自分が貴族にでもなったかのような振る舞いばかり。今から王妃となった時のための予行演習のおつもり？」

「私もここの生徒ですから。周りの方に合わせるのがそんなにおかしいことですか？」

「いいえ、むしろ褒めていますのよ。夢を持つというのはとても素晴らしいことですわ。それが叶わぬ夢だとしても――何をっ！」

リリーが貶《けな》し終えるまでエステルは待てなかった。目の前に置かれた手付かずのティーカップを持つと、エステルは勢い良くその中身を自分の顔にかけた。湯気が立つ熱い紅茶を。

「キャァァアアアァァアァァアアッ！」

エステルの悲鳴が部屋中に響き渡る。

「いかがなさいました？」

「リリー様が！　リリー様がぁ！」

何が起こったのか、なぜそんな行動に出たのか、リリーには理解不能だった。あの紅茶がどれほどの熱さかは手で触れずとも湯気を見ればわかることなのに、エステルは迷いなく紅茶をかぶった。

そして大きな悲鳴を上げて床に倒れ込み、駆け付けた者達にリリーにやられたと泣いて訴える。

「何事だ？」

リリーを昼食に誘おうと部屋までやってきたクロヴィスが中に入ってきた。

「クロヴィス王子！　リリー様がエステル様に紅茶をおかけになったようです！」

「赤くなっているな。医務室に連れていけ」

クロヴィスの目つきが厳しいものに変わった。リリーの方へ踏み出しかけたクロヴィスのズボンを、床に座り込んでいるエステルが掴む。

「クロヴィス様、連れていってくださいませんか……。怖いんです。痛くて……怖いっ」

まるで吹雪の中にいるか風邪をひいているかのように全身を震わせながら顔を押さえるエステルの姿は、本当に怯えているように見えた。

顔を押さえているせいで表情を確認できないこともあって、いつものように笑っているかはわからないが、自らしでかしたのだから怯えであるはずがない。

だが、自らかぶったと知っているリリーでさえとっさに「彼女が自分でかぶった」と反論できないほど、罪悪感を持たせる演技力にただ絶句するしかできなかった。

「わかった。少し待て。一つだけ確認する」

「クロヴィス様！」

「リリー、本当にお前がやったのか？」

しがみつくエステルから離れ、自分に近付いてくる男の冷たい目と視線が絡む。

クロヴィスはこういう男だ。そこですぐにエステルを擁護するのではなくリリーに確認する。それはエステルもリリーも望んでいないことだが、人としては正しいのだろう。どう見ても被害者はエステルだが、一方だけを信用しない。両者の言い分を聞くことができる。王としては望ましいやり方。

幼い頃から叩き込まれた教育は無駄ではなかった。こんな場所で実感することではないのにと自分に呆れて笑ってしまう。そしてその笑みを利用して言い放った。

「頭からかけようと思っていたのに、エステル様が動かれたのでお顔にかかってしまったのです。でもまあ、あの厚化粧のおかげで火傷《やけど》はしていないでしょう」

「反省はないということか？」

「ええ、貧民など虐《しいた》げられるべき存在ですもの。あら、もしかして今日のことでわたくしは婚約破棄の撤回を撤回されるのかしら?」

「……黙れ」

「ええ、喜んで黙りますわ」

ここで慌てるわけにはいかない。自分ではないと告白してはそれこそヒロインになってしまう。声に怒気を含ませるクロヴィスを前に、リリーは鼻を鳴らして肩を竦《すく》めた。

クロヴィスの怒りにはいつも一歩後ずさりたくなる。決して怒鳴りはしない。静かに怒りを放って相手の目を見る。問わずとも明確なその感情を真正面から受け止めるのが昔から苦手だった。理不尽に怒る相手ではないからこそ、これが先日の嫉妬による怒りではないからこそ、本心では小さな恐怖を感じていた。手が震えてボロが出る前にと扇《せん》子《す》を握りしめて部屋を出る。

「通してくれ!」

背後からはエステルの悲鳴に集まった群衆に道を開けるように言う男子生徒の声が聞こえた。リリーはそれを振り返って確認することはせず、足を止めずにただ真っ直ぐ廊下を歩いていく。

心臓が異常な速さで脈を打ち、気を抜けば今にも震えた脚が身体を支えることをやめそうで、リリーは通り過ぎ様に誰かに声をかけられても、返事もせずに歩き続けた。

（どこか一人になれる場所まで行かなくちゃ）

翌日、エステルは学園を休んでいた。

当然だ。彼女自らの行動だとしても湯気が立つ熱い紅茶をかぶったのだ。火傷《やけど》していないはずがない。大事をとって休めと医者から指示もあっただろう。

二人きりで言いたい放題まではよかった。その最中に一瞬でもリリーの頭の中に相手に紅茶をかける想像があればまだ違っていたのかもしれないが、想像もしなかった展開にリリーは何もできなかった。動揺していないよう見せることで精一杯。一人になれる場所まで逃げて、恐怖か困惑か後悔か、その全てが混ざり合っていたのかもしれない感情に乱れる呼吸を必死に抑えていた。

なぜあんなことができる？　今までも散々言い合ってきたし、やり合ってきた。いつも行動に出たのはエステルだ。今回もそう。だが、今回の行動はあまりにも大きすぎる。

階段から突き落とされたフリをするヒロインはいた。でもそのキャラは結局はヒロインになりたがっているだけの悪役だった。その濡れ衣を暴《あば》いてくれるのは王子が定番ではあるが、リリーはその王子にも嘘をついた。だから久しぶりに感じる冷たい視線を違和感なく受け止められているのだが、自ら選んだ結果だとしても居心地は良くない。

「まさかリリー様がそんなことをなさるなんて……」

「ショックよね……」

「クロヴィス王子の前では猫かぶってただけだろ。最近の言動は目に余るものがあった」

「性格変わったよな」

リリーがエステルに熱い紅茶をかけたという話は一夜にして学園中に広まっていた。門から教室までの道で、ヒソヒソと囁《ささや》く声を何度聞いただろう。だが、リリーは気にしていない。噂は真実ではないが、こうなることは予想できていたから。

クロヴィスに問われた時に自分はやっていないと言えばこんな展開にはならなかったのだろうが、弁明しなかった以上、クロヴィスもエステルも、医師には当然リリーがしたと話しただろう。

今更言い逃れはできないし、する気もない。

これこそ悪役令嬢の立ち位置で、自分で選んだ道なのだから。

「リリー様、私達はリリー様を信じていますわ」

「ありがとうございます。でも事実ですから」

リリーを慕《した》う令嬢達は、こうした噂が立つ中でもリリーから離れようとはせず信じている。

「リリー・アルマリア・ブリエンヌ」

「おはようございます、アルフォンス学長」

「すぐに学長室に来なさい」

（当然よね）

昨日のうちに呼び出されなかったのが奇跡だと思うぐらいには遅い呼び出しだった。蛇を連想させる鋭い目つきが有無を言わさない雰囲気を醸《かも》し出している。

心配の声をかけてくれる女子生徒に笑顔を向け、リリーは学長の後について学長室へ入った。

「昨日起きた事件だが、記憶はあるかな？」

「ええ、もちろんですわ」

〝事件〟扱いとは立派なものだと、つい嫌味が口を突いて出そうになる。

「彼女は顔に火傷《やけど》を負った。その理由はわかっているね？」

「わたくしが、彼女の顔に、紅茶をかけたから、ですわ」

本当は『彼女が自分で、自分の顔に、紅茶をかけたから』だが、言うつもりはない。これでようやくずっと思い描いていた悪役令嬢のポジションに立てた気がしているのだから。皆から嫌われ、孤立とまではいかなくとも本性がバレたような形にはなった。ヒロインに怪我を負わせ、王子はこれでヒロインにベッタリとなるだろう。

だからリリーに後悔はなかった。

「なぜそんな真似を？　あれだけの火傷《やけど》だ。まだ淹《い》れてそれほど時間も経っていなかったのではないかな？」

「ええ」

「熱い紅茶をかければ相手がどうなるかぐらいわかるだろう？」

「ええ」

「わかっていながらやったと？」

「ええ」

だが、ふとした瞬間に馬鹿馬鹿しく思うことがある。悪役令嬢になることになんの意味があるのだろうと。今まで必死に培《つちか》ってきたものを全て崩してまで、悪役令嬢に執着する意味はなんだと。

今、リリーの心は婚約を破棄された時に比べると少し冷めていた。笑顔を貼り付けて淡々と答えるこの無駄な時間を、一刻も早く終わらせたかった。

「君はそういうことをするタイプには見えないんだがね？」

「婚約破棄をされておかしくなったのでしょうね。自分でも驚きですわ」

「そんな喋《しゃべ》り方もしなかったじゃないか」

「わたくしも貴族ですもの。こういう喋《しゃべ》り方をしないわけではありませんわ」

クロヴィスの確認は最初で最後の告白の場だった。そこで嘘をついた時点で後には引けなくなっている。愚かなことだと自覚はある。クロヴィスの隣を狙うエステルに、どうぞどうぞと差し出せばここまでややこしいことにはなっていなかったはず。何が悪役令嬢だ、何がヒロインだと自嘲したくなる状況ではあるが、後悔はない。

自分には向いていない。そうかもしれない。夢が束の間のお遊びであったとしてもこれは自分の人生なのだから、その束の間を憧れに生きてみたいと覚悟を決めて咎《とが》めの場には相応《ふさわ》しくない笑顔を浮かべた。

「今回、君がしでかしたことは喧嘩では済まされない」

「そうですか」

「クロヴィス王子も、まさか君がと驚きと落胆を隠せない様子だった」

「そうでしょうね。でも彼とわたくしはもうなんの関係もありませんから」

「そうか」

頭にあるのはクロヴィスの反応やエステルの勝ち誇った顔ではなく、激怒した父親に頬をぶたれるだろうこの後のこと。昨日はリリーの家にも話は伝わらず、父親はいつも通りの様子だった。

エステルの策に乗ったのは自分とはいえ、もう少し穏便なやり方はなかったのかと思ってしまう。父親のビンタはもう二度と受けたくないと思うほど痛いのだと、思わず頬を触ってしまう。

「君の処分は他の先生方と話し合って決める」

「朗報をお待ちしてますわ」

学長室を出たリリーは静かに長い溜息を吐き出す。

「性悪女」

ふと聞こえた言葉に振り向くと、顔を逸らさず真っ直ぐ睨み付けてくる男と目が合った。制服の着方からして貴族ではなく、エステルと同じ救済枠の生徒らしいことはすぐにわかった。

「なんですって?」

リリーがヒールを鳴らしながら男へと寄っていく。

「エステルちゃんの可愛い顔に火傷《やけど》させやがって。お前みたいな性悪女はさっさと消えろ!　貴族だからって偉ぶってんじゃねぇぞ!」

さすが貧民だと言いたくなるような言葉遣いに、リリーは一度目を閉じる。

「アイツがお前を捨てたのも納得だぜ。お前の性悪さに耐えられなかったんだろうな。お前みたいなデカい女、エステルちゃんとは比べるまでもないもんなぁ？　捨てられた女のくせに何普通の顔して登校してんだよ。恥を知れよ恥を。ああ、無理か。お偉い貴族様が恥なんか知ってるわけないよな」

　馬鹿にしたようにククッと喉の奥を鳴らして笑う男の言葉が止まるまでリリーは口を開かず、さほど変わらない背丈の男を見て仁王立ちになる。

「なんだよ。返す言葉もねぇってか？　ははっ、そうだよなぁ！　あるわけねぇよなぁ！　だからエステルちゃんに酷《ひど》いことしたんだもんな？　あの可愛い顔が気に入らなくてやったんだろ？　そうなんだろ！　この嫉妬にまみれたクズがよぉ！」

　何も言わないリリーを怒鳴りつける男の大きな声が廊下に響き渡る。

「おい、なんとか言ってみろよ！」

　怯えることもしないリリーの態度に苛立ったのか、男は更に声を張って詰め寄った。

　リリーはそれを意にも介さず、深く溜息を吐く。

「ドブネズミがどれだけ必死に鳴いたところで誰も気に留めることはないというのに、ご苦労様」

「なんだと？」

ようやく返ってきた言葉に怒りで身体を震わせる男の胸元に、リリーは扇子《せんす》を突き付けた。

「何もわかっていないようだから教えてさしあげますわね。わたくしは偉ぶってるわけじゃなくて実際に偉いんですの。公爵令嬢ですもの。本来ならあなたのようなドブネズミ、わたくしの視界に入ることさえ許されませんのよ」

トントンッと胸を叩いて目を細める。

「学長のくだらない正義感と思いつきに泣いて感謝することですわね。あなた達のような救いようのない人間が、こうして貴族に話しかけるチャンスを与えてもらったのですから。新しい風なんて馬鹿げた理想を掲げ、現実は排水溝を這《は》いずり回っているドブ臭いネズミが貴族を気取っているだけ。でもまぁ、優秀者が選ばれるはずの救済枠にあなたやエステル・クレージュが選ばれるぐらいだから、この学園の評判が地に落ちるのも時間の問題でしょうけど」

リリーが口を開けば開くほど、男の顔は赤くなり身体の震えは大きくなる。堂々と胸を張って悪口を言うのは性悪女で間違いないが、悪役令嬢はそんなことは気にしない。

「ふざけんな！　馬鹿にしやがって！」

男が拳《こぶし》を振り上げた。痛みを知っているため反射的に目を閉じて殴られる覚悟をしたリリーだったが、痛みも衝撃もやってこない。恐る恐る目を開けて確認するとそこにいる人物に驚いた。

「……フレデリック」

「何やってんだ?」

「うぎゃああっ！　折れる！」

フレデリックが男の腕を掴んでねじ上げていた。その後ろにはセドリックが控えており、言葉はないもののどちらに向けたものなのか呆れたように肩を竦《すく》める。

「このドブネズミが馴《な》れ馴《な》れしく声をかけてきたものですから言葉遊びをしていただけですわ」

「学園でその言葉はダメだよ」

「処分まで数日しかないんですもの。楽しまなくちゃ」

「リリー、ちょっと話せるか?」

「いいえ、あなた達と遊んでいる時間はありませんの。失礼しますわ」

二人がなぜここにいるのかはわからないが、これ以上は話をしたくなかった。身近であればあるほどリリーへの理解は深く、特にこの二人はエステルよりもリリーを信じている。きっとあの『事件』もクロヴィスのように正直に信じてはいないだろう。悪役令嬢が何かを理解してはいない二人だが、それが理由じゃないかと思っているのだろうと想像すると悪役令嬢になりたいなんて明かさなければよかったと後悔していた。

「お前という娘は私にどれだけ恥をかかせれば気が済むんだ！」

案の定、家に帰ると頬をぶたれた。渾身《こんしん》の力で叩かれた。耳の奥でキーンと高い音が鳴る。

「なぜそうやって問題ばかり起こすんだ！　せっかくクロヴィス王子が寛大なお心で許してくださったというのに、なぜまた呆れられるようなことをやらかすんだ！」

「浮気相手を痛い目に遭わせるのは悪いことですの？　単なる仕返しですわ」

「王子は浮気などしていないだろう！」

「わたくしが婚約破棄された時も王子の隣にいて、今も王子の傍に寄り添っていますのよ？　婚約者がいるのに特定の女性と日常的に親しくすることは浮気ではないと？　肉体関係がなければ浮気ではないと？」

「勝手について回るハエだと思えばいいだろう！　王子は婚約破棄を撤回すると言ってくれたんだぞ！」

「撤回すると言いながら、彼はわたくしより彼女を信じましたけど」

リリーの父フィルマンは娘を盲信する親バカではない。愛はあるが、他の貴族がそうするように無条件で溺愛しているわけではなかった。

「お前のせいでブリエンヌ家は失墜するかもしれないんだぞ！」

今もそうだ。大事なのは娘ではなく自己保身。

「どうせお前は退学だ」

呆れたように言い放たれた言葉は予想通り。

「でしょうね」

「もう学園には行かなくていい！　その代わり、これだけは行ってこい」

「なんですの？」

差し出された一枚の封筒には見覚えのある家紋の封蝋《ふうろう》。既に封が切られているためその場で中身を取り出して目を通した。

「……ユリアス王子の誕生祭？」

「ああ、そうだ。クロヴィス王子ほどではないが、そこそこ権力はあるだろう。媚《こ》びてこい」

娘に言う台詞《せりふ》とは思えない父親の言葉に呆れたリリーは、返事をしない代わりにグシャリと手紙を握り潰した。

「パーティーには必ず行け！」

反抗的な娘の態度に怒鳴る父親に背を向け返事もせずそのまま部屋を出た。

「行かれるのですか?」

「行かなきゃ勘当でしょうね」

「修道女も悪くないかと」

「やめてよ」

「踊り子でもしますか?」

「やらない!」

アネットは勘当されるつもりで反抗してはどうかと言いたいらしいが、リリーは何も親に反抗したいわけではない。

今まで親の言いつけは守ってきたつもりだ。多少反抗して怒らせることや困らせることはあっても、『王子の婚約者』という立場は念頭に置いてやってきた。好きな色の好きな形のドレスを着ることも許されず、テストでは平均点でさえ許されず、常に笑顔で品行方正に——そう教育を受けるがままに守ってきた。

それを無にしたのはクロヴィスだ。身勝手極まりない理由での婚約破棄とそれの撤回。自分の人生は自分のためではなくクロヴィスのためのものだと言われているようで嫌だった。

公爵令嬢でいられるのは父親が爵位を守っているから。娘が自分勝手なことを続ければ公爵ではいられなくなる可能性だってある。それはリリーもわかっているが、生まれた時には決められていた人生に抗《あらが》いたかった。

「馬鹿みたい」

悪役令嬢になるために学園を退学になり、王子との再婚約の可能性は消滅。父親には殴られ、ユリアス王子の誕生祭に行くか修道女になるか踊り子になるかの選択肢のみが残された惨めな状況に陥《おちい》っている。

悪役令嬢云々の話どころではない。

「行くしかありませんね」

「はあ……」

床に転がる握り潰した招待状に視線を向けるアネットに、リリーは溜息を吐いた。選択肢はあるようでない。

「なんでこうなるかなぁ」

もっと楽しいものだと思っていた。それなのに現実はそれとは程遠く、苦難ばかり。大好きな小説のような展開に浮かれ、見通しが甘かった。リリーは倒れるようにベッドにダイブする。

窓は鳴らない。

事件の真相の再確認もない。

(クロヴィスは今頃、エステル様の傍にいるんでしょうね)

気にする必要はない。彼はもう婚約者ではないのだから。

「これが悪役令嬢なの？」

これでは悪役令嬢が主役の物語ではなく、普通の恋愛小説に出てくる惨めな悪役令嬢だ。これが現実かと自嘲するリリーに、アネットはそっと毛布をかけた。

第七章

学園に行かなくなって二週間。まだ処分が決定しないことに苛立ちを感じ始めていたリリーの今日の予定は、隣国の王子であるユリアス・オルレアンの誕生祭に参加すること。

(どうして学園に行けないのにパーティーには行かなきゃならないのよ)

移動する馬車の中で何度目かわからない溜息を吐く。

「バラのエキスでも飲んでるのか？」

「は？」

「お前の溜息はバラの香りがする」

「ローズティーを飲んだだけよ。っていうか、その発言は気持ち悪い……」

リリー一人で行くはずが、フレデリックが護衛として一緒に乗ると言って聞かなかった。向かいの席に座る男の言葉のチョイスに眉を寄せる。

「向こうの馬車に乗ってなくていいの？」

「セドリックがいる」

「馬車が襲われた時、セドリックだけで相手できるの？」

「クロヴィスも戦えるんだ。問題ない」

クロヴィスも決して弱くはない。もし何者かの襲撃に遭ったとしても、クロヴィスは自分でどうにかできるだろう。だからフレデリックはリリーの馬車に乗ったのだ。

馬車の中でリリーとフレデリックが二人きりになることと、リリーの馬車が襲撃に遭った時のこととを天秤《てんびん》にかけた結果、クロヴィスはリリーの安全を選んだのだろう。

自分が乗ると言わなかっただけ偉いと、本人には言わないが心の中で褒めておいた。

「よく許しが出たわね」

「別に。俺は雇われてるわけじゃないし、アイツから給料もらってるわけでもない。まだ正式な騎士になってない今なら、俺にだって選択権はある」

「見習いだものね」

フレデリックらしい言い分だとリリーが小さく笑うと、フレデリックも微笑む。

「……大丈夫か？」

かけられた言葉にもう一度リリーが笑う。しかし、その笑みは決して穏やかなものではなく苦笑に近い。

「大丈夫に決まってるじゃない。悪役令嬢よ？」

「悪役令嬢だって人間だ。機械じゃねぇだろ」

「嫌われても芯が強いのが悪役令嬢。私はクロヴィスの婚約者として、耐えることを学んできたの。ちょっとやそっとで傷ついたりしないわ。ヒロインじゃないんだから」

この先一生悪役令嬢として生きられるとは思っていない。これは結婚するまでの、子供のような悪足掻《あが》き。

結婚して、夫や家のお飾りになったら「馬鹿なことをした」と過去の自分を自嘲する日がきっとくる。

その日までのお遊びだと自分に言い聞かせている。

「隣国の王子様はお前を気に入ってるみたいだな」

「可愛らしいヒロインよりも性格の悪い悪役令嬢がお好みみたいね。媚《こ》びられることに飽きたそうよ。贅沢な話よね」

　ヒロインであるエステルが隣国の王子ユリアスに迫られて自国の王子クロヴィスと板挟みになる展開を想像していたのに、隣国の王子が気になっているのはエステルではなくリリー。

　夢は夢のまま終わるから美しいと言う者がいたのを思い出し、リリーも今、その言葉に同意しつつあった。

「悪役令嬢にこだわる必要あるのか？　お前の立場ばっか悪くなっていくんだぞ」

「……それでこそ悪役令嬢だわ」

　品行方正に生きていれば苦労のない人生を歩むことができる。約束された未来がある。でも過去を振り返った時、思い出して笑うものがない人生でいいのかと考えると、頷けない自分がいた。たとえその笑いが自嘲だったとしても自分だけの人生を生きた瞬間を作りたかった。

　これは今しかできないことだから。

「フィルマンさんはなんて？」

「ユリアス王子の心臓を鷲《わし》掴みにするまで帰ってくるなって」

「だろうな。娘の異常行動のせいで父親はイカレちまったってもっぱらの噂だぜ。王子が婚約破棄撤回すると言ったホラ吹きだって」

もしかするとクロヴィスからの撤回宣言を受けた翌日には、もう社交場で言い回っていたのかもしれない。学園の生徒が確認してこなかったことを考えると言う相手は限定していたのかもしれないが、それでもフレデリックの耳に入る程度には言い回っていたのだと絶句する。

「で、当人はどうするつもりなんだ？」

父親には心臓を鷲掴《わしづか》みにするまで帰ってくるなと言われたが、そんなつもりはさらさらない。

ユリアスは面白い人間だとは思う。でも女好きで軽いところが嫌いだ。そんな相手と結婚して過去の女が出てくるのは勘弁願いたい。それならクロヴィスと愛のない結婚の日々を過ごした方がまだ想像的にはマシに感じる。

だから今日は挨拶をするだけしたら街をぶらついて時間を潰し、あたかもパーティーで楽しく過ごしてきました感を出して帰る予定を立てていた。

「その時は送るからな」

「いい。いらない」

「リリー」

「お願いだから、ヒロインを助ける幼馴染《おさななじみ》みたいなことをするのはやめて。こういう状況は悪役令嬢には普通なの。自分のせいだってわかってるけど、私にはもう時間がないの。自由にできる時間がね。だからほっといて」

幼い頃からフレデリックはいつもリリーの傍にいて何かと力になってくれた。怯えるリリーを追い回す犬を追い払うのも、庭で食事を狙う鳥からも、変な貴族に絡まれた時も、いつもフレデリックが守ってくれた。それでリリーも自然とクロヴィスよりもフレデリックを頼るようになっていた。だが、皮肉にも今はそれが邪魔になる。

「わかった。でも、何かあったら絶対に言えよ」

「ええ、ありがとう」

フレデリックはリリーを馬車から降ろすと、先に着いた馬車の前で待っていたクロヴィスに呼ばれて行ってしまった。

「謝罪には行かなかったそうだな?」

フレデリックを呼んでおきながら、相変わらずの鋭い目つきでクロヴィスが寄ってくる。その冷たい声にリリーは静かに一度深呼吸をした後、気持ちを切り替えて鼻を鳴らした。

「わたくしが謝罪？　貧民の分際で身の程を弁《わきま》えずに生意気な口を利《き》くから、躾《しつけ》のためにしたまでです。それをなぜ謝らなければなりませんの？」

「どのような経緯があろうと、お前が火傷《やけど》を負わせたことは事実だ」

「謝りません」

「リリー」

「大勢の前でわたくしに頭を下げさせ謝らせたいのであれば、素直にそうおっしゃればいいではありませんか」

リリーに挨拶もせずクロヴィスの後ろに隠れていたエステルが少し前に出て、お得意の震えで勇気を振り絞ったように見せながら、リリーと向き合った。

「あ、謝ってください……」

「エステル」

リリーの言葉通りストレートに謝罪を要求してきたエステルにクロヴィスが顔を向け、やめろと首を振る。

「お断りですわ」

「なっ……⁉　ご自分で言われたのではありませんか！」

「謝ってほしいのならそう言えとは言いましたけど、言えば謝るとは言ってませんもの。

わざわざ前に出てきてまで謝罪を要求するだなんて、ふふっ、やはり心の卑《いや》しさは隠せないものですわね」

馬鹿にしたように笑うリリーに、クロヴィスの表情が歪《ゆが》む。同じように後ろでフレデリックの顔も歪《ゆが》んでいたが、彼の表情にあるのは心配の色。

（やりにくい……）

よく知っている人物だからこそそんな顔をされるとやりにくい。リリーは一度目を閉じ、頭の中で三秒数えてから目を開け、ニッコリ笑ってみせる。

「今日も本当は紫のドレスを新調したいとわがままを言ったのでしょう？　でも通らなかった。だってあなたは紫のドレスどころか、このパーティーに出席していい身分ですらないのですから」

「ユリアス王子から正式に招待を受けたんです！」

予想外ではあったが、彼がそうした理由はなんとなくだが察しがついた。

「初対面で無視した相手を招待するなんて、彼は本当に気まぐれなお方ですね。今度は挨拶してもらえるといいですね。では、ごきげんよう」

余裕の笑みで去っていくリリーの背中をエステルが睨む。

エステルが欲しいのはクロヴィスの婚約者としての地位と、大衆の前でのリリーからの謝罪だろう。クロヴィスの婚約者になろうにもクロヴィスはリリーを追いかけ続けている。受け入れるような口振りだったり拒絶したりと曖昧《あいまい》な態度が、クロヴィスを翻弄しているのだと苛立って仕方ない。

人前であれだけ醜態《しゅうたい》を晒《さら》し、性悪であることを暴露しているのにクロヴィスの庇護によって学園に通うことができているのも気に入らない。

最も気に入らないのは自分はユリアスに視線さえ向けてもらえなかったのに、リリーは話すどころかユリアスに迫られていること。

自分の方が女として格上のはずなのに王子は揃ってリリーを見る。怒りで叫び出しそうになるのを堪《こら》えて涙へと変えた。両手で顔を覆《おお》いながらクロヴィスに身を預けるように泣きついて、周りに聞こえるように「どうしてあんな言い方ばかり」と声を上げ、暫《しばら》く泣き続けた。

パーティー会場には大勢の貴族達が集まっていた。この日の主役とダンスを踊るのは自分だと醜《みにく》く争う令嬢達を横目に、リリーは早くも帰ろうか迷っていた。

一応の挨拶は最初に済ませたし、どうせ話す内容もないのだからと辺りを見回す。

クロヴィスはユリアスと話をしている。エステルはあの大泣きもどこへやら相変わらず愛らしい笑顔を浮かべているが、押さえる必要のない類を押さえてアピールし、話題を振ってもらおうとしている。それでもユリアスがエステルの行動を気にする素振りは一度もなかった。

その様子をなんとはなしに眺めていると、クロヴィスの後ろに立つフレデリックと目が合う。口をパクパクと動かしているが距離があってハッキリとは見えず、軽く手を振って返すだけになった。

（今のうちに……）

クロヴィスが移動するとフレデリックもその後についていかなければならない。二人とおまけのエステルが会場の奥に進むのを見送って、リリーはそっと会場を抜け出した。

「あー息苦しい！」

テラスに出て一人になると、思いきり溜息を吐いて声を上げる。

ドレスにも装飾品にも興味がないリリーにとって自慢大会となる晩餐会《ばんさんかい》や誕生祭という貴族の集まりは鬱陶《うっとう》しいものでしかない。貴族なら〝付き合い〟として出席しなければならないという暗黙のルールも嫌いだ。だが、今のリリーには選択肢がなく、自立できない以上は父親の命に従うしかないのが現実。

公爵家の娘というのは大きな武器であり、重い枷《かせ》でもあった。

「お転婆な君には退屈だったかな？」

生まれて初めて言われた『お転婆』という言葉に一瞬眉を寄せるが、すぐに笑顔を貼り付けて後ろのユリアスに振り返る。

「あまり近寄らない方がいいですわよ。わたくし、熱い紅茶を人の顔にかけるような女ですから」

「あの物騒な噂なら届いている」

どうやったら隣国の王子にまでそんなくだらない話が届くのか。噂好きの貴族達にはほとほと呆れてしまう。

「気が強いんだな。何を言われればそんなヒステリーを起こすんだ？」

からかうような言葉に、ひょっとしてフレデリックよりも失礼な男かもしれないと、リリーの表情が素に戻る。

「貧民があまりにも無礼な振る舞いをしたので制裁したまでですわ」

「はっはっは！　制裁とは穏やかじゃないな。だが、王の妻となる女はそれぐらい気が強くなければ務まらないよな」

「婚約破棄の、撤回の、撤回をされるのも時間の問題ですし、この気の強さとヒステリーはわたくしの品位と立場を損なうだけのものでしかありませんけど」

「俺にとってはその方が好都合だ」

隣国の王子に迫られる、そんなヒロイン的イベントからは極力遠ざかりたかった。何を企《たくら》んでいるのかわからないこの男からは早く離れた方がいいと本能が警告している。それに従うことにして、リリーはニッコリと愛想笑いを作り上げた。

そのまま「そうですか、では」と一方的に話を切り上げ、リリーは無理矢理その場を離れる。

廊下を通って少し離れた別のテラスに出た。

「……もう帰ろうかな」

「送っていこうか？」

夜風に当たりながら呟いたリリーに答えるユリアスの声。まさか追いかけてきたのかと振り返ると、まさかもまさか、彼は背後霊のようにそこに立っていた。

「ホールに戻らなくてよろしいのですか？」

「祝ってもらえるのは嬉しいが、媚《こび》を売られるのは好きじゃない。退屈なダンスも退屈な会話も飽き飽きだ。たかが一つ歳をとっただけでこんな大袈裟なパーティーをする必要がどこにある」

「同感ですわね。この誕生祭のせいで着たくもないドレスを着て、乗りたくもない馬車に乗って、顔も合わせたくない相手と話すことになったんですのよ」

　怒りを隠そうともしないリリーにユリアスが笑う。

「君は俺に媚《こ》びないな」

「隣国の王子に媚《こ》びるメリットは？」

「婚約破棄された後、すぐ婚約者候補ができる」

「あら、素敵ですわね。お断りですけど」

　結婚したくないのになぜすぐに相手が現れるのか。リリーの夢の実現には全くもって必要のないもので、リリーはそれを真正面から笑顔で断った。

　クロヴィスが婚約破棄を撤回すると言い出しただけでもややこしいのに、それがどうなるかもわからない状況で別の婚約者候補など必要ない。

「俺は良い夫になると思うんだけどな？」

「わたくしは毎日ヒステリーを起こす気の強い妻になると思いますわ」

「俺は毎日その様子を眺められるのか。いいな。毎日楽しくなりそうだ」

　王子は話が通じない特殊能力を持っていなければならないという決まりでもあるのかと疑いたくなるほど、二人の王子は話が通じない。

　やっぱり帰ろうと隣を通り過ぎようとした瞬間、ドンッと内臓にまで響く音に驚いて足を止めた。

「クロヴィス様、花火です！　とっても綺麗ですね！」

少し離れたところには、いつの間にか出てきていたクロヴィスとエステルがいた。

クロヴィスと目が合うが、エステルは花火にはしゃぐ可愛いヒロインを演じるのに必死で、リリーに目を向けることはしない。

（どうしてホールの方のテラスに行かないのよ。あっちの方が大きいじゃないっ）

ほとんどの貴族はホールから出られるテラスで花火を見ているのに、クロヴィスとエステルはわざわざリリー達のいる、廊下の奥にある狭いテラスにやってきた。

見せつけようとしているのか、クロヴィスの腕に腕を絡ませベッタリくっついたエステルは無邪気っぽく花火を指差して喜んでいる。一方で、クロヴィスは睨むような目つきでリリーを見ていた。

「ユリアス王子、行きましょうか」

「ああ、そうだな。送ろう」

クロヴィスから視線を逸らし、リリーはユリアスに手を差し出す。その手を取ったユリアスと共に歩き出したのだが――

「いたっ！」

「なんのつもりだ？」

近づいてきたクロヴィスに掴まれた手の痛みに、思わずリリーは声を上げた。乱暴に手を引かれ、ユリアスと離される。

痛みを感じるほどの強い力に戸惑いながら振り払うも、怒りを纏《まと》ったクロヴィスに壁まで追いやられた。クロヴィスが逃げ場をなくすようにリリーの顔の横に手をつく。

「俺の誕生祭の時もそうだったが、ユリアス王子と二人きりになるとは、俺への当てつけか？」

「当てつけって何が……！」

「ユリアス王子を狙っていると？」

「……お父様から言われてますもの」

途端に、クロヴィスの怒りが膨れ上がるのを肌で感じた。

当てつけと言うからにはこれは心配ではなく嫉妬だろう。それを向けられることが嬉しいと思えたらどんなにいいだろう。でもそんな感情は微塵《みじん》も浮かんでこない。

絡みついていた腕を払われ、またリリーのもとへ向かうクロヴィスの背を睨み付けながらも追いかけて、エステルを悔しがらせる方法として最善なのはクロヴィスにキスをすること。しかし、それではクロヴィスを喜ばせるだけの可能性がある。喜ぶかもしれないし、結婚前に不埒《ふらち》だと突き放されるかもしれない。後者ならいい。だがわからない。賭けに出るのに五分五分はリスクが高すぎる。

だから余計な行動には出ず、視線を逸らすリリーを見てクロヴィスがユリアスに振り返る。

「コイツは政治の話は嫌いだぞ」

「女性と二人きりの時間に政治の話をする馬鹿はいないだろう。レディとの逢瀬《おうせ》で退屈を感じさせるほど俺はつまらない男ではないよ。俺は彼女がどういう女性なのか、これから知っていくつもりだ。君がどういう女性を妃として迎えようと自由だし、祝福はするが、モンフォール家の評判だけは落とさないようにした方がいい」

リリーを引き寄せてクロヴィスの手から救出したユリアスはそう言って挑発的な笑みを向けた。

「二人の邪魔をしては悪い。俺達は失礼するよ」

黙ったままのエステルの顔に笑みはなかった。何を考えているのかわからない表情が不気味で、リリーは何も言わずユリアスに引かれるままにその場を後にした。

（エステル様にとっても面白くないわよね。自分を選んでくれたと思ってたのに元婚約者に執着する姿を見なきゃいけないんだから。でもあなたはヒロインなんだからヒロイ

ンらしくしててよ）

　王子が何を考えているのかわからず悩むのも、何もわかっていない王子に不満をぶつけるのも、隣国の王子から迫られるのも、全てがヒロインのイベントだ。それなのに、なぜそれが自分に向いているのか。

　王道の展開には王子とヒロインと悪役令嬢が必要で、リリーの周りにそれは揃っている。しかし、王子は爽やかではなく、ヒロインはヒロインらしくなく、悪役令嬢も似非《えせ》なのだから王道でいけるはずがない。

　今更ながらとんでもないキャスティングになったものだと、リリーは溜息を吐く。ヒロインにはなりたくない。悪役令嬢がいい。でも望み通りには進んでくれない。どうすればいいのか……

　選択肢は二つある。

　一つ目は大勢の前で嫌な女を演じてユリアスを振り払うこと。

　二つ目はエステルの言動を無視すること。

　リリーとしては二つ目の方が穏便に過ごせると思うものの、それは悪役令嬢らしくない。

　ならば一つ目の案が最適ではあるが、隣国でまで問題を起こしたことがバレれば、新しい婚約がどうこうではなく本気で修道女にされかねない。今度は平手打ちではなく拳《こぶし》が飛んでくる可能性だってある。

愚策でしかない二択のうち、どちらを選んでも結局は愚策。悪役令嬢どころか自分の首を絞めるだけ。やめておこうとかぶりを振った。

「また同じシチュエーションだな」

「え？　ええ、そうですわね」

ユリアスの声にハッとして顔を上げると、いつの間にか馬車の前に着いていた。なんのことかと思ったが、クロヴィスの誕生祭の時のことを言っているらしい。

「俺としてはもう少し話をしたかっ――」

「もう帰りますわね。本日はお招きいただきありがとうございました。では」

話が長くなる前にさっさと帰ろうと、ユリアスの話を遮《さえぎ》る。言葉がかぶったのがたまでないことはリリーの表情が物語っており、それをわかっているらしいユリアスは噴き出さないよう堪《こら》えるような表情で片手を挙げた。

「――感謝状を送る」

「はい」

＊　＊　＊

リリーはユリアスの周りにはいない女だった。公爵は王族ではない。貴族の中では最高権力を持っているが、王族には敵わない。ユリアスは媚《こ》びておいて損はない相手なのだが、リリーはそうしない。

リリーが頷くのを確認するとドアを閉め、馬車を出させた。

「媚《こ》びないというのは素晴らしいな。追いかけたくなる」

この世界に生を受ける前から、ユリアスの王子という立場は決まっていた。生まれる前から溺愛され、生まれてからも溺愛されて、王子という肩書きがあるだけで老獪《ろうかい》な貴族でさえ恥も外聞もなく媚《こ》びてきた。

王家の一員になるべくユリアスを手に入れようと派手に自分を飾り立て、外側しか磨かない令嬢達にはうんざりしていた。その中でリリーを見つけたのはユリアスにとってはラッキーだった。

クロヴィス・ギー・モンフォールの婚約者としてその存在は知っていたが、決まった相手がいるのでは興味の持ちようもなく、大して気にもしていなかった。

しかし今は違う。自分にもチャンスがあるかもしれないのだ。

対等に話せる相手が欲しい。

そう望んでいたユリアスにとって、あの日のリリーの姿は衝撃的だった。前にパーティーで見かけた時は取り繕《つくろ》った淑女という感じだったのに、婚約解消後は人が変わったようだった。令嬢にあるまじき強気な態度、完璧な女を装っていた彼女の本性が見えた時、ユリアスは異常に興味を惹《ひ》かれた。

あの場であれだけ強気に出られる女はそうはいない。貴族は皆、社交の場では仮面をかぶり、サロンで不満をぶちまける。なのにリリーは違った。堂々としていた。ユリアスはそこに惹《ひ》かれ、こうして執着するようになったのだ。

「――アイツは貴殿に扱える女ではない」

「だから手に負えなくて婚約を破棄したのかい？」

後ろから現れたクロヴィスの声に、ユリアスは笑みを浮かべて振り返る。嫌みったらしい自分の言葉を、未だに怒りを纏《まと》っているクロヴィスが気に入らないことはユリアスもわかっていた。

「撤回するつもりだ」

「へえ、そりゃ驚きだ。違う女をエスコートしながら、彼女を婚約者に戻そうって？

図太い神経してるな」

「リリーのことなど何も知らないだろう」

「これから知っていくさ」

ユリアスにはクロヴィスの言葉が負け惜しみにしか聞こえない。幼馴染《おさななじみ》であるが故に知っているだけのことを、まるで誰よりも自分が一番理解しているような言い方をする。そのことに憐《あわ》れみさえ感じていた。

リリーの性格を考えると、クロヴィスに話していないことや見せていない顔は山ほどあるだろう。だが、クロヴィスはきっとそれにも気付いていない。だからユリアスは勝ち誇った笑みを向けた。

「君がこれからもあの娘を連れ歩くつもりなら、彼女は永遠に君のもとには戻らないだろう」

「知ったような口を利《き》くな」

クロヴィスの表情が険しくなる。

「ワガママ王子の感情一つで破棄だ撤回だと振り回される彼女を可哀相だと思わないのは君だけだろうな。公衆の面前で公爵令嬢に恥をかかせたことへの謝罪はしたのか？」

「……」

「していないのなら早めにした方がいい。まあ、もう遅いかもしれないが。君達のそれはただの喧嘩別れじゃない。彼女にはなんの落ち度もない、君のワガママによる一方的で身勝手な婚約破棄なんだからな」

「……」

クロヴィスは何も言葉を返さない。苛立ちは見えるが、リリーに謝罪していないのは確かで、振り回していることにも自覚があるから。

リリーは破棄と言われれば受け入れるしかないし、撤回と言われてもやはり受け入れるしかない。リリーは公爵家の娘、クロヴィスは王の息子なのだから。

自分の愚かさを反省して傷つけた相手に心から謝罪し、相手の気持ちに真摯に向き合うべき問題を、王子の立場を利用して解決しようとしているクロヴィスがユリアスは気に入らなかった。

「彼女を愛しているのか？」

「なんだと？」

「彼女を愛しているのかと聞いているんだ」

唐突な問いかけに怪訝《けげん》な表情を見せるクロヴィスをユリアスは真っ直ぐ見つめる。

「俺は彼女を妻に迎えたい。聡明で麗《うるわ》しく、従うばかりではなくノーが言える強い芯を持った彼女を、妻として迎え入れることができれば我が国は更に発展するだろう」

「アイツは政治に興味はない」

「無論、参加させるつもりはない。隣にいてくれれば俺のモチベーションが上がるということだ」

ユリアスはリリーが刺繍《ししゅう》やお茶会が好きなタイプではないことはなんとなくわかっていた。だからといって国の政治に関わらせるのは難しい。

リリーがそこいらの貴族よりも頭の切れる女性であるとユリアスが確信していても、自国の貴族達はそれを認めようとはしないだろう。政治に関わらせれば面白い回答が期待できるかもしれないのにそうできない社会は、ユリアスにとって退屈でくだらないものだった。

だからこそ余計にリリーを傍に置きたいと思った。日々の退屈に対して面白い答えが聞けるような気がして。

「で、彼女を愛しているかどうかの答えは出たのか？」

「なぜそれを貴殿に言わなければならない？」

「本人がいないんだ。恥ずかしがることはないだろう？　何か言えない理由でもあるのか？」

ユリアスの挑発が続く。

「まさか……どちらも傍に置いておこうなどと欲深いことを思っているわけじゃないだろうな？」

「ありえん」

「ならなぜ言わない？」

「さっきから言っているだろう。貴殿に言う必要がないからだ」

クロヴィスにとってユリアスは親交ある国の王子というだけで、親友でもなければ友人でもない。自分の想いを話すような仲でもない相手に話すはずがない。ユリアスはそれをわかっていながら、あえてクロヴィスに挑発まがいな言葉をかけ続けている。

「傍に置いているあの娘の顔に、彼女は紅茶をかけたそうじゃないか」

「……それがどうした」

「王の妻となる者が自国の民にそんなことをした過去があっていいのか？」

「それは互いに同じなのでは？」

ユリアスはリリーにまつわる騒動を挙げて口端を上げて見せるが、クロヴィスの表情は変わらない。王子という立場で問題のある女を妻にすれば、過去を取り沙汰されるのは避けられない。

そんなことは自分も同じだとわかっているが、ユリアスは余裕たっぷりの笑みで腕を組んだ。

「俺の国にあの娘に肩入れする人間はいない。いくらでも言いようはある。あの娘は彼女を陥《おとしい》れるために自ら紅茶をかぶったのだ、とな。彼女が民に慕《した》われていればその説は信用される。二人きりの場所で起きた、二人しか真相を知らない事件だ。どちらを信用するかなど言わずともわかるはずだ。だが君のところでは違う。多くの生徒が彼女を批難し、あの娘を擁護していると聞く。王子の婚約者として努力してきたであろう彼女を守ろうともしない男が婚約破棄を撤回などと、よく言えたものだな」

その口振りも、舞台役者のような身振りもクロヴィスを挑発するためにはじゅうぶんすぎるものだった。クロヴィスは表情こそ変わらないものの、いつの間にか握りしめられている拳《こぶし》は怒りを抑えていることを表している。

余計なお世話だとわかっていても今のリリーの状況はあまりにも哀れで、その状況を作り出しているのが婚約破棄を言い出した男だと思うと言わずにはいられなかった。

「俺とアイツの結婚は生まれる前から決まっていたことだ」

「切っても切れない関係だとでも言いたげだが、君のやっていることは何一つ正しさを持たない、愚行としか言えないものだ。彼女が戸惑っていることに気付いていないわけではないだろう？　破棄されたと思えば撤回すると言われ、撤回すると言いながらその隣には別の女がいる。それも、毒牙を隠し持った女がな」

「口が過ぎるぞ」

クロヴィスの指摘を受け入れるようにユリアスは両手を挙げるも、口は閉じない。

「愛する女のために真っ当な判断ができない男に惹《ひ》かれる女はいない。彼女は賢い。いくら顔が良かろうが、王子という肩書きがあろうが、そんなことは彼女にとってどうでもいいことだ。俺は彼女が喜ぶ顔が見たい。そのためなら自分の意思を曲げ、欲望を隠すことさえしてみせるさ。ただ彼女が喜ぶことだけをする。それが俺の愛だ」

クロヴィスが語らない愛を語るのは得意だった。王子でありながら公爵家の娘のために、自分を押し付けるのはやめて一心に尽くすと言いきる。

「撤回したところで彼女の心までは手に入らないだろう。君は王子という立場に胡坐《あぐら》をかいて、独りよがりな独占欲を持ち続ければいいさ」

爽やかな笑みを貼り付けてクロヴィスの隣を通り過ぎ様にポンッと肩を叩く。室内へ戻る際、チラッと後ろを確認しても、クロヴィスは振り返りはしなかった。

「クロヴィス様！」

中へ入ろうとしていたユリアスの横を通った女に、ユリアスは思わず足を止める。

「置いていくなんて酷《ひど》いです」

「ユリアス王子と今度の国際会議について話があったからな」

「一人にしないでください。不安です」

階段から駆け下りると、エステルはクロヴィスの腕に抱きつくように身を寄せた。クロヴィスはそれに一度視線を向けるだけで、頭を撫でることも支えることもしない。それでもエステルはクロヴィスの態度を気にすることなく甘える。

その後ろではエステルを追いかけてきたフレデリックがうんざりだと言いたげに顔を歪《ゆが》めている。

その光景はユリアスにとってなんとも気分の悪いものだった。エステルという女を切り捨てなければリリーが再びクロヴィスの手を取ることはないと断言してやったというのに、なぜクロヴィスにはそれがわからないのか。

「帰るぞ」

「もう帰るのかい？」

「ああ、話は済んだ」

「アイツはもう帰ったのか？」

「ああ」

「呼べって言ったのに」

不満そうな呟きにクロヴィスが睨むような視線を向けるも、フレデリックは肩を竦《すく》めるだけ。

少し離れた場所で待機していた馬車がセドリックの合図で彼らの前で停まる。ドアが開くと、なんの迷いもなくエステルが乗り込もうとしたが、クロヴィスがそれを止めた。

「お前はコイツらと後ろの馬車に乗れ」

「え？」

「資料をまとめたい」

「邪魔なんてしません」

「極秘資料だ」

「口外もしませんし、私が見てもきっとわからな――」

「しつこいぞ」

引き際を知らないエステルに初めて冷たく言い放ったクロヴィスの雰囲気は誰も逆らうべきではないと感じさせるもので、ビクッと身体を跳ねさせたエステルは顔を青くさせ馬車から離れる。

そんなエステルを気にかける様子もなく静かに乗り込んだクロヴィスは、三人に声もかけず馬車を発車させた。

その光景を前にして、ユリアスは余計に不思議に思っていた。国が違えばルールも違う。それは当然のこととしても、リリーにあれだけの執着を見せながら、なぜ隣に好意のない女を置いているのか。

貴族の口に戸は立てられない。ありとあらゆる噂が一日と経たず風に乗って飛んでくる。クロヴィスが大衆の前で婚約破棄をしたことも当日中には耳に入ってきた。

何か理由があるのかもしれないと考えることはできても、やはり傲慢《ごうまん》にリリーを振り回し傷つけるのは許せなかった。

「……」

ショックを受けたように顔を両手で覆《おお》うエステル。

本命がいながら他の男にも媚《こび》を売ろうとする女を手放さないクロヴィスにユリアスは失望にも近い感情を抱きながら、去っていく馬車を見送る彼らに背を向け、止めていた足を再開して会場の中へと戻っていった。

＊　＊　＊

クロヴィス・ギー・モンフォールは悩んでいた。

「というわけで今回の視察は……って、王子、聞いてますか？」

「……」

「クロヴィス王子」

「ん？」

肩を揺らされたことでようやくクロヴィスの意識が戻ってくる。

普段フレデリックが話を聞いていないようなことがあればクロヴィスが「やる気がないなら出ていけ」と冷たく言い放つわけだが、今王子の部屋に集まっているメンバーの中に、クロヴィスに向かってそんな口を叩ける者はいない。プライベートでならフレデリックが机を叩いて「聞けよ」ぐらいは言うだろうが、今は仕事中である。

「どうした？」

「話、聞いてますか？」

「ああ、大体の内容は頭に入っている。確認ならお前達だけでしておけ」

いつもなら決断や命令を下すところだが今日はそんな気分にはなれず、それだけ告げると部屋を出る。部下がポカンとしていることも、セドリックが苦笑していることも、フレデリックが書類をグシャリと握り潰すことで笑顔を保っていることも、今はどうでもいい。

「――クロヴィス！」

執務室に戻っても考え事は続いていて、セドリックとフレデリックの顔が視界に入ったことで意識を現実世界に戻した。

「ノックをしろ」

「した。十五回もな」

十五回もされれば聞こえていたはずだが、実際クロヴィスの耳には何も届いてはおらず、十五回のノックと二人が名を呼ぶ声は雑音としてさえ入ってこなかった。

「何かあったの？」

「ああ」

「なんだよ。ああ、リリーがユリアス王子に迫られてるって話か？」

余計な軽口に、クロヴィスの鋭すぎる目がフレデリックに向けられる。眼力だけで人を殺せそうな睨みを受け、フレデリックは両手を挙げて空笑いをこぼしながら「冗談だ」と撤回した。

いつものその軽口が今日は特に鬱陶《うっとう》しく感じ、普段のように流せないのは頭の中を渦巻くモヤついた思考のせい。

「どうすればいい？」

「何が？」

「リリーは婚約を破棄してから変わった」

クロヴィスに頭を抱えさせられる相手はこの世でたった一人、リリー・アルマリア・ブリエンヌ、彼女だけだ。

幼い頃から共に育ち、生まれた時から夫婦になることが決められていた。

それこそ数字を覚えるより、言葉を覚えるより先に、リリーが自分の婚約者であると理解する方が早かった。

我の強いリリーは本来、誰かの作った鳥籠の中で生きるような性格ではない。決められた婚約者が王子である以上は、元々の性質を抑えつけて別の人格の形成を余儀なくされていた。

成長するにつれて淑女らしくなっていったが、それと共に本来のリリーが失われていくところも見てきた。

だから今回、婚約を破棄した時のリリーの様子に驚きを隠せなかった。

「お前から解放されて嬉しかったんだろうよ」

「俺は束縛などしていない。自由にさせてきただろう」

「自由と放置は違うだろ。アイツが何をしたいか聞きもせず、休日もお前の予定に合わせて動いてた。お前にベタ惚れな女じゃねぇと、そんな生活を喜ぶわけねぇだろ」

今までフレデリックに何を言われようとも刺さらなかった言葉が、今は棘《とげ》のように刺さっていく。自分は何もわかっていなかったのだと。

心にはちゃんとした想いがあるくせにそれを伝えようとせず、婚約者であることに胡坐《あぐら》をかいていた。ユリアスに言われた通り、相手が公爵令嬢である以上、自分が王子である以上、リリーはどんなことがあっても家の決定に従うだろうと思っていたのだ。だから考えもしなかった。リリーがどんな気持ちでいるかなんて。

「婚約破棄した理由がクソくだらねぇ上に、最近のお前の行動は俺にも理解できねぇ。付きまとえばアイツの心が戻ってくるって、マジで思ってんのか？」

「だから撤回すると言っているのにリリーがそれを受け入れないんだ」

何もわかっていないクロヴィスに苛立ち、「あー」と唸《うな》り声にも似た息を吐き出すも机を叩きつけて怒鳴り、見放すことはしない。幼馴染《おさななじみ》だからこそ知っていることがある。二人はリリーが見ていないクロヴィスの姿を幼い頃から見てきたから、なんとなくではあるが今回の行動について理解している部分もある。特にセドリックは。

「当たり前だろ。今もお前があの女を優遇してるのに、受け入れようなんざ誰が考えるんだよ」

「あの女？」

「エステル・クレージュ」

生まれてからずっとリリーだけを見てきたせいか、クロヴィスが他の女性に興味を持ったことは一度もない。誰を見てもリリーと比べていた。

救済枠で入学してきた生徒の面倒は首席が見ると決まっている。任された以上はチャンスを与えられ掴み取った生徒がつつがなく学園生活を送れるようにする義務があり、入学したからこそできる経験をさせてやらなければならないと同行を許しているうちに、リリーとの時間が減ってしまった。

しかし、多忙であることはリリーも理解しているだろうし、何かとリリーに接触しているフレデリックが説明しているはずだと勝手に思い込んでいた。

だからエステルの名前が出たことに疑問を抱く。

「なぜエステルの名が出てくる」

「……なあ、クロヴィス。お前が気持ちを表現するのも理解するのも苦手なのは知ってる。でも苦手なら苦手でちったぁ考えるぐらいしろよ。リリーはガキの頃からお前の婚約者に相応《ふさわ》しい人間になるよう努力してきた。それは当然じゃなくて感謝すべきことだ。

そりゃ確かに婚約破棄されてから変わった部分はあるけど、アイツなりに急に手に入った自由の中で自分の人生生きようって必死に足掻《あが》いてんだよ。お前の口から伝えなきゃいけねぇ言葉は山のようにあんじゃねぇの？」

フレデリックが優秀な騎士だということはクロヴィスもわかっている。剣の腕は誰よりも素晴らしいものだし、頭も切れる。護衛にしておくのがもったいないと思うことは多々あれど、鬱陶《うっとう》しいと思うことも同じくらい多い。

クロヴィスが帝王学の授業を受けるようになってから、リリーとの時間が減った。代わりにリリーと一緒にいるようになったのがフレデリックだった。本来であれば自分がいるはずの場所にフレデリックがいる光景は酷《ひど》く気分の悪いもので、いつも短い休憩時間に窓からその様子を見ては、小さく悪態をついていた。

今もそうだ。リリーを一番理解しているのは自分ではなくフレデリックなのだと思い知らされるようで嫌だった。

「そこで、お前に言っておくことがいくつかある」

「まとめろ」

「黙って聞け」

感情を表に出すな、感情に振り回されるなと教えられてきた。それなのに今、その感情に振り回されていることにクロヴィスは戸惑っている。

「まず第一に、リリーはお前にこれっぽっちも興味がねぇ」

「……わかっている」

「第二に、リリーはお前が婚約破棄を撤回すると宣言すれば受け入れるだろうが、それは渋々であって、アイツが心から受け入れるわけじゃない」

「……ああ」

「第三に、リリーの後を付け回すのはやめろ。それから俺に面倒な態度を取るのもやめろ」

「それから、は第四ではないのか？」

「うるせぇ！」

揚げ足を取るのは、リリーを知ったように語るフレデリックへの幼稚な嫌がらせ。

こんなにも感情的になりやすい男を頼りにするリリーもリリーだと、クロヴィスは軽い苛立ちを顔に出す。

「お前はリリーのことになると口うるさくなる。昔からだが」

「可愛い幼馴染《おさななじみ》が馬鹿な王子のせいで婚約破棄されて、曲がった道を進も――」

「フレデリック」

「んぐッ！　き、傷ついてんだから、支えてやんのは普通だろ」

セドリックの肘に脇腹を強めに突かれて一度口を閉じたフレデリックが深呼吸をしてそっぽを向く。

「あれは俺の過《あやま》ちだった」

「おやッ、クロヴィスが認めた。君が自分のことで過《あやま》ちなんて言葉を使うとはね」

自分は間違えない。絶対に正しいと思っているクロヴィスの口から出たミスを認める言葉に、二人は顔を見合わせて目を瞬かせては嬉しそうに笑う。

彼にはまだちゃんとそういう部分が残っている。こういう部分こそリリーにも知ってほしいと思った。

「リリーが俺を好いていないことはなんとなくだが……わかっていた。幼い頃からそうだ。アイツは俺といるよりお前達といる方が楽しそうで、笑顔も多かった」

クロヴィスも気付いていた。明確なものではなかったが、成長するにつれてそう感じることが増えていたのは否定できない事実。

「お前のワガママでアイツの努力も苦労も我慢も全て台無しになったん、ぐぅっ！」

「フレデリック」

個人的な感情を剥き出しにするフレデリックの腹にセドリックが裏拳をかまして黙らせる。

口元を少し緩めただけの笑みを浮かべて机の端に腰かけるセドリックの姿はどこか色気のあるものだが、クロヴィスは若干の緊張が身体に走るのを感じていた。セドリックがクロヴィスの瞳を覗き込む。

「後悔してるんだよね？」

セドリックの優しい声に頷く。

「僕達だってリリーちゃんがまさかあんな受け入れ方をするとは思ってなかったから驚いたよ」

幼い少女のような笑顔で『はい！』と答えたリリーに驚かなかった者はいない。あれでは誰が見ても婚約破棄を望んでいたようにしか思えない。あまり他人に深入りしないセドリックでさえ、あれが彼女の本心だと思うと胸が痛かった。

驚いたという言葉にクロヴィスはもう一度頷きを返す。

「あんな状況で笑顔を見ることになるとはな。皮肉なものだ」

「クロヴィスは恋愛したことないからね」

「そんなことはない。俺はアイツと結婚するつもりだったんだぞ」

「結婚する＝恋愛をした、にはならないんだよ。君達はまだ一度だって向き合ってないんだ。親が決めたから結婚する。恋も愛もそこにはない」

「ぬぅ……」

ずっと笑顔を向けてほしかった。しかし彼女を笑顔にさせるような話題は幼い頃から何一つ持ち合わせていなくて、いつも上から目線の命令ばかり。最初こそ睨み合って喧嘩をしていた二人の子供は、歳を重ねるごとに女だけが成長していった。

それでも、結婚していつかは王になり、子を作り、親になる。そして庭で駆け回る子供達を二人で眺めるというプランが頭の中にはちゃんとあった。先々が想像できるほどリリーへの想いは強かったのに、相手はそうではなかったことを知ったのは、婚約を破棄した瞬間だった。

その皮肉さに、クロヴィスは椅子の背に身体を預けて目を閉じた。

「今更こんなことを言っても仕方ないけど、君はもっと彼女のためにできることがあったはずだよ」

「そうだな」

「何ができた？」

試すように詳細を求めるセドリックに目を閉じたまま答える。

「視察に同行させ――」

「どうして同行させるの？　それ仕事だよね？」

「買い物をさせてやるんだ。女は買い物が好きだろう？」

「今まで彼女が欲しがった物ってある？」

「…………ない」

「そうだね。正解」

セドリックの目は厳しかった。笑っているはずなのに目を合わせるべきではないとクロヴィスに思わせるような、狩人にも見える目で顔を近付けてくる。それから逃れるように考え込むそぶりで顔をゆっくりと俯かせた。

「君が最もすべきだったことは、高価な宝石を与えることでも、最高級のドレスを仕立ててやることでもない。豪華な花束ぐらいは贈っても良かったかもしれないけど、一番簡単にできた、彼女が喜ぶことは、彼女の話を君が笑顔で聞いてあげることだったんだよ」

「話を、笑顔で……アイツは俺に自分のことを知ってほしかったのか？」

ハッとして口にした瞬間、オリオール兄弟が目の前で転んだ。

「違う違う違う！　お前がアイツに興味を示さなかったことが問題だったって言ってんだよ！」

「興味を示す？　俺が無関心だったと思うか？」

「ならアイツが一番好きな食いもんはなんだよ？」

「マカロンだ」

「ブーッ！　ブッブー！　ブッブッブッブッブー！」

「大人げないよ、フレデリック」

「だって堂々と間違えた」

「口、閉じるのと開きっぱなしになるのどっちがいい？」

子供のように唇を突き出して不正解を示すフレデリックにセドリックが笑顔を向ける。

腰に差している剣を少し抜いて鳴らすとフレデリックは唇を内側にしまい込み、口を閉じる選択をした。

その様子に満足げに頷いたセドリックが改めて向ける視線にクロヴィスはまた緊張する。

「マカロンも間違いじゃないよ。でもあの子が一番好きなのはカヌレなんだ」

「カヌレ？　昔は好きじゃなかったぞ」

「だから、今を知らなきゃダメってことだよ。君だって、昔好きだった物をこれ好きでしょ？　って今も好きなような言い方で持ってこられても困るだろう？」

「ああ」

「せっかく月に一度、お茶をする時間を設けてたんだから君の話じゃなくて彼女の話をすべきだったんだよ。離れてる時間の方が多いんだから、そこで彼女を知ることもできただろうし。そしたらきっとリリーちゃんだってもっと君に笑いかけたと思う」

幼少期から分刻みのスケジュールで生きてきたクロヴィスにとって月に一度、リリーとお茶をする時間は貴重だった。そこだけは何があろうと時間を割いて過ごした大事な思い出。

子供の頃はちゃんと目を合わせて話してくれていたはずが、いつからかつまらなそうに相槌《あいづち》を打つだけになったリリーに、何を話せばいいのかわからなくなっていた。自分がまともに話せるのは政治の話ぐらいで、それを饒舌《じょうぜつ》に語ったところで当然良い反応は返ってこなかった。それでもクロヴィスは毎月必ず予定を組むことはやめなかった。

月に一度のお茶会。目が合わずとも、まともな会話ができずとも、リリーと二人で過ごせる時間はそこにしかなかったから。

だからこそ、考えを改めなければならないと気付いたクロヴィスが呟く。

「カヌレか……。なら今度作らせよう」

「……そうじゃなくて」

「なんだ？」

訂正ばかりのセドリックについに眉を寄せると、返ってくるのはあからさまな苦笑い。

「彼女の家にもお抱えのシェフはいるし、好きな物はいつだって作ってもらえる環境が彼女にもある。お前の好きな物を作らせたぞって持っていっても君の気持ちは伝わらないし、君にはカヌレが好物だってことは言ってないのに知ってたらおかしいだろう」

「お前達から聞いたと言えばわかる」

当たり前のように言うと、セドリックはついに息を全て吐ききるような大きな溜息を吐いた。滅多に聞かない太い溜息。それにはフレデリックがビクッと大きく肩を揺らして反応した。これはヤバい。このセドリックはヤバい。過去に怒らせた記憶があまりにも鮮明に蘇《よみがえ》ったことで、フレデリックの全身に尋常ではない量の汗が流れ始める。

フレデリックが手を伸ばしてセドリックを抑えようとするより先に、セドリックの手がクロヴィスの胸倉を掴んで引き寄せた。

「いい加減その賢い頭で真剣に考えようか、クロヴィス」

「セド、リック……」

怒りの感情がない爽やか王子と呼ばれるセドリックの声には今間違いなく怒気が含まれており、いつもの爽やかさは消えていた。ドスの利《き》いた声を放つセドリックにクロヴィスの目が大きく見開かれ、瞬きを繰り返す。

「彼女の心を少しでも自分の方に向かせたいなら全身全霊を注ぐんだよ。自分の足を動かして彼女の家に行き、自分の頭を使って彼女が喜ぶことを考え、自分の口で自分の想いを伝える。それが君にできる全てだ」

「それだけか？」

ブチッと何かが切れる音がした。

「だーかーら……それだけが、できてないのは誰だって言ってんだろうがっ――」

「うわあああああ！　セドリック、そうだ！　エリザベスキャンベル号の様子を見に行こうぜ！　お前の白馬っていつ見ても綺麗だよな！　久しぶりに乗馬なんてどうだ？　な？　エリザベスキャンベル号もお前の顔見るとすげー喜ぶし！　な？　な？　会いに行ってやろうぜ！」

「離せフレデリック！　この馬鹿は一度ぶん殴るなりしてリセットしないとわからない！」

「おおお落ち着けって！　馬鹿を殴るのはリリーに任せようぜ！」

後ろからセドリックを羽交い締めにしたフレデリックは、そのまま兄を引きずって部屋から出ていった。

クロヴィスは久しぶりに見たセドリックの激怒に再び目を瞬かせるも深呼吸をして、スッと表情を戻した。

「自分の足で……」

セドリックの様子には驚いたが、言っていることは理解できた。セドリックに言われたことを頭の中で整理したクロヴィスは立ち上がって部屋を出ていった。

第八章

「あーもう部屋に閉じこもるのもうんざり！」

コンコンコンッ。

部屋で過ごしていたリリーの耳に届いたノックの音。アネットはさっき部屋を出ていったばかりだし、もし何かあったとしても窓をノックしたりはしない。というかできるはずがない。リリーの部屋は二階なのだから。

なら一人しかいない。

コンコンコンコンッ。コンコンコンッ。

続くノックの音に苛立ちながら振り向くと、顔を見たくもない男が窓越しにこちらを覗いていた。

「クロヴィス……」

　これがクロヴィスでなければ即通報しているが、相手が王子ともなれば誰も手出しはできない。せいぜい「危ないですから下りてきてください」と言うぐらいだろう。そして通報などという大袈裟な行為に走った自分が批判されることは容易に想像がつく。

「開けろ」

　開けてくれという頼み方ならまだしも、命令。ニッコリ笑ったリリーは、今ここに父親がいないのをいいことに、王子に向かって舌を出した。

「リリー、開けろ」

「これからお買い物に行くの」

「謹慎中だろう」

「もう退学も同然だからいいの」

「出かけるなら馬車を出してやる」

「うちのを出すから結構よ」

「だったら開けろ」

　最終的に告げられるのは最初と同じ要求。リリーの苛立ちは順調につのっており、口元にはたっぷりの笑みを浮かべながらも目は段々と冷めたものに変わっていく。だから思わせぶりに窓をほんの少し開けてから、すぐ閉めた。相手に聞こえるよう乱暴に鍵もかける。

「全開にしろ。俺が入れないだろう」

「わかっていないようだから教えてあげるけど、入れたくないの」

「なぜだ？」

「私があなたを嫌いだから！」

「……それはわかっているが、まず開けろ」

（ああ、神様。目の前の男に暴力を振るうことが一度だけ許されるのであれば全力で殴らせていただきます。どうか、一度だけそのチャンスをお与えください）

リリーは心から願った。

「普通は婚約を破棄した相手の家には来ないでしょ。新しい女と四六時中一緒にいて、それを私に見せつけるような行動をとるの。こっちが嫉妬して腹を立てるぐらいにね」

「俺はお前と話がしたくてここまで来た」

「婚約破棄する前にそうしてくれたらよかったんだけどね」

「だから撤回すると言っているのにお前が受けようとしないんじゃないか。それにお前の父親は喜んでいたぞ」

「私の人生は──……」

私のもの。そう言いかけて口を閉じた。自分の人生が自分だけのものと言える令嬢はいない。いつの世も貴族令嬢は家のために結婚するのだ。相手が醜悪か眉目秀麗《びもくしゅうれい》かなど関係ない。大事なのは地位と金。それを実家に与えることこそ親孝行だと言われている。

リリーの相手はこの国の次期国王である王子。結婚相手にはこれ以上望むことなどありはしない。リリーもそう思う。

問題は彼の性格。王妃となる者がそんなこと望むべきではない。令嬢が結婚に愛を求めるなど失笑もの。でも欲しいのは愛ではなく優しさ。それだけなのにクロヴィスにそれを求めるのは不可能にも近かった。だから諦めていたというのに、今になってこうして話をしようとする。

それに対する感情は苛立ちというよりも切なさに近くて、思わず俯いた。

「……私、エステル様に紅茶をかけたの」

「ん？」

「私はエステル様に紅茶をかけた」

「ん？　聞こえん」

「だーかーらー！」

「ここを開けろ。会話ができん」

さっきまで普通に話していたのに急にそんなことを言い始めるクロヴィスに、そうきたかと思わず感心してしまった。

会話がしたいわけではないリリーからすると、クロヴィスと会話できなくなることは不幸でもなんでもないが、いつまでもそこにいられては迷惑というもの。諦め悪いクロヴィスなら開けるまで窓を叩き続けるかもしれない。

仕方ないと眉を下げて口元に小さな微笑みを浮かべて鍵を開け、窓の取手に手をかけた。

「ッ！」

「あら、ごめんなさい。少し力が入りすぎたみたい。人の顔を狙うのが得意でホント嫌になっちゃう」

力任せに窓を開け、近付いていたクロヴィスの顔に思いきり当ててやった。痛みに顔を押さえる姿に、リリーはざまあみろと言わんばかりに鼻を鳴らしてから、廊下に出てアネットを呼ぶ。

「お呼びですか？」

「またクロヴィスのお馬鹿さんが来たから、お茶の用意してくれる？　クロヴィスには泥水でいいから」

「かしこまりました」

　小走りでやってきたアネットはリリーの言葉を注意することはせず、本当に泥水を用意しかねない表情で頭を下げてお茶の準備をしに行った。

　王子殿下にそんなことをする人間はいないだろうが、アネットは時々何をしでかすかわからない部分がある。自分が言い出したことではあるが、少し不安になる。

「ふう……さ、クロヴィス、お茶飲んだら帰っ――キャアアアッ！」

　少し相手をしてやれば気が済むだろう。溜息を吐いて振り向くと、すぐ背後にクロヴィスがいた。それに驚いてリリーの口から悲鳴が飛び出す。

「驚きすぎだ」

「近すぎるのよ！」

　知らぬ間に密着するほど近くにいた相手に驚かない人間がいるかと胸を押さえながらクロヴィスの胸を押し返した。椅子を指差して座れと促す。

　クロヴィスが椅子に向かう間に開けっぱなしだった窓をそっと閉め、アネットがお茶を運んでくるまで距離を保とうと、リリーは部屋の中央に立った。

「それで、なんの用？　エステル様のために謝罪を求めに来たのなら、返事はノーよ」

「返事はしたのか？」

「何？」

「ユリアス王子から婚約者候補として申し込みがあったんだろう？　その返事だ」

エステルへの謝罪の話だと思っていたリリーには拍子抜けな話だった。クロヴィスが気にしていたのはリリーがエステルに謝らないことではなく、ユリアスからの申し込みにどう反応したのかということ。

呆れた表情を浮かべたものの、次の瞬間ピンッと閃《ひらめ》いたリリーはクロヴィスの向かいの椅子に腰かけた。

「ええ、そのつもり。あなたには見限られたと思ってるお父様もユリアス王子に媚《こ》びまくれと言っていたし、先のパーティーは大成功だったと思ってるわ」

「隣国の人間だ」

「だから？」

「生まれ育った国で嫁《とつ》ぐのが常識だ」

「どこの？　クロヴィス王国？」

「貴族のだ」

リリーは「はあ？」としか言葉が出てこなかった。それらのクロヴィスへの態度は到底学園の生徒に見せられるものではない。しかし今はここに二人きり。口調を崩そうと暴言を吐こうと、クロヴィスが許せばそれでいいこの空間を、リリーは満喫することにした。

「俺が婚約破棄を撤回することは国王も望んでいる」

「だったらさっさとすれば？　するするって言うばかりでしないから、てっきりする気ないんだと思ってた。口先だけだものね、あなた」

「口が悪いぞ」

「事実でしょ。こうして喋《しゃべ》ってるけど私はあなたを許してない。大勢の前で婚約破棄されて恥をかかされた。それだけじゃない。その場にあなたは爵位も持たない貴族でもない女を同行させてた。その相手にあなたが常識もぶっ飛ぶぐらい惚れて、その熱で脳みそ溶けたって言うならあの無礼も許したわ。でも違う。あなたは彼女に惚れてさえない。それなのに一方的に婚約破棄して、また一方的に撤回しようとしてる」

反論しないクロヴィスはいつもの感情のない表情でリリーの瞳を見つめている。一瞬も外さず、真っ直ぐ見つめて訴えてくるその瞳を捉え続ける。

「あなたはいつもそう。他人になんてこれっぽっちも興味がなくて自分が話したいことだけ話すの。私の笑顔が見たかったなら私が好きな話題を話す努力をすべきだったのよ」

「わからなかったんだ、何を言えば笑ってくれるのか」

正直に告げるクロヴィスにリリーが浮かべるのは苦笑か嘲笑《ちょうしょう》か。首を振って少し俯かせる。

「ほらね、努力しない。わからないから放棄して、私が興味ないって知ってる政治の話をし続けた。あなたのそういうところが大嫌い」

少し不満を言ってやるだけのつもりが、一つ言い出すと二つ三つと溢れ、止まらなかった。クロヴィスの身勝手さを近くで見続け、感じ続けていたからこそ、クロヴィスの撤回を受け入れる気にはなれない。

だが、せっかく二人なのだからと一つ疑問をぶつけることにした。

「あなたにとってエステル様はどういう存在なの？」

「なぜそんなことを聞くんだ？」

「だって常に連れ歩いてるじゃない。婚約破棄の場にもいたのよ。そんなところに同行させる理由ぐらい、破棄された側の人間として聞く権利あると思わない？」

クロヴィスの目が右に左にと動き、考え込むように暫《しば》く黙った後、リリーの目を見て言い放った。

「なぜだろうな」

とぼけるような性格ではないし、嘘をつくこともしない。だからこそ何を言ってるんだという表情をクロヴィスに向ける。

「エステル様はきっと——」

「エステルのことはお前には関係ない。それより——」

悪いことを言おうとしたわけではない。もしクロヴィスがエステルをなんとも思っていないのであれば、ハッキリ言った方がいいとアドバイスしようと思っただけ。きっと期待していることがあるからと。それを突き放すような言葉で遮《さえぎ》ったクロヴィスに、開けた口でハッと吹き出すように息を吐き、数回頷いた。

「関係ない、ね。結局それ。いつもそれ。私がちょっと踏み込んだらそれ。私がなんで質問したかなんてあなたにはどうでもいいことなんでしょうね」

「そうじゃない」

「別にいい」

何度心を冷めさせれば気が済むのだろう。何度か思い直そうとしたこともあった。でもその度にその思いは打ち砕かれる。

「あなたのそういう物言いが嫌いだし、自分のことしか考えない性格も嫌い。私を追いかけるくせに私のことを知ろうとしないところも嫌い。あなたと会わなければならない時間が嫌だったし、次に会う約束をするのも嫌だった。横柄な態度も、自分が絶対正しいって勘違いも、全てが独りよがりなところも全部大嫌い！」

声を荒らげたリリーにクロヴィスは何も返さなかった。リリーを見つめ黙っている。

その時、ノックが沈黙を破り、アネットが中に入ってきた。

「お茶をお持ちしました」

手際良くセッティングされるサンドイッチ、スコーンにケーキ。クロヴィスがいなければどんなに優雅なティータイムだったろうと静かにそれらを眺める。

「ありがとう」

クロヴィスはそう礼を言ったが、言われたアネットは一度も目を合わさず頭を下げて出ていった。

「飲んだら帰って」

カップに口をつける前に告げた言葉にも返事はなかった。

暫《しばら》く静かに紅茶を飲む時間が続き、カップを置いたクロヴィスが口を開く。

「……お前は今でもローズティーが好きなんだな」

「ええ」

「今一番好きなものはなんだ？」

「なんでしょうね」

今更になって知ろうとする態度にリリーはそっけない返事をし続けた。向き合おうとするこの言動が今だけのものだと知っているから。

言われたからやる。言われるまでやらない。言われなければ、そうしないといけないことにも気付かないのだから。

「教えてくれ」

答えろ、と命令ではなく頼む形をとった相手にリリーは驚いた。いつだって命令することしかできない男だ。それが、女の好きな物を知るために言葉を変えるなど頭を打ったとしか思えず、リリーは思わずクロヴィスの顔を覗き込んだ。

「どこかで転んだの？」

「いや」

「じゃあ熱でもある？」

「いや」

「疲れすぎてる？」

「いや」

自覚がないだけかもしれないと、クロヴィスの額に手を当てて熱の有無を確認したが熱はない。そのまま手を滑らせ頭を撫でてコブがないか確認しても見当たらない。顔を近付けて目の充血や肌荒れを確認するもそれもない。

「お前に触れられたのは初めてだな」

「あ……」

クロヴィスの言う通り、あれこれ触ったり顔を近付けたのは初めてだ。小さくはにかんでいるように見えた表情にリリーはパッと手を離した。

何をしているんだと自分の頬を叩いたリリーはゴホンと咳払いをして座り直す。

「カヌレが好き」

「そうか」

クロヴィス・ギー・モンフォールのはにかみなど一生見る機会はないと思っていただけに、見れてしまったことで気が緩んだリリーが答えるも返ってくる言葉は相変わらずで、こんなもんだと紅茶に視線を落とすリリーの耳が聞いたのは、静寂の中に存在する風の音ではなくクロヴィスの声に思わず顔が上がる。

「王妃がお前のためにブランシュを取り寄せたと言っていた」

「……そう。お礼を言っておいて」

「王妃はお前を気に入っている。娘になる女はお前以外考えられないと」

「そう……。謝っておいてね」

「今回のことは全て俺に非が――」

「クロヴィス」

非がある。完璧主義のクロヴィスが己に非があると認める日がくるなどリリーの方が信じられない。それほどまでに彼は婚約破棄を後悔し、撤回したいと望んでいるのだと今までにないくらい明確に伝わってくる。それは後がないリリーにとって喜ぶべきことなのかもしれない。知らない男と結婚させられるよりはマシだと割り切ればいいと、そう言い聞かせて受け取ればいいのかもしれない。

でもリリーはそれを拒んだ。変わるかもしれないというチャンスを与えるには失望しすぎているのだ。

「私達はもう戻れない。あなたが全てを壊したの」

「……そうだな……」

「もしあなたが婚約破棄を撤回して私がそれに従うしかなかったとしても、私はあなたを愛さない」

ここまで言うつもりはなかったのに、つい言ってしまった。

リリーの言葉を受けて、紅茶の中に映る自分を見つめていたクロヴィスがゆっくり身体を前に出す。

「なに？」

無言でリリーの皿にマカロンを一つ、スコーンを一つ載せるクロヴィスを不審者でも見るような目を見ていると更にクリームまで追加された。

「俺の話を聞いているお前は大層つまらないという顔をしていたが、スイーツを食べている時間だけはそれも和らいでいた」

「だから？」

「俺の話でそういう顔をさせたかった」

狙ってしているのかと疑いたくなるほどしおらしくなったクロヴィスに、リリーは追撃はしなかった。鼻で笑うことも嫌味を返すこともなく、皿に置かれたマカロンを静かに頬張る。

「——エステルについては……あれだ。救済枠の人間の面倒は主席の者が見ると決まっているんだ」

嫌いだと言われたのがよほどショックだったのか、クロヴィスは関係ないと答えた話を蒸し返してポツリとこぼした。

「……どうして最初からそう言わなかったの？」

想像すればわかる理由ではある。でもなぜわざわざ突き放したような言い方をするのかがわからなかった。

「わざわざ言う必要があったか？　お前ならわかっていると思っていた」

「じゃあわざわざ突き放したような言い方しなくてもいいじゃない。お前には関係ないなんて言われたら――」

「お前を知るために話をしているのにエステルの話をする必要はないだろう。お前と会っている時に話したところで聞き流したんじゃないか？」

「それは……そうね」

何も知らないくせにと言えないほど図星をついてくるクロヴィスにリリーは苦笑する。

オリオール兄弟やエステル、リアーヌも生徒もいない二人きりの空間で、ちゃんと向かい合って話す時間の中で二人は理解しつつあった。相手ばかり責めるのは間違っている。本当は自分も悪いのだと。関係性に胡坐《あぐら》をかいて絆を深める努力だけ怠ったこと。

一人は後悔し、一人は後悔こそないものの反省はあった。

二人にとってはその自覚も今更だが……

「今日は帰る」

「もう会わないから今日は、じゃない。これで最後だ、さようなら。でしょ」

「また来る」

自分のことしか考えていないと詰《なじ》った矢先にこれなのだから、一度しおらしい態度を見せられたぐらいでリリーが絆《ほだ》されるわけもなかった。

「そういうとこよ、クロヴィス」

「ああ……」

「自分勝手でしつこい男は大嫌いよ」

「わかった」

きっと本当に理解できてはいないだろう。自分勝手が何か、どの言動のことを言っているのか一晩寝ずに考えても気付けないはずだ。それでも彼は部屋に入ってからは一度も「なぜだ?」と言わなかった。話を聞き、言葉を返し、非を認めようとした。もっと前にそんな時間を過ごせていたらどんなによかっただろう。

終わった関係にそんなことを考えるのは無意味だと、かぶりを振って考えるのをやめた。

「……ホント、馬鹿」

窓から身軽に飛び下りたクロヴィスが、下で待たせていた馬に乗って帰るのを見つめながらリリーは小さく微笑んでいた。

「……ねぇ、ここで何やってるの？　何食べてるの？」

「サンドイッチ」

「見ればわかる」

「これはブリオッシュで作ったサンドイッチだ」

「知ってる。私のサンドイッチだもの」

クロヴィスの急襲を受けた翌日。

ランチのために手を洗いに出て部屋に戻ったリリーの目に飛び込んできたのは、椅子に腰かけてブリオッシュサンドを頬張るフレデリック・オリオールの姿だった。

長い脚を組んで片手を挙げる姿はまるで自宅でリリーを迎えているかのような寛《くつろ》ぎようで、背が高い分、様になっているのがまた癪《しゃく》に障《さわ》る。

「お前んとこのシェフ、最高だな。絶品だわ」

「知ってる」

「うちに来ねぇかな」

「うちより良い待遇ができるなら引き抜けば？」

「ここに食いに来る方が利口だな」

利口な選択をしたフレデリックにリリーは笑顔を貼り付けて向かい側に腰かけた。

「ねえ、私の退学届が受理されないのってクロヴィスのせい？」

「おかげって言えよ」

「お父様がいつまでかかってるんだって怒ってるんだもの。受理してもらった方が楽よ」

父親が退学届を出したのはもう一ヵ月も前のこと。エステルがリリーに紅茶をかけられたと大騒ぎした日のすぐ後だ。それなのに受理したという知らせは一向に届かず、父親は毎日「まだか」と使用人に聞き続け、さすがに使用人もうんざりしているのが見てとれた。

リリーは学長の前で問題発言をした。否定もせずにあのように言ったのでは誰もエステルが嘘をついているとは思わないし、リリーがカッとなってしたことだと信じただろう。

それなら受理に日数は必要ないはずなのに一ヵ月が経ってもまだ受理されていないのはおかしいと思うが、その理由がなぜなのか、容易に想像もついた。

「学園に行けないいんじゃあ、お前の悪役令嬢の夢も潰《つい》えたな」

「ッ!?　そうだ……そうだわ……！」

「おいおい、ボケるにはまだ早いだろ」

何も考えていなかった。学園に行かなくなってもパーティーには出席させられて、そこで必ずエステルと小競り合いをしていたから気にしていなかった。

学園に行かなければエステルに会う機会は減り、悪役令嬢らしい展開は作れないのだ。

退学届が受理されてしまえば即日にでもどこかの貴族と婚約させられて、また品行方正に過ごすだけの日々に戻ってしまう。

事の重大さにようやく気付いたリリーは自分の愚かさに頭を抱えた。

「ど、どうしよう！」

「クロヴィスに頼めば一発だぞ」

「……それは……」

「悪役令嬢になる夢を終わらせるのと、自身のプライドへし折るのと、どっちが簡単だ？」

フレデリックが挙げた選択肢にリリーは唇を噛む。

散々大嫌いだと言った相手に今更頭を下げてお願いをするのはリリーのプライドが邪魔をする。しかし、そのプライドのせいで悪役令嬢になる夢を諦めたくはない。

……答えは決まっていた。

「でも今は忙しいんでしょ？」

「お前のためなら睡眠時間を削ってでも時間を空けるだろうよ」

有難迷惑な話だ。自分は元婚約者であって婚約者ではない。クロヴィス・ギー・モンフォールは溺愛主義ではないのに一人の女のためなら時間を作る、ましてやその女が自分であろうとは。鳥肌が立つ。

「はあ……」

大きな溜息を吐くリリーの頭を撫でるフレデリックの手は優しい。

「ちゃんと頭を下げられたら後でまた頭撫でてやる」

「子供じゃないのよ」

子供扱いする相手の手をゆっくり払うと、穏やかな笑顔が返ってくる。子供の頃からずっとこうして笑顔で傍にいてくれたフレデリックが今もこうして自分の背中を押してくれることにリリーは深く感謝していた。

「腹が減っては戦はできぬ。分けてやるから腹いっぱい食え」

「だからそれ私の昼食だってば」

あれだけ相手を拒否する言葉を並べ立てた身でありながら、のこのこ相手の前に姿を見せて頭を下げなければならない状況に追い込まれていることは辛いが、今はなりふり構っていられない。

とにかく今は一刻も早く学園に戻らねばと頭を下げる決意をして、差し出されたサンドイッチにかぶりついた。

　フレデリックに諭《さと》された翌日。執務室のドアの前で呼吸を整えたリリーは大きく息を吐き出した後、ゆっくりとドアを三回ノックした。

「クロヴィス、ちょっといい？」

「ああ」

　自分から赴《おもむ》くことなど二度とないと思っていた場所に足を踏み入れるのは顔が歪《ゆが》むほど嫌だが、自分の夢のため。これは他でもない自分が望み、叶えたいこと。その成功には他でもないクロヴィス・ギー・モンフォールの力が必要なのだ。

「何用だ？」

　追いかけている相手への態度とは思えないほど冷静で素っ気なささえ感じる言い方にリリーが眉を寄せる。

　昨日の表情はなんだったんだと思うほど嬉しそうな顔一つ見せないクロヴィスが今この瞬間、一体何を考えているのかわからない。

　それはリリー自身の気持ちについても同じ。クロヴィスが、小さくではあったがはにかんだ時、リリーの心には驚きもあったが嬉しさもあったのだ。そんな顔もできるのかという新しい発見が不思議と嬉しかった。でも今はふりだしに戻ってしまった感じ。

「あなたが止めてる退学届、返してほしいの」

手を出すリリーに仕事の書類にサインをしているクロヴィスの筆が止まる。

「辞めろと言われてるんじゃなかったか？」

「ええ、お父様にはせっつかれてる。クロヴィス王子は諦めてユリアス王子に媚《こ》びまくれっていうのもね」

「従わないのか？」

「従ってほしいわけ？」

「お前の意見を聞いている」

自分こそが世界の中心であり、最も正しいと思っているクロヴィスは、人の言葉に乗ってこない。小説で見かけるような「そ、そうじゃない」という焦りもない。相手の出方を見て自分の出方を考えるクロヴィスとの対話は、リリーには厄介なものでしかなかった。

「従うつもりはない。私は私でやることがあるの」

「なんだ？」

「それはあなたには関係ないことよ」

クロヴィスの眉がピクリと動いた。心当たりがある言葉だろう。理由を聞いて関係ないと言われることがどれほど傷つき、腹の立つことか知ればいいと思った。

「お前が退学せずに済むよう止めている俺には知る権利があると思うが？」

「あなたにその権利があろうと、個人的な理由をあなたに教える義務はない」

「可愛げのない言い方だな」

「今更じゃない」

退学届はクロヴィスにとってキーアイテムの一つ。リリーを繋ぎ止めておくためには必要なものだ。学長から預かり、それをどうするかは自分次第という状況。

リリーは必ず取り戻しに来る。それはクロヴィスにとって確信でもあり希望でもあった。

実際リリーはこうして退学届を取りに来ている。それなのに強気に出るリリーの行動理由を勝手に想像してはクロヴィスの機嫌が悪くなる。

「無事に学園を卒業した淑女としてユリアス王子と結婚したいのか？」

「あなたの知るリリー・アルマリア・ブリエンヌがそういう女なら、そうなんでしょうね」

クロヴィスが口を閉じる。クロヴィスはリリーが言った『個人的な理由』に〝結婚〟が入らないことはわかっているはずだ。婚約者がいること、卒業後は結婚すること、どれも一度だって喜んだことはなかった。

そんなリリーが学園を辞めたくない理由に結婚を使うわけがない。

「今になって退学したくないなんて言い出したことをあなたが疑問に思うのはわかるわ。でも、わかってくれる？　色々あって自暴自棄になってたの。冷静に考えれば、退学を受け入れるなんて間違ってる。利益しか考えていないお父様に従うより、自分が進みたい道を選ぶべきだってね」

「父親に逆らうと？」

「もう散々逆らってる。今更逆らうことが一つ二つ増えたってどうってことない」

ふむ、と腕を組んで真っ直ぐにリリーを見つめるクロヴィス。透視でもされているような感覚に襲われながらも、リリーは一瞬たりとも目を逸らさなかった。

自分の道は自分で決めると決めた。まだ始まったばかりの悪役令嬢をこんなところで終わらせてなるものかと縋《すが》りつくことにした。

「返却しても構わない」

（嫌な予感がする……）

「が、条件がある」

（やっぱり……！）

「私が出した退学届を返してもらうのに、どうしてあなたが条件を突き付けてくるわけ？」

「俺の行動一つでお前の退学が決まるんだぞ。いいのか？」

リリーは基本的に誰に脅されようとかかってこいというタイプだが、今回の脅しはかなり有効だった。ぐっと唇を噛みしめる。

今は『好きにしなさいよ』と怒って出ていくことはできない。退学しないために来たくもない部屋を訪れて頭を下げるつもりでいるリリーにとって、一時の感情でそれらを台無しにするわけにはいかない。眉を寄せながら目を閉じて、リリーはゆっくり息を吐き出した。

「賢いあなたはこれをわかって言ってると思うけど、あなたがそんなことを口にする度に、私はどんどんあなたを嫌いになっていく」

「俺達は互いにもっとわかり合うべきだ。そうだろう？」

「いいえ」

「なぜだ？」

「その賢い頭で考えたらわかるんじゃない？」

「返してほしくないと？」

状況は完全にクロヴィスに有利で、全てクロヴィスの手の中にある。退学の諾否《だくひ》はクロヴィスの機嫌一つで決まり、リリーが夢を叶えるためにはクロヴィスが出す条件を受け入れるしかない。

しかし、リリーはクロヴィスが出そうとしている条件がなんなのかわかっているだけに受け入れる言葉を口にできない。

「クロヴィス、お願い。返して」

「お前が条件を呑めば返す」

「婚約破棄の撤回は受け入れない」

「その意地は退学届と引き換えにするほど大事か?」

当たってしまった返却条件に頭を抱えたくなったリリーは救いのないこの状況を一人嘆いていた。

このまま婚約破棄の撤回を受け入れてしまえば、束の間と思っていた悪役令嬢を演じられるその時間さえ失われることになる。かといって断っても父親による強硬手段によって結婚させられても結局は同じこと。

見事な八方塞《ふさ》がりに、このままどこか異世界へ飛んでしまいたい気持ちに駆られながらもリリーは思った。クロヴィスが告げる条件は明日、この学園に隕石が激突する可能性と同じぐらいの数字で婚約破棄の撤回を受け入れることではないかもしれないと。

まだ本人から直接聞いたわけではない。あれは曖昧《あいまい》な答えだ。だから聞いてみよう。

その希望が霞を食べて満腹になろうとするほど無駄なことだとしても。

「――とりあえずあなたの条件を聞くわ」

もしもの時は助け舟を、と近くにいるオリオール兄弟に駄目元で視線を向けてみるが左右に首を振られるだけ。

味方のいないヒロインなんていない。だからこの状況にいる自分はヒロインではなく孤独な悪役令嬢なのだ。そう自分に言い聞かせることで、リリーは自分の心を救っていた。

「婚約破棄の撤回を受け入れろ」

膝から崩れ落ちそうになるのを堪《こら》えたリリーは悟った。婚約破棄の撤回の撤回はもう諦めるしかないのだと。

それでもリリーはあの時のように笑顔で二つ返事はできず、不貞腐れた顔で言い放った。

「受け入れてほしい、でしょ？」

「……受け入れてほしい」

立場が下なのは自分の方だとわかっている。それでも婚約破棄の撤回は相手が望んでいることであって自分の望みではない以上、強く出ておきたい。

渋々さは垣間見えたもののクロヴィスが拒絶せず素直に従ったのは、そこまでして婚約破棄を撤回したいからか。リリーはまた困惑していた。

「そこまでこだわる理由は……、やっぱりいい」

どうせまた同じことを言われるに決まっている。

「一つ聞いてもいい？」

「撤回しないで済む方法ならないぞ」

「今すぐ舌打ちしてやりたいけど、違う」

「なんだ？」

「エステル様はどうするの？」

リリーの問いかけに、クロヴィスは至極不思議そうな顔をする。その反応にリリーも同じような表情になる。

なぜ「どうしようか」という迷いではなく「なんのことだ？」とでも言いたげな表情を浮かべているのか、リリーの方が不思議だった。

「エステル様は悲しむと思うわ」

「だからなんだと言うんだ？」

今回、渋々といえど婚約破棄を撤回、すなわち再び婚約するのだから、エステルが動揺しないはずがない。救済枠の面倒は主席が見ることになっているからそうしているだけだとクロヴィスは言った。エステルがそれを知ってか知らずか、どちらにせよ彼女は王子の婚約者としてのポジションを狙っている。

今の二人の現状を面白くないと思っているのは、リリーよりもエステルだろう。口だけで終わっていたことが現実になったことを知れば、何か仕掛けてくるのは間違いない。紅茶事件のことでリリーは大勢の生徒から嫌われた。救済枠の優秀者を貧民と見下し、紅茶までかけた女を再度婚約者として迎えると決めたクロヴィスに失望する者も現れるはず。

「婚約破棄の撤回を宣言したら皆驚くでしょうね」

「婚約破棄は俺の過《あやま》ちだったと説明するつもりだ。心配するな」

「心配はしてない。私が受け入れたことに驚くって言ってるの」

「お前は婚約破棄を受け入れたことを後悔していた。俺は婚約破棄したことを後悔していた。互いに気持ちは同じだったと思われる程度だろう。そう気にすることはない。失って初めてわかることもあると残した先人の言葉を借りればそういうことだ」

リリーは頭の中で、クロヴィスの頬に渾身《こんしん》の力で拳《こぶし》をめり込ませる想像をしていた。

自分の後悔に勝手に人を巻き込んで一括《ひとくく》りにされるのは心外だと目で抗議するも、珍しく微笑みを携えているクロヴィスを見るとわざわざ嫌味を言う気も失せる。

婚約破棄を受けたことで束の間の自由を手に入れたリリーにとって、あの判断は間違いではなかった。あくまでもお遊び程度にしか演じられなかったのは自分の責任。憧れだった悪役令嬢と同じポジションに立った瞬間を味わえただけでも良しとすべきなのかもしれないと、そう遠くない終わりに気持ちの締めくくりが始まる。

だが、まだ完全にチャンスが失われたわけではないと希望を捨ててはいなかった。

この撤回はあくまでも破棄同様にクロヴィスの独断。一国の王子が破棄だ破棄の撤回だと軽々しく口にすることを両陛下が許すかどうか。許さなければクロヴィスがどう足掻《あが》こうとそれでおしまい。父親が強硬手段に出るそのほんの少しの間、まだもう少し憧れを追いかけられるチャンスはある。

あくまでも二人がクロヴィスに話すのは親としての思いであり、この国を代表する者としてではない。最終決定を下すのは両陛下なのだ。

舌打ちの代わりに盛大に眉を寄せて見せるも、クロヴィスは気にせず話を続けた。

「そう心配せずとも皆が祝ってくれる」

「皆って誰？　セドリック？」

「生徒達だ」

「ザワつきを祝福の声と捉えられるなら、そう思うのは簡単でしょうね」

「素直に受け取れ」

受け取れるならそうしている。婚約破棄は受け入れられても、婚約破棄の撤回を受け入れることなどないと思っていたのに、現実になってしまった。

退学を重く捉えていなかった自分が憎い。

少し考えればわかることなのに、色々なことが起こりすぎて冷静さを欠いてしまったせいで、こんなことになってしまった。

クロヴィスに弱味を握られた自分が馬鹿なのだと目を閉じ、一度深呼吸をしてから目を開いて再び手を差し出した。

――何を勘違いしたのか手を握ってきたクロヴィスの手を払う。そうしてやっと渡されたのは、退学届ではなく真っ白な紙。

「何よこれ」

「誓約書だ」

「疑うわけ？」

「お前は馬鹿ではない。必ず抜け道を探そうとするだろう？」

（チッ、バレてたか）

クロヴィス・ギー・モンフォールという男にズルは通用しない。

キャッキャとはしゃぐだけの女であればクロヴィスも一筆書かせるような真似はしなかったろうが、相手がリリーである以上は必要不可欠だと考えた。

「つまりは私を信用してないのね？」

「リリー、取引には書類が必要だ。口約束だけで成立させるなど不可能だろう」

「信用してないからでしょう？」

「俺も人生を賭けているからな」

我の強さ、賢さ、味方、身分。リリーはクロヴィスなどいなくても生きていくのにじゅうぶんすぎるものを持っている。そんな相手がたかが退学届のために大人しく条件を呑み続けるとは思っていないようだ。

クロヴィスを口で負かそうとしても無理だと諦め、言われた通りに一文を書いた。

【リリー・アルマリア・ブリエンヌはクロヴィス・ギー・モンフォールの婚約破棄撤回を許諾し、再婚約に同意する】

シンプルすぎるが明確な一文とサインを確認すると、クロヴィスはセドリックとフレデリックを呼んだ。リリーのサインの下にはクロヴィスだけでなく二人のサインも追加され、これで内容を書き換えたものを用意することはできなくなってしまった。

クロヴィスはいつだって相手が考える一歩先を歩いている。それでも今は普段の会議の時のような無表情ではなく、小さな笑みを滲《にじ》ませている。

クロヴィスの人生に楽しいことなど何一つないのだろうと思っているリリーにとって、どんな笑みであろうと彼の笑みは貴重なもの。勝ち誇った笑みに見えなくもないが、幼い頃に見た彼の満足げな笑顔。まだ仲が良かった頃の懐かしい思い出に、妙に腹立たしく感じる彼の行動にも何も言わなかった。

「これでお前と俺は婚約者に戻ったな」

「こんな回りくどいことさせないで、さっさと撤回すれば良かったじゃない」

「お前の同意が欲しかった」

「脅した上でもらった同意でも嬉しい？」

「戻りたかったからな、俺は」

「あなたは、ね」

自分は違うと強調するリリーを見つめながら誓約書の上に手を置く姿は、まるで神父が神に誓うように聖書に手を置くのと似ていた。今更何を誓おうというのかと期待のない瞳を返していると、真剣な表情でクロヴィスが言った。

「約束する。過《あやま》ちは繰り返さん」

「どうだか」

この真面目すぎる男が嘘をつくとは思っていない。きっともう彼の口から婚約破棄という言葉は出てこないだろう。自ら口にした『互いにわかり合うべき』の言葉には驚いたが、それもきっと本音。リリーと同じか、リリーより先か——彼はちゃんと気づき、過《あやま》ちと認めた。

自分達にとって正しい道はどれか、小石のようにそこら辺に答えが落ちていれば楽なのに。

撤回しようと思えば勝手にできたはずなのに同意を待っていたなんて呆れてしまうが、これも彼なりの気遣いの一つかもしれない。リリーは苦しいながらにそう前向きに考えることにした。

「嬉しいか？」

「嬉しいのはあなたでしょ？」

「ああ、俺は嬉しい」

その素直さを不気味に思いながらも、その子供のような笑顔に、リリーも小さくも笑顔を返した。

エピローグ

クロヴィスの行動は速かった。リリーが訪ねていった翌日には、早速パーティーが開かれることとなった。まるで以前から準備をしていたかのようだ。

そこで、二人の婚約破棄の撤回が宣言されることとなった。

「皆も知っての通り、私は一度、彼女に婚約破棄を言い渡している。それは私のワガママによる一方的な婚約破棄で、彼女を傷つけ、恥をかかせることになってしまった。しかし、彼女と離れて気付いたのだ。彼女ほど私を理解し、愛してくれる者はいないと。私はここで自らの過去の愚かな過《あやま》ちを認め、彼女に謝罪すると共に、婚約破棄の撤回を宣言する」

盛大な拍手などあるはずがない。

非のない相手へ一方的に行われた婚約破棄。それを笑顔で受け入れた公爵令嬢。

それだけでもじゅうぶんおかしな光景だったのに、今度はそれを撤回だなんて。

婚約破棄されておかしくなったと噂が立つほど様子の変わった元婚約者と再婚約しよ

うと考えるクロヴィスの神経もどうかしていると、皆困惑していた。

「皆の困惑はよくわかる。愚息の愚行で愛する女性を傷つけ、悲しませた罪は重い。しかし、今回は若さ故の愚かな過《あやま》ちだったと寛大な心で受け入れてやってほしい」

ジュラルドの言葉に皆が隣の者と顔を見合わせひそひそと小声を交わしたが、一人が拍手をすればその隣の者が、またその隣の者がと拍手は繋がって次第に大きくなっていく。

あっという間に会場に響き渡るほど大きくなった拍手に、リリーとクロヴィスは笑い合った。

「リリー様、本当に美しいですわ！」

「そのドレス、とてもよくお似合いです！」

「またそのお姿が見られるなんて感激です！」

いつものメンバーが駆け寄ってきて大袈裟なほどドレス姿を褒めてくれる。

オレリアが贈ってくれたドレス。クロヴィスの誕生祭の時は着られなかった大事なドレスを、もう一度着ることができて嬉しいのはリリーも同じ。

ホールに出る前、オレリアが感極まったように何度も嬉しいと口にしては、次第に溢れだした涙もそのままに、子供のように泣いてジュラルドに抱きついていた。

「お騒がせしてごめんなさい。私が彼に冷たくしすぎたのが原因だったみたい。夫を支えるべきなのに、支えるどころか向き合おうともしなかったなんて呆れられて当然ですよね。これからは誠心誠意彼に寄り添っていきますので、お力添えお願いしますね」

リリーの言葉に皆が「自分が手伝えることなんてない！」と恐縮した。それでも二人がセットでいるのが好きだったと言ってくれる者が多く、意外にも見守ってくれていたのだとリリーは少し嬉しくなった。

「フレデリック、お化粧を直してくるわ」

「ついていくか？」

「子供じゃないんだから迷子にはならないわよ」

「鈴、鳴らせ」

「家に置いてきた」

子供の頃はいつも鈴を持ち歩いていた。迷子になりやすかったリリーにフレデリックが「迷子になったら鳴らせ。俺がすぐ見つけてやるから」と言って渡してくれたのだ。いつまで持っていただろうと懐かしい思い出に笑ってしまう。

自分を囲む令嬢達に軽く会釈をして控え室に戻ったリリーは、全力で溜息を吐いた。

「よくもまあ、あれだけスラスラと嘘が出てくること」

呆れられて当然などと思ってもいない。呆れるのはこっちの方だと鏡の中の自分に独り言をぶつけながら、表情は自然だったろうかと笑顔を作っては大丈夫だと頷く。

「フレデリック、大丈夫だって言って——エステル様……」

ふと、背後のドアが開いた。フレデリックが心配して覗きに来たのだと思い込んで振り向くが、そこにいたのはエステルだった。

生徒は皆出席するようになっているからエステルが来ていてもおかしくはないのだが、今日はジュラルドもオレリアもいる。クロヴィスの誕生祭でジュラルドから直接言われたことを忘れたわけではないだろうに、こうして顔を出したことに驚いていた。

「どうやったんですか？」

「なに？」

「彼にどうやって迫ったんですか⁉」

「迫ってないわ」

「そんなはずない！　彼はあなたに婚約破棄を言い渡したんですよ！　それがこんな、婚約破棄の撤回だなんて、恥晒《さら》しもいいとこじゃないですか！」

エステルの言い方にリリーは噴き出しそうになった。〝恥晒《さら》し〟。その言葉は間違っておらず、正にこの撤回はクロヴィスの恥と言えるだろう。

だがそれはリリーのせいではなく、クロヴィスが望み、甘んじてその批難を受ける覚悟があってしたことだ。迫られたのはリリーの方。

「あなたも知っているでしょう？　わたくしが彼を拒んでいたこと。そして彼がわたくしを追いかけていたこと。誰よりも傍にいたあなたが一番近くで見てきたのではありませんこと？」

「あ、あなたが笑顔で受け入れるから彼は困惑したんです！　その真意が聞きたくて追いかけてただけです！　撤回するつもりなんてなかったんですから！」

「あら、でもわたくしは一筆書かされましたわよ。撤回に同意なんてしていないって嘘をつかないようにと、誓約書まで」

「嘘です！」

「嘘だと思うなら大好きなクロヴィス様に直接お聞きになってはいかが？　あなたに傷つく勇気があれば、ですけど」

控え室に、エステルの怒鳴り声の代わりにリリーの高笑いが響き渡る。

リリーが撤回を渋々受け入れたことは間違いない。八方塞《ふさ》がりで逃げ道一つなかった
リリーに残された唯一の選択肢だったから。

望んでいた両陛下からの反対はなく、婚約破棄撤回を宣言する場を設けたと聞いた時

は眠れないほどの絶望に襲われたものの、考えを変えた。

王子の傍にいたヒロインは悪役令嬢の手によって落とされ、一度王子から離れる。ヒロインの立ち位置だった場所に悪役令嬢が再び立って暫《しばら》く過ごすという展開はよくあるのだ。

渋々ではある撤回も、その後には最高の展開になると気付いたリリーは、これも悪役令嬢の一つのイベントだと前向きに考えることにした。

「あなたはクロヴィス様に相応《ふさわ》しくありません！」

「あら、だとしたらなんだと言うの？」

「私がクロヴィス様の目を覚まさせ、そしてあなたの本性を皆の前で暴《あば》きます！」

ヒロインらしい動きを期待できそうだと、リリーはにっこり笑ってエステルの目の前まで歩み寄る。そして顔を近付けてゆっくりと口を開いた。

「ふふっ、受けて立ちますわ」

ほら、チャンスはあったとほくそ笑むリリーは、これからのエステルの活躍に胸を躍らせ、睨み付ける彼女の横を通り過ぎて、会場へと戻った。

きっと今頃、エステルは死ぬほど悔しい思いをしているのだろう。

わかっている。憧れたところでできることは所詮真似事。本物の悪役令嬢にはなれはしない。でも、もう少しだけ。せっかく憧れに手を伸ばすことが許されたのだから、チャンスがあるなら楽しみたい。

だって相手はあのエステル。大衆の前で本性を暴《あば》かれるのはどちらか。

「必死に足掻《あが》きなさい。私も利用させてもらうから」

一人きりの廊下で呟いた声は誰の耳にも届くことなく消えゆき、ドアを押してホールに入ったリリーは大きな拍手に満面の笑みを向ける。

リリーは今日という記念すべき日に悪役令嬢として新たな一歩を踏み出した。

書き下ろし番外編

抑えつけた幼心

疑問を持つことは許されなかった。

王にとって大切なことも必要なことも、全て家庭教師が教えてくれる。王になるために必要なことは全て教えの中に詰まっているから、それに従うことが大事なのだと。

疑問も自我も、それを己で解決し自制できる力がついてから持つものだと教えられてきた。

「でもこれだといつか……」

「王子、どの国もそうですが完璧などありません。国は国民のためにあり、王の所有物ではないのです。王が良いと思ったことが必ずしも国民のためになるわけではありません」

「でもね、これは変だよ」

「王子、まずはこの国の全てを理解することが先決です」

疑問を呈《てい》そうにも必ずそう言われた。

「リリーが来てる！　休憩時間だし、行ってもいい？」

庭に見える愛しい婚約者の姿に目を輝かせようと、家庭教師が笑顔を見せることはなかった。

「休憩時間は遊ぶための時間ではなく、脳を休めて次の授業へ備える時間です」

その言葉は十歳のクロヴィスには不満でしかなく、我慢しきれず逃げ出したこともあった。

フレデリックやセドリックのようにリリーと一緒に遊びたい。話がしたいその一心で庭へと駆け出した。

「リリー！」

「クロヴィス！」

風に髪を靡《なび》かせる婚約者の名を呼ぶと振り向いた彼女の顔が驚きを見せる。当然だ。家庭教師がつけられてから会う時間が極端に減ってしまったせいで、二人の時間が取れていない。食事会などで会えた時にクロヴィスが言った『時間を見つけて会いに行くから』という言葉を信じたリリーは、クロヴィスがわずかな時間しか作れなくてもすぐに会えるように、こうしてモンフォール家に甲斐甲斐しく足を運んでいた。それが功を奏したように抜け出してきたクロヴィスと会えたリリーも笑顔で駆け寄ろうとしたが、すぐに足が止まった。

「は、離せ！」

追いかけてきた使用人にクロヴィスが抱えられてしまったことで、今日はもう会えないのだと察したリリーの眉が下がる。食事会でも皆で話をするため、二人きりで話す時間が取れない。

「リリーと少し話をするだけだ！　それぐらいの時間を作ってくれてもいいじゃないか！」

「いけません。王となる者は私欲に生きてはなりません。彼女も王妃となる立場であることは理解しております。見てください。ジタバタとみっともなく暴れて不満の声を上げているのはあなただけですよ」

リリーは立ち止まったままクロヴィスを見ている。仕方ないと溜息を吐いているわけではない。どこか不安げにこっちを見ている。またダメだったと思っているのだろうか。約束してから一度も会いに行けていない。嘘つきな男だと思っているだろうか。

「あなたがムダな行動をしたせいで時間が押しています。あなたが全てを理解し、王子としての自覚を持ち、王となる身であることを胸に行動されれば時間などいくらでも作れるでしょうに」

　吐き捨てるように言われた言葉が突き刺さった。

　悪いのは、休憩時間に婚約者に会いに行こうとした自分なのか。休憩時間がどういう時間かを勝手に決めて、婚約者に会いに行くことさえ許さなかった家庭教師なのではないのか。ハッキリわからない頭では反論できず、クロヴィスは抱えられたまま家庭教師と共に屋敷の中へと消えていった。

「それはお前が悪い」

　その日の夜、父親に相談すると断言された。

「王子だから全部我慢しろって言うの？　会いに行くってリリーに言ったんだ！」

「彼女は賢い。お前の状況を理解して待っていてくれる」

　リリーは優しくて賢い女の子。そんなことはわかっている。いつも『大丈夫？　疲れてない？』と言葉をかけてくれる。話を聞いてくれるし、自己主張も強くない。クロヴィスにとってリリーは心が安らぐ唯一の相手だった。だから会いたいと願うのに、誰もそれを許してくれない。

「王子だから」

「王になる者として」

「未来の王妃なら」

そういった言葉で何もかもを抑えつけようとするのだ。王である父親なら気持ちをわかってくれると思っていたクロヴィスにとって断言されたことへの衝撃は大きく、心のどこかでガラスにヒビが入るような音を聞いた気がした。

それからもクロヴィスの生活は変わらなかった。毎日、分刻みで詰め込まれるスケジュールを黙々とこなす日々。早く理解すれば、それだけ自由時間が増える。時間ができればリリーに会いに行ける。リリーはきっとその瞬間を待っていてくれるから。それだけを胸に、厳しい家庭教師に文句も言わず黙々とこなしていった。

だが、現実はクロヴィスの想像していたものとは違い、学べど学べど終わりが見えない。終えたと思った次の瞬間には山積みの資料が置かれる。

『時間などいくらでも作れる』

確かに家庭教師はそう言った。それはいつになる？　五年後？　十年後？　それでは遅い。

「休みが欲しい」

十一歳になったある日の授業中、唐突にそう言ったクロヴィスの前に教鞭《きょうべん》が振り下ろされる。叩かれたのは手ではなく机。大きな音がした。もしこれが肌に当たっていたらとの想像だけでゾッとする音。

目の前までやってきた家庭教師を恐る恐る見上げたクロヴィスは目が合っただけなのに恐怖を感じ、慌てて俯いた。

「まだ何も学べていないのにもう休みが欲しいとわがままを？」

教鞭《きょうべん》で叩かれたのは机のはずなのに、クロヴィスは鈍器《どんき》で頭を殴られたような感覚に陥《おちい》った。この一年、文句も言わずあれだけ勉強したのに家庭教師は『何も学べていない』と言い、休みが欲しいという欲求を『わがまま』だと言った。

「いつになったら王になる者としての自覚が身についたと判断される？」

「そのようなわがままを一切言わなくなったら、でしょうね。彼女も王妃になる身としての教育を受けている真っ最中。そんな中、責務を放り出して自分に会いに来る男は好かないでしょう」

まるで深い闇に飲み込まれていくような、心が真っ黒い霧に覆《おお》われるような感覚にクロヴィスはただ一点を見つめ続けた。

婚約者に会いに行きたいという感情さえも自覚が足りない証拠として扱われる。大事なのは、婚約者を大事にする王子ではなく国のために生きる次期国王。

リリーは会いに行けば喜ぶはず。やっと会えた。約束を守ってくれたと見直してくれるはず。家庭教師はリリーのことを何も知らないから、そんな妄想のようなリリーを口にするんだと思うと同時に、もしそれが当たっていたら、と考える自分がいた。

「あなたのお父上である国王陛下は大変立派なお方です。息子であるあなたもそうならなければなりません。半端な王ではいけません。完璧な王でなければ恥をかくのは彼女なのですよ」

それからはクロヴィスが欲を出すと、まるで頭の中に何かが住みついているかのように家庭教師は同じことを囁《ささや》いてくるようになった。

学べど学べど終わりは見えない。十二歳、十三歳と会えないまま時間ばかりが過ぎていく。


「元気なの？」

リリーがそう聞く相手はクロヴィスではなく、フレデリックに変わった。

「アイツの元気はわかんねぇよ」

「そう……」

以前ならフレデリックは『リリーに会いたいって泣きべそかいてたぜ』とからかうよ

うに報告してくれたのに、最近は不満げにそう口にするばかり。

王族ではないリリーは、王子の婚約者であることを理由に他の貴族令嬢が受ける以上の教育を受けてきた。泣きべそをかきながら逃げ出したくなりながらも必死に学び、今もそれは続いている。婚約者である自分でさえそうなのだから、王子なら更に厳しいものだろうと想像はしていた。

十歳の時、クロヴィスが目の前で連れ戻されたことがあったが、あれが初めてだったわけじゃない。何度かそういうことはあった。勉強の時間だからと、まだ遊んでいるのに連れていかれたことも数回。なかなか会えはしなかったが、モンフォール家を訪ねて庭で遊んでいれば、移動時のクロヴィスに手を振るぐらいはできたからそれで満足していた。クロヴィスに会えていないことを不満げに漏らしても、『お前と違って王子はお忙しいんだ』と父親に言われてきたから。

だが、いつからかクロヴィスは少しずつ変わり始めた。

窓を開けて名前を呼んでくれなくなり、元気に振っていた手が控えめになり、笑顔が薄くなり、手を振らなくなり、笑顔が消え、そして最近はもう庭を見ることさえしなくなった。

家庭教師の後ろを嫌々ついていく姿はなく、いつしか家庭教師がクロヴィスの後ろを歩くようになっていた。

護衛として傍にいる双子が『感情がわかりにくくなってきた』と口を揃えるほど、クロヴィスの感情は表に出なくなっているらしい。

「私の話……する？」

答えにくい質問だとわかっていて聞いた。苦笑にもならない苦い表情で黙り込んだことが答えだと判断し、リリーは家に帰った。

「昔は会いに来てくれたのに……」

部屋に戻ったリリーが呟く。

ドアに対するようにある窓を開ければ、すぐそこに大きな木がある。手を伸ばせば届く太い幹。今よりもっと幼い頃、クロヴィスが家庭教師の目を盗んで会いに来てくれたことがあった。

正面から訪ねていけばモンフォール家に連絡がいくかもしれないと考えたクロヴィスはフレデリック達の手を借りて木を登り、近くの枝を折って窓を叩いた。何事かと驚いたリリーが慌てて窓を開けるも、中に飛び移るには子供の身体では少し距離があった。

『早く早く！』

そう言って手を差し出すリリーは危ないから早く入れと言っているようでもあり、会いに来てくれた喜びに満ちているようでもあった。その表情を見られたことが嬉しかったクロヴィスはその手を握って飛び移ろうとしたのだが、自分が考えていたタイミングよりも早くリリーが引っ張ったことでバランスを崩した。

『リリー待っ――うわあッ！』

『キャアアアアッ！　クロヴィスッ！』

幹の上で足を滑らせたクロヴィスの身体が木と建物の隙間へと落ちた。受け止めようとした双子のおかげで大事故には至らなかったのは幸いだったが、悲鳴を聞き駆け付けた親に見つかり、リリーは父親から長い説教と頬への平手打ちを受けた挙句、外出禁止を言い渡された。

『お前と王子じゃ命の価値が違うんだぞ！』

父親があまりにも怒るため、自分が会いに行くことを条件に外出禁止を解除してもらったのだが、意味がないほど会えなかった。ようやく会えたと思ってもクロヴィスはすぐに連れていかれ、会えるのは食事会だけ。

寂しかった。何度も何度も窓を開けて下を覗いては、クロヴィスの姿はないかと確認した。

でもリリーの中では徐々にその気持ちも冷めつつあった。手を振り返すことは禁止されていなかった。笑うことぐらいできるのに。目が合ってもまるでリリーなど見えていないかのように顔を戻して去っていくクロヴィスを、なぜ自分はこんなにも待ち続けているのだろうと疑問さえ感じていた。

「所詮はただの婚約者だもの……」

好き同士で結婚するわけじゃない。これは親同士が決めた婚約。会いたいと思っていたのは自分だけなのだろう。会いに行くという約束をしたことすら彼の中にはもうないのだ。それでも結婚はしなければならない。

「バカみたい……」

リリーはそう呟いて窓を閉めた。

家庭教師と移動する廊下から庭がよく見え、歩いていれば庭にいる人物が嫌でも視界に入る。定期的に行われる食事会でリリーを見ることはあっても、席を立つことはマナー違反であるため個人的に話す時間はない。そのくせ自由時間も与えられないのでは親交を深める暇もない。

それでもクロヴィスはリリーなら理解してくれていると思っていた。家庭教師も両親もそう言うから間違いないと。自分がこれほど我慢しているのだからリリーも我慢しているはずで、互いに自由になる時間が持てたらその時は子供の頃には作れなかった二人の時間を作ろうと。

　だから十五歳になって学園に入学し、家庭教師や使用人の監視がない時間を持てたことが嬉しかった。リリーとの時間をちゃんと作ろうと、学園が用意した王族専用の部屋に呼び、やってきたリリーの反応にクロヴィスは少し戸惑った。

　嬉しそうに手を振ることも笑顔を見せることもない。ソファーに腰かけて紅茶を飲んだら、見るのはクロヴィスではなく窓の外。

「今年の行事は去年よりも大きくなりそうだ。財政も安定しているし、何より国民が楽しみにしている行事を縮小するわけにはいかないからな」

「そう。立派ね」

「お前も今年はこっち側に立ってはどうだ？　席を用意する」

「そういうのは結婚してからでしょ。婚約者の立場で身内顔したくないの」

「結婚は決まっている話だ。それは誰もが知っている。お前が俺の隣に座っていても誰も奇妙な顔はしないだろう」

「遠慮しておくわ。ルールを守りたいの」

　声に抑揚がなくそっけない返事が多かったが、クロヴィスはリリーも自分と同じように厳しい教育を受けてきたのだと思っていた。感情を表に出さないことは当然のこと。出して許されるのは笑顔だけだと言われたが、クロヴィスは笑顔だけを浮かべることが上手くできなかった。家庭教師は困った顔をしたが、私欲を抑えられないことと笑顔が出せないことなら、笑顔を出せないことの方がマシだと判断し、またできもしないことに時間を割くのはムダだと強要もしなかった。

だが、クロヴィスとリリーでは根っこが違った。

それは婚約破棄をした際に思い知ることとなる。

「婚約破棄した理由を、ちゃんとリリーちゃんに言った方がいいんじゃない？」

セドリックの言葉にクロヴィスは『リリーならわかっているはずだ』と返した。

「それは慢心」

「というか説明したところで、って感じだろ」

突然の婚約破棄だったにもかかわらず、リリーは『はい！』と笑顔で返事をした。眩しいほど輝くあの笑顔を、最後に見たのはいつだったか思い出せないほど昔の記憶。それを見ることができたのが、まさかの婚約破棄の時とは皮肉なものだとフレデリックが肩を竦《すく》める。

「喜んではいたが、実際はそう簡単な話じゃない。お前もそうだが、あいつはあいつでプライドが高いからあの場で泣き崩れることもできねぇし、かといってショックを受ければ舐められる。幼い頃からこの国の跡継ぎの婚約者として覚悟を持って生きてきたあいつに、なんの説明もなしに婚約破棄ってのはあんまりだとは俺も思う。でもお前が勝手にしたんだ。リリーが望んでないなら説明は必要ないと思うがね」

「フレデリック」

「コイツは昔から感情がわかりにくい奴だったが、成長する度にそれが増していくのをアイツはずっと心配してた。アイツも俺らも王族じゃねぇからお前が背負ってるもんを、半分担《かつ》いでやることはできねぇけど、リリーと話すぐらいはできたはずだ。それはアイツが理解してるとかしてないとかじゃなくて、お前が必死で培《つちか》ってきたもんを、我慢してきたことを無駄にしないために必要だったと俺は思う。それさえなく一方的に婚約破棄を言い渡す男から今更説明されてもな」

「リリーは笑っていた」

「だな」

「笑っていた……」

感情を抑える訓練は感情を読み取る力を失わせた。当然のことを言っているのに怒る相手の感情が理解できない。冷めた顔を、呆れた顔をする相手が何を思って表情に出しているのか理解できない。自分が言っていることが理解できないのかと再度説明しては余計に怒らせる。

『間違った者はいつだって正されるのを嫌うものです。あなたが理解する必要はありません』

『あなたがすべきことは国民に安心と喜びを与えること。愚者の相手ではありません』

『王子がいかなる存在かを彼女は理解しています。彼女は婚約者ですが、対等ではありません。あなたが倒れてしまわないように支え、あなたの苦しみを理解すべき者です』

家庭教師の言葉が囁《ささや》きとなって繰り返されるが、今日はいつもとは違う。頭の中でもう一人の声がした。

『リリーに全部わかってしてほしい。リリーの全部をわかりたい』

幼い声は子供の頃の自分の声に似ていた。

ずっと抑え続けていた幼心が顔を出す。怖がっていた監視者はここにはいない。

「リリーと話をしようと思う」

複雑と呆れをまぜた表情で顔を見合わせる双子にそう告げると、クロヴィスは幼心の欲望に動かされるままに婚約破棄に舞い上がっている婚約者のもとへと向かった。

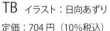

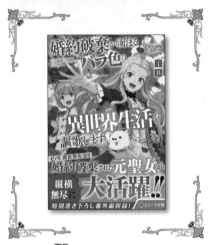

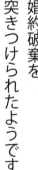

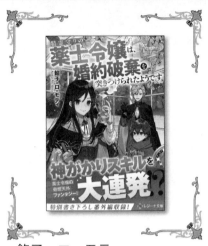

本書は、2021年8月当社より単行本として刊行されたものに書き下ろしを加えて文庫化したものです。


この作品に対する皆様のご意見・ご感想をお待ちしております。

おハガキ・お手紙は以下の宛先にお送りください。

【宛先】

〒150-6019 東京都渋谷区恵比寿4-20-3 恵比寿ｶﾞｰﾃﾞﾝﾌﾟﾚｲｽﾀﾜｰ 19F
（株）アルファポリス　書籍感想係

メールフォームでのご意見・ご感想は右のQRコードから、
あるいは以下のワードで検索をかけてください。

アルファポリス　書籍の感想　検索

ご感想はこちらから

レジーナ文庫

悪役令嬢《あくやくれいじょう》になりたいのにヒロイン扱《あつか》いってどういうことですの!?

永《なが》江《え》寧《ね》々《ね》

2024年1月20日初版発行

文庫編集－斧木悠子・森 順子
編集長－倉持真理
発行者－梶本雄介
発行所－株式会社アルファポリス
〒150-6019 東京都渋谷区恵比寿4-20-3 恵比寿ｶﾞｰﾃﾞﾝﾌﾟﾚｲｽﾀﾜｰ19階
TEL 03-6277-1601（営業）　03-6277-1602（編集）
URL https://www.alphapolis.co.jp/
発売元－株式会社星雲社（共同出版社・流通責任出版社）
〒112-0005 東京都文京区水道1-3-30
TEL 03-3868-3275
装丁・本文イラスト－紫藤むらさき
装丁デザイン－AFTERGLOW
（レーベルフォーマットデザイン－ansyyqdesign）
印刷－中央精版印刷株式会社

価格はカバーに表示されてあります。

落丁乱丁の場合はアルファポリスまでご連絡ください。

送料は小社負担でお取り替えします。


ISBN978-4-434-33298-2 C0193